UNA DETECTIVE CON OLFATO

ALMA

Título original: *A Good Dog's Guide to Murder*

Publicado de acuerdo con BookEnds Literary Agency a través de la agencia International Editors & Yáñez Co, S.L.

Editorial Alma
Anders Producciones S. L., 2024
www.editorialalma.com

 @almaeditorial

Diseño de la colección: lookatcia.com
Diseño de cubierta: lookatcia.com
Maquetación y revisión: LocTeam, S.L.

ISBN: 978-84-19599-41-4
Depósito legal: B-5306-2024

Impreso en España
Printed in Spain

El papel Munken Print Cream utilizado en el interior de esta publicación está certificado Cradle to Cradle™ en el nivel bronce.

C2C certifica que el papel de este libro procede de fábricas sostenibles donde se elaboran productos seguros y neutros para el medio ambiente, utilizando fibras de bosques gestionados de manera sostenible, 100% reciclables, cerrando su ciclo de vida útil.

COZY MYSTERY

KRISTA DAVIS

UNA DETECTIVE CON OLFATO

Misterios que dejan huella

Para todos los lectores que desearían que Wagtail existiera.
¡Yo también querría que fuera real!

Los perros necesitan olisquear el suelo, así es como se mantienen al corriente de la actualidad. El suelo es un diario canino gigante que contiene todo tipo de noticias perrunas de última hora que, si son especialmente urgentes, suelen continuar en el patio de al lado.

Dave Barry

VECINOS DE WAGTAIL

HOLLY MILLER

Trixie: terrier Jack Russell de Holly

Twinkletoes: gata calicó de Holly

NELL DUPUY MILLER GOODWIN: madre de Holly

HOLMES RICHARDSON: novio de Holly

LIESEL MILLER (Oma): abuela paterna de Holly

Gingersnap: golden retriever de Liesel

SHADOW HOBBS: encargado del mantenimiento del Sugar Maple Inn

BONNIE GREENE: propietaria de la pastelería Pawsome Cookies

SARGENTO DAVE QUINLAN (agente Dave)

ZELDA YORK: recepcionista

STU Y SUE WILLIAMS

Barry Williams: hijo de Stu y Sue, veterinario

ALTHEA ALCORN

Kent y Jay: hijos de Althea

Tony Alcorn: marido de Althea

PENNY Y TOMMY TERRELL

FAMILIA DE ORLY BIFFLE

WYATT Y JOSIE BIFFLE: hijos de Orly

DELIA RIDDLE: cuñada de Orly

Carter Riddle: hijo de Delia

TURISTAS

JEAN MAYBURY Y KITTY: huéspedes del hostal

PENN CONNOR

BOOMER JENKINS

GUÍA DE TRIXIE PARA RESOLVER ASESINATOS

Así que queréis saber cómo se huele un asesinato. Bien, si os preguntáis por mis cualificaciones, llevo ya unos cuantos años en esto. La suerte me sonrió cuando encontré a mi madre, Holly. Es muy guay, aunque un hueso duro de roer, y tuve que emplearme a fondo con ella o no me habría hecho ni caso. Ese es el tipo de emperramiento que se necesita para ser un buen rastreador de personas asesinadas.

Que quede claro: en general, a los humanos no les interesan demasiado ni las ardillas —o las pardillas, como las llamo yo— ni los pájaros muertos, así que no se los mencionéis a vuestros padres porque esas cosas les revuelven el estómago. Aunque, no os lo perdáis, luego se emocionan cuando los llevas hasta una persona asesinada y se ponen a llamar a otras personas y, en menos que canta un gallo, estás rodeada de humanos que no paran de decirte qué perra más lista que eres. Incluso te premian. ¡A veces incluso te cae bistec para cenar! Pero nunca cuando los llevas hasta una pardilla muerta.

Hay perros afortunados a los que adiestran para que encuentren muertos. O a personas en general, ya estén vivas o muertas. Guau, eso sí que es un chollo. Los instructores se pasan el día escondiendo cosas y te recompensan por llevárselas, aunque los premios suelen ser palos y juguetes. Alguien debería decirles que preferiríamos golosinas. Por divertido que sea, ese tipo de adiestramiento es innecesario. Cualquier perro sabe hacerlo. Lo llevamos de serie.

Poneos a la cola, cachorrillos, y os enseñaré cómo.

CAPÍTULO UNO

—¿Mamá?

Estaba ocupada ayudando a nuestra recepcionista, Zelda York, con la llegada constante de huéspedes al Sugar Maple Inn cuando levanté la vista y vi a mi madre, Nell. Ya hacía un par de años desde la última vez que nos habíamos visto en persona, pero nos llamábamos por Zoom con regularidad. Mi madre vivía en California y era la última persona que esperaba ver ese Acción de Gracias.

Salí de detrás del mostrador de recepción al instante y me abrí paso entre los huéspedes como si nada pudiera detenerme.

—¡Mamá! —Abrí los brazos de par en par para darle un abrazo.

—¡Holly! —Ella me envolvió en los suyos y me plantó un beso en la mejilla.

Me apretaba contra ella con tanta fuerza que creí que no iba a soltarme nunca.

Trixie, mi terrier Jack Russell, también quiso participar y nos rodeó dando saltitos sobre las patas traseras mientras gimoteaba.

Cuando mi madre me dejó ir, aupé a Trixie. Era completamente blanca salvo por las orejas, de color negro, y la mancha redonda de ese mismo color que empezaba en las ancas y se extendía hacia la cola, hasta poco antes de la mitad. No se la había cortado y en esos momentos la meneaba tan deprisa que solo era un borrón.

—¿Esta es Trixie?

Me quedé atónita al comprender que mi madre nunca había visto a mi preciosa perrita en persona.

—La misma. ¿Qué haces aquí? No te esperábamos.

—¡Sorpresa! —exclamó mi madre ladeando la cabeza y alargando una mano para acariciar a Trixie.

Me volví en busca de su marido y sus otros hijos.

—¿Dónde están los demás?

—Te lo cuento durante la cena. ¿Te va bien? ¿Puedes escaparte para cenar? Esto es un zoo.

—¿Cómo no voy a cenar contigo? ¿Dónde te alojas?

—¡Holly! —me llamó Zelda haciéndome una seña con un dedo.

—Esperaba poder hacerlo aquí, en el hostal.

Oh, no. Estábamos al completo.

—Ven.

Cogí las maletas y rodeamos el mostrador de recepción con Trixie a la zaga.

Zelda me miró sorprendida; no solíamos dejar pasar a nadie allí detrás.

—Zelda, te presento a mi madre —dije.

Dio la impresión de que no se lo creía, cosa que casi me esperaba. Yo he salido a la familia de mi padre, por no mencionar que mi madre parece más joven de lo que es, y mi llegada a este mundo no fue muy celebrada precisamente: mi madre se quedó embarazada de mí cuando todavía iba al instituto. En esos momentos, con cuarenta y muchos y su melenita corta y lisa, estaba estupenda.

Zelda le tendió la mano.

—Encantada, señora...

—Nell, llámame Nell, corazón. He oído hablar mucho de ti. ¡Es como si ya te conociera!

La mujer que Zelda tenía delante, al otro lado del mostrador, tosió irritada.

—¿En qué puedo ayudarla? —preguntó la recepcionista.

—¡Nada de nadar! —protestó la mujer.

Le sonreí y le eché un vistazo a la pantalla del ordenador.

—¿No le gusta la «Natación»?

—No queremos ir a nadar. Por el amor de Dios, estamos en noviembre.

Le sonreí de nuevo.

—Todas nuestras habitaciones llevan el nombre de una actividad para perros y gatos, pero eso no significa que usted tenga que hacerlo.

—¡Ah! —La mujer apuntó a Zelda con un dedo—. Pues haberlo dicho. En cualquier caso, quiero dos camas. —Señaló a la niña que iba con ella—. Kitty y yo no vamos a dormir en la misma. He ganado el concurso de galletas de jengibre de Carolina... —Rebuscó algo en un enorme bolso que llevaba colgado del brazo, extrajo un folleto del Sugar Maple Inn y me lo tendió de malas maneras—. Y aquí dice que me darían una habitación doble. He venido a participar en el concurso de casas de galletas de jengibre para perros y gatos de Wagtail. El premio es de diez mil dólares.

Volví a echarle un vistazo a la pantalla, donde decía: «Jean Maybury. Solicita dos camas». Ya le había cogido manía a

«Natación» y no la satisfaría ni diciéndole que la mismísima reina Isabel se había alojado en ella.

Cambié a Jean y a Kitty de habitación y las puse en una tan deliciosa como las galletas de jengibre. La había ocupado muchas veces y sabía de primera mano lo acogedora que era.

—Muy bien, ya tienen otra habitación. Disfrute de su estancia, señora Maybury.

Le hice una seña a nuestro responsable de mantenimiento, Shadow Hobbs, y le tendí la llave de «Atrapa la presa».

Años atrás, Wagtail, situado en las montañas del sudoeste de Virginia, había sido un destino turístico de moda. En el siglo XIX, mucha gente adinerada construyó aquí su residencia de verano, verdaderas mansiones donde huir del calor. Además del clima, Wagtail también disfrutaba de manantiales de agua pura y cristalina que servían de reclamo para los enfermos y las personas en proceso de recuperación, pero fueron perdiendo el atractivo con el tiempo. Desesperado por reactivar el turismo, el pueblo se había centrado en las mascotas y se convirtió en un lugar ideal para personas que querían viajar con sus adorados animales de compañía. Sin embargo, nadie había esperado el crecimiento exponencial que tuvo la iniciativa.

Se permitía la entrada de perros y gatos en todas partes, incluidos los restaurantes, que ofrecían menús especiales para comensales caninos y felinos. Veterinarios, masajistas terapéuticos de mascotas y acupunturistas de animales acudieron en tropel. Las tiendas ofrecían todo lo que un perro, gato o pájaro mimado pudiera desear. Disponían de lo último en camas, ropa, correas y golosinas artesanales. Por no mencionar las camisetas, los pijamas a juego, las lámparas y todos los objetos de temática animal que sus dueños se compraban para ellos mismos.

El Sugar Maple Inn se había sumado a la iniciativa bautizando las habitaciones con actividades para perros y gatos y ofreciendo collares provistos de GPS a los huéspedes que trajeran mascotas.

En Wagtail siempre había mucho movimiento durante la semana de Acción de Gracias. Había quien regresaba para pasar las fiestas en su residencia de vacaciones y otros aparecían al principio de la temporada para disfrutar de la iluminación de los árboles, comprar en el mercado navideño de Christkindlmarket e imbuirse del espíritu de las fiestas. Y también había quien iba para participar en el concurso anual de casas de galletas de jengibre para perros y gatos que se celebraba en el pueblo o para visitar a la familia, cosa que me llevó a preguntarme una vez más qué hacía mi madre allí exactamente.

Cuando pude volver a prestarle atención, había desaparecido.

Por suerte, la encontré en el despacho poniéndose al día con la madre de mi padre, a quien yo llamaba Oma, abuelita en alemán. Trixie estaba sentada junto a mi madre y la miraba con devoción. Twinkletoes, mi gata calicó de pelo largo, ronroneaba en su regazo, y la golden retriever de Oma, Gingersnap, hacía cuanto podía para acercarse lo suficiente y que la acariciaran.

—Me preocupa —estaba diciendo mi madre. Tenía una taza de café delante, en la mesa.

—¿Quién? —pregunté.

—Sam. Tu padre.

A pesar del divorcio, Oma parecía encontrarse bastante a gusto con su exnuera. Tampoco era que me sorprendiera, nunca había oído a Oma hablar mal o decir algo malintencionado de mi madre. Mi abuela estaba cómodamente sentada en un sillón acolchado, tomando café. Llevaba una camisa blanca con un jersey azul tejido por un artesano local y una falda a cuadros azules a juego, un estilo al que le gustaba llamar *country chic*. Quizá no fuera alta costura, pero sí era apropiado y le quedaba muy bien.

—¿Pasa algo? —pregunté conteniendo la respiración.

—No —contestó Oma tan deprisa que consiguió lo contrario a tranquilizarme—. ¿Dónde te alojas, Nell?

Mi madre enarcó las cejas.

—Como una tonta, pensé que tendríais una habitación para mí. Holly me había dicho que Wagtail había cambiado, pero jamás hubiera imaginado que tanto. Cuando no son fiestas, ¿también es así?

Oma le sonrió.

—Ya no es el pueblo medio muerto en el que creciste.

Hacía unos años, cuando Oma me propuso ser su socia en el Sugar Maple Inn, pensé que quería relajarse y viajar; sin embargo, resultó que después salió elegida alcaldesa de Wagtail y, claro, las dos acabamos involucradas en los problemas del pueblo. Lo bueno fue que Oma se convirtió en una autoridad respetada, responsable del nuevo éxito del lugar.

—Tengo un cuarto de invitados —dije—. Quédate conmigo.

Era lo bastante grande para mi madre y su marido, y podíamos subir unas camas plegables para los niños, aunque estarían un poco apretados.

Mi madre pareció aliviada.

—¿Estás segura de que no molesto?

—¿Estás de broma? ¡Pero si hace siglos que no nos vemos! No sabes cuánto me alegro de que estés aquí. —Miré la hora—. Tengo que acercarme al nuevo centro de convenciones. ¿Quieres venir o prefieres descansar un rato?

—¿Centro de convenciones? ¡Nadie me había hablado de eso! ¿Cómo puede permitirse algo así un pueblo tan pequeño como Wagtail?

Oma se levantó y le dio unas palmaditas en el hombro. Con el acento alemán que tanta rabia le daba, pero que yo encontraba encantador, dijo:

—Ya era hora de que vinieras a vernos. Tenemos mucho de lo que ponernos al día.

Mi madre parecía muy contenta de poder alojarse en mi cuarto de invitados, pero yo no lo tenía tan claro respecto a su marido y sus hijos. En cualquier caso, no quería agobiarla. Pasé de puntillas sobre ese asunto y le pregunté con desenfado:

—¿Cuándo llegan los demás?

—Esta vez solo vengo yo, Holly.

—¿Va todo bien?

—Ya hablaremos luego.

Me apretó la mano con suavidad.

Le pedí a Shadow que, cuando pudiera, subiera el equipaje de mi madre a mis habitaciones y las dos nos encaminamos al centro de convenciones con Trixie y Twinkletoes correteando felices a nuestro lado.

Salimos por la puerta principal del hostal, que daba al centro del pueblo. Un gran prado al que llamábamos «el parque», sin más, se extendía de norte a sur, flanqueado por tiendas y restaurantes. Mi madre se quedó boquiabierta, literalmente.

—¡Pero qué bonito!

A mí también me había sorprendido cuando volví al pueblo ya de adulta. Doblamos la esquina y continuamos por una calle tranquila.

—Ya me habías dicho que todo el mundo se desplazaba en carritos de golf, pero nunca habría imaginado que no hubiera ni un solo coche. He alquilado uno en el aeropuerto —dijo mi madre mirando a su alrededor sin dar crédito a lo que veía—, pero no me han dejado entrar con él en Wagtail.

—Antes, los vecinos tenían permiso para guardar los suyos en el garaje, pero hubo un atropello y cambiamos la normativa. Ahora todo el mundo tiene que aparcar fuera. ¡Como en un parque temático! Wagtail es una comunidad sin coches. Es más seguro para los peatones y para los animales —le expliqué—. Usamos carritos de golf, pero casi siempre vamos a pie.

—¡Me encanta! Muy saludable. Pero ¿y lo del centro de convenciones?

—El pueblo ha adquirido cierta fama y muchas empresas quieren enviar aquí a sus empleados de vacaciones. Así que cuando Orly Biffle murió y le dejó algunas tierras al pueblo, nos pareció la oportunidad perfecta. Fue una donación más que generosa, sobre todo teniendo en cuenta la ubicación, con vistas al lago.

—¿Orly? Me acuerdo de él. Lo llamábamos Orly el Ogro porque era el hombre más gruñón del mundo. Me sorprende que le dejara algo al pueblo. Era como si no le gustara nada ni nadie.

—¿Lo conocías bien?

—No mucho. Sus hijos, Wyatt y Josie, iban conmigo al colegio. Debe de haberles sentado como un tiro que su padre haya donado esos terrenos al pueblo en lugar de dejárselos a ellos. ¿Aún viven aquí?

—Sí. Llevan el supermercado familiar, el Biffle's.

—¿En serio? Me parece recordar que cuando éramos niños ayudaban a su padre en un puesto al borde de la carretera en el que vendían miel y productos del campo.

El centro de convenciones apareció ante nuestra vista. El imponente edificio de dos plantas, construido con el sistema de poste y viga, armonizaba a la perfección con el paisaje de montaña tachonado de pinos altos y el lago al fondo. Hecho con piedra y madera locales, había abierto sus puertas esa misma mañana para aceptar las presentaciones al Concurso de Casas de Galletas de Jengibre de Wagtail, que se celebra una vez al año. Algunos participantes llevaban los elementos que componían su trabajo y los montaban *in situ,* mientras que otros cargaban con sus utensilios de repostería y alquilaban una casa para hornear sus obras maestras. Unos pocos, más osados, transportaban sus creaciones ya listas, con la esperanza de que no sufrieran ningún percance durante el traslado.

La ceremonia de inauguración oficial del concurso y la evaluación del jurado tendrían lugar en Acción de Gracias. Al día siguiente, el pueblo daría por iniciada la temporada navideña.

—¡Es impresionante! —murmuró mi madre.

En ese mismo instante, un crujido retumbó en el aire y el suelo se estremeció bajo nuestros pies.

CAPÍTULO DOS

—¡Un terremoto! —gritó mi madre agarrándome del brazo.

—Has vivido en California demasiado tiempo.

—Entonces, ¿qué ha sido eso?

Nos apresuramos hacia el centro de convenciones. Stu y Sue Williams salieron corriendo por la puerta principal junto con otras personas que no conocía.

Trixie y Twinkletoes se adelantaron. Sin dejar de ladrar, Trixie empezó a dar vueltas como una loca alrededor del tronco de un hermoso roble centenario cerca del cual había caído una rama gigantesca, de unos seis metros de largo y del grosor de un muslo. Twinkletoes ya se había encaramado a ella.

Sue y Stu se acercaron corriendo.

—¡Dichosos sean los ojos! ¿Nell DuPuy? ¿De verdad eres tú?

Sue abrió los brazos.

—Sue y Stu Williams —le susurré a mi madre, por si no los había reconocido.

—¡Sue!

Mientras se fundían en un abrazo, me acerqué al árbol tratando de conservar la calma para sacar de allí a aquellas dos imprudentes.

Alcé la vista hacia la copa temiendo que cediera otra rama.

Cuando se llevó a cabo la tala y el desbroce del terreno para construir el edificio, se decidió conservar aquel árbol, que quedó en mitad de un camino semicircular para carritos de golf. Era el gran foco de atención de la entrada.

—Trixie, ven.

Levantó las orejas y aulló.

Quise convencerme de que iba tras el rastro de una ardilla que se había refugiado en el gigantesco y anciano árbol; sin embargo, sabía que no era así. Trixie tenía olfato para saber cuándo se había cometido un asesinato. Y, cuando olía los problemas, ladraba de manera lastimera y ansiosa, como si quisiera decirme algo. Paseé la mirada por los jardines inmaculados. No había nadie tirado en el suelo. Hasta donde alcanzaba la vista, no veía ningún cadáver. Ni siquiera nadie herido.

Puestos a pensar, recordé que Trixie daba vueltas alrededor del árbol y aullaba cada vez que visitábamos las obras, pero por suerte no habían matado a nadie durante los trabajos de construcción. No sabía qué narices quería decirme. ¿Que el árbol se moría?

—No podría haber ocurrido en peor momento —gruñó Stu.

—Menos mal que la rama no ha pillado a nadie debajo —dije mientras pensaba en cómo convencer a Trixie de que dejara de aullar y viniera conmigo.

Me sonó el móvil.

—¿De verdad se ha caído el roble? —preguntó Oma cuando contesté.

—Solo una rama, pero es gigantesca.

—Shadow está de camino, llegará en cualquier momento. Yo voy con el agente Dave.

Una tromba de vecinos se presentó allí en cuestión de minutos. Mi madre seguía charlando con Sue, pero me percaté de que abrazaba a varias personas a las que seguramente hacía años que no veía. Shadow se acercó a mí empuñando una motosierra.

—¿Pasa algo si me llevo la rama para mis muebles?

Shadow hacía unos muebles preciosos y artesanales en su tiempo libre.

—No creo. Lo más probable es que la usen como leña, pero mejor pregúntale a Oma.

Shadow asintió con la cabeza y empezó a medir la rama, recorriéndola a lo largo y contando los pasos. Yo intenté coger a Trixie, que seguía evitándome y dando vueltas alrededor del árbol igual de nerviosa.

—¡Trixie! —la reñí—. ¡Ven aquí!

Me miró jadeando.

Casi nunca se apartaba de mi lado. Había subido de un salto al coche inmaculado de mi antiguo novio durante una noche lluviosa. La pobre estaba hecha un asco, calada hasta los huesos, sucia y flacucha. Ni se me había pasado por la cabeza que pudiera quedármela, pero había acabado convirtiéndose en mi fiel, maravillosa y —casi siempre— obediente perra. Un escalofrío me recorrió el cuerpo. Solo se comportaba de aquella manera cuando había un muerto de por medio.

Elvis, el joven sabueso de Shadow, se acercó sin prisas a Trixie y lanzó un par de ladridos con desgana.

Sintiéndome como una idiota, levanté la cabeza para echar un vistazo a las demás ramas, desnudas en esa época del año, pero, claro está, no había cadáveres atrapados en ellas. ¿Por qué Trixie estaba siendo tan terca?

Por fin llegó Oma, acompañada de Dave Quinlan. A pesar de ostentar el cargo de sargento y ser la máxima autoridad policial de Wagtail, todos lo llamaban agente Dave con afecto. Estrictamente hablando, pertenecía al cuerpo de policía de Snowball Mountain, pero vivía y trabajaba en Wagtail. En las contadas ocasiones en que tenía que interrogar a alguien, utilizaba el despacho del Sugar Maple Inn y, aunque yo no era policía, habíamos aprendido a confiar el uno en el otro y de cuando en cuando me llamaba para que le echara una mano con cosillas sin importancia en lugar de esperar a que enviaran a alguien de Snowball que no supiera nada de Wagtail.

El grupo de vecinos era cada vez mayor y todos parecían saber qué debía hacerse con el árbol. Mi madre se abrió paso entre la multitud hasta llegar a nuestro lado.

—Hay que echarlo abajo, Liesel —le dijo Stan Dawson a Oma—. Si esa rama le llega a caer encima a alguien, lo habría matado. No podemos arriesgarnos a algo así.

—Pero, Stan, yo lo veo sano —repuso Oma.

Shadow señaló hacia lo alto.

—No llegará a la primavera, Liesel. Un árbol sano ya tendría brotes en otoño, cuando se le caen las hojas.

Por lo general, talar un árbol no sería un gran problema, pero, cuando Orly legó los terrenos al pueblo en su testamento, este también contenía una advertencia de suspensión: el viejo roble del este no debía talarse. De todos los árboles de Wagtail —y había muchísimos, más de los que pudieran contarse—, la rama gigantesca había ido a caerse justamente de aquel.

Me acerqué un poco más a Oma.

—¿Temes que talar el árbol invalide el testamento?

Me estremecí al pensar en la fortuna que el pueblo había invertido en el bello y flamante centro de convenciones y que todo pudiera echarse a perder por culpa de un árbol. ¿La cláusula que impedía talar aquel roble era siquiera legal? Nadie podía garantizar la duración de un árbol, ¿no?

—Un poco —confesó Oma—. Veo que sus hijos ya están aquí. Lo consultamos con los servicios legales del ayuntamiento antes de construir el edificio. Aun así, preferiría no tener que ir a juicio, y ya no digamos tener que cancelar el concurso de las casas de galletas de jengibre y todas las actividades que hay organizadas durante las fiestas.

—¿Quieres que llame al abogado? —pregunté.

—Ya lo he hecho antes de salir del hostal.

Los hijos de Orly, Wyatt y Josie, se encontraban a unos escasos seis metros de nosotros observando lo que ocurría mientras sonreían como hienas felices. Se decía que montaron en cólera cuando se enteraron de que su padre no les había dejado la valiosa propiedad. Por lo visto, tenían pensado venderla por una cantidad nada despreciable y sospechaba que, tras lo que acababa de ocurrir, estaban convencidos de que sus sueños se harían realidad.

Sonó el teléfono de Oma, que contestó y puso el manos libres.

—Liesel Miller.

—Me han dicho que tenéis problemas con el testamento de Orly y la cláusula del árbol —dijo una voz masculina.

—¿Podemos talarlo? —preguntó Oma—. Shadow asegura que no llegará a la primavera.

—Desde un punto de vista legal, creemos que la cláusula del testamento queda fuera de los parámetros de la ley contra las perpetuidades.

Todo el mundo se quedó mirando el teléfono que Oma sostenía en la mano. Esperaba que alguien hubiera entendido algo. Mi abuela gruñó.

—Nuestro anterior abogado nos dejó muy claro que la cláusula del árbol quedaba anulada precisamente por esa regla contra las perpetuidades. Y que no hacía falta que nos preocupáramos.

—¿Y dónde está ese genio del derecho en estos momentos? —preguntó la voz.

Oma suspiró.

—En el hogar de ancianos de Snowball Mountain. No está bien. No habríamos construido el centro de convenciones si nos hubiera prevenido.

—La regla contra las perpetuidades a veces es confusa —reconoció la voz masculina.

—Sea o no clara, el problema sigue siendo el mismo: ¿podemos talarlo? —preguntó Oma—. ¿Y si supone un peligro para la ciudadanía? ¿El pueblo no tiene derecho a talar ese tipo de árboles?

Me percaté de que Wyatt y Josie se habían acercado. Las sonrisas habían desaparecido.

Oímos un crujido de papeles a través del altavoz.

—Lo que dice exactamente es que, bla, bla, bla, «dichos terrenos al pueblo de Wagtail, Virginia, siempre y cuando el ayuntamiento no tale el viejo roble situado al este de la propiedad», y a continuación se citan unas coordenadas —contestó la voz.

Oma suspiró.

—Eso ya lo sabemos. ¿Podemos talarlo o no?

—No —sentenció la voz—. Si quieren conservar la propiedad. Estas disposiciones suelen ratificarse siempre y cuando no exista un requerimiento legal.

—¿Y eso qué significa? —preguntó mi madre.

—Pues imagine que el testamento hubiera dicho que podían quedarse los terrenos siempre que destilaran y vendieran aguardiente en ellos sin licencia. Destilar bebidas alcohólicas es ilegal salvo que se disponga de una licencia estatal y se pague una tasa.

Los hermanos Biffle se miraron y chocaron los cinco.

—¡No dice que no pueda podarse! —gritó una de las mujeres entre la gente que se había congregado delante del árbol.

—¿Tiene ahí reunido a todo el pueblo, Liesel? En el documento se especifica que «el ayuntamiento» no talará el árbol. Esas son las palabras exactas de Orly.

Al menos siete personas se aproximaron al roble gritando cosas como «Yo no estoy en el ayuntamiento. ¿Tú trabajas para el ayuntamiento?».

Mi novio, Holmes, se acercó con aire resuelto. Estaba adorable y parecía cómodo vistiendo al estilo masculino de Wagtail: vaqueros y camisa de franela azul.

Me pasó el brazo sobre los hombros.

—Oma, ¿qué quieres hacer? —preguntó.

Mi abuela se dirigió al teléfono.

—¿Qué nos recomienda?

—Bueno, un tribunal…

—¿Tribunal? —rezongó Oma—. No quiero ir a juicio.

—Solo pretendo exponer la situación —contestó la voz—. Un tribunal tratará de respetar la voluntad de Orly. Si un juez decidiera que «talar» significa eliminar el árbol en un sentido más amplio que incluyera, por ejemplo, derribarlo, entonces podrían tener un problema.

Los hijos de Orly rieron por lo bajo.

—Sin embargo, creo que hay una salida —prosiguió la voz—. El ayuntamiento dispone de una ordenanza que permite la retirada de árboles que pudieran suponer un peligro para la salud o la seguridad de los habitantes y los turistas de Wagtail, y dicha ordenanza afecta tanto a las propiedades públicas como a las privadas que se encuentren dentro de los límites del municipio. Dado que han construido un edificio público en los terrenos y están invitando a la gente a que visite la propiedad, diría que existen argumentos suficientes que justifican la retirada de un árbol peligroso. Sin duda alguna, alegaría que la protección de la vida humana está por encima de los deseos del señor Biffle respecto al árbol. ¿Quiere que envíe a Ben?

La mera mención del nombre de mi exnovio me puso tensa. Hacía un par de años que no lo veía. ¡Me había pedido matrimonio por SMS!, y yo le había dado calabazas. Que fuera un abogado aburrido y estirado nunca me había importado, pero no le gustaban ni los perros ni los gatos, y eso había sido una línea roja para mí. Además, ahora que las cosas iban bien con Holmes, no quería a Ben rondando por allí y complicando mi vida amorosa. Ya tenía bastante con la visita inesperada de mi madre; solo faltaba que Ben también se presentara durante las fiestas.

—Ese Ben no —masculló Oma por lo bajo antes de contestar a la voz del teléfono con tono profesional—. No será necesario.

Le dio las gracias y colgó.

Mi abuela miró el árbol e inspiró hondo.

—¡Mala suerte! —dijo el hijo de Orly alzando la voz—. Ahora habrá que convocar una reunión y votar lo que se va a hacer.

Si la propuesta molestó a Oma, lo disimuló muy bien.

Dave, Stu y Shadow se acercaron sin prisas.

—Detesto darle la razón —dijo Stu—, pero no hay otra: habrá que convocar una reunión y votar.

Shadow negó con la cabeza.

—¡No hay tiempo que perder!

Oma miró de reojo a Dave, que dijo:

—Dejarlo en pie es un peligro.

—Prefiero que me echen del cargo a que alguien resulte herido —se pronunció Oma con claridad alzando la barbilla y enderezando la espalda—. Se trata de un problema de seguridad pública. Shadow, por favor, saca fotos del árbol antes de que lo tiremos abajo.

Vi que Shadow había estado tomando primeros planos de las zonas podridas.

De pronto, se oyó el rugido de una motosierra. Trixie se acercó corriendo y me apresuré a cogerla para que nadie la pisara. Mi madre sostuvo a Twinkletoes con firmeza en los brazos.

—¡Carter Riddle! ¡Apártate de ese roble! —le gritó su prima, Josie Biffle.

Carter, que con su aspecto rechoncho distaba mucho de parecerse a un leñador, se detuvo y apagó la motosierra.

—Josie, el árbol está muerto.

—¡Pues este año ni se te ocurra venir a comer pavo a mi casa! —repuso Josie sin dejar de gritar—. ¡Tú corta ese árbol y dejamos de ser familia!

Justo en ese momento se oyó un crujido estrepitoso y una segunda rama cayó al suelo. Por fortuna, todos habíamos retrocedido y nos habíamos alejado del roble a la espera de que lo talaran. La rama no era tan grande como la primera, pero, si le hubiera caído encima a alguien, no habría salido bien parado.

Oma le hizo una seña con la cabeza a Carter.

—Adelante, antes de que alguien se haga daño.

Carter se encogió de hombros y apoyó la motosierra en el tronco. Trabajó con ahínco, cada vez más rojo. El zumbido de la máquina era ensordecedor.

Mi madre sonrió mientras miraba incrédula la cantidad de personas que se habían reunido para ayudar a tirar el árbol. ¡La voz se corría muy deprisa en Wagtail! La montaña y el pueblo estaban poblados de árboles que ofrecían intimidad a los hogares y aportaban belleza natural. La mayoría de las familias del pueblo tenían motosierras con las que cuidar los árboles que crecían en su propiedad, y muchos las habían llevado, listos para arrimar el hombro.

El roble era gigantesco. Cuantas más personas colaboraran, menos se tardaría en talarlo y retirarlo, pero yo sabía que mi madre no sonreía por eso. Wagtail era de esa clase de lugares. Las emergencias escaseaban, pero todo el mundo acudía a echar una mano cuando ocurría algo.

Al cabo de unos minutos, Carter se detuvo y le echó un vistazo a la motosierra.

—¡Madre mía! ¿Te lo puedes creer? Se ha pulido los dientes por completo.

Un hombre grandullón, al que conocía del puesto de árboles de Navidad naturales, le hizo una seña para que se apartara.

—Quita, que no tienes ni idea, Carter.

Encendió su motosierra y se puso a trabajar.

Unos minutos más tarde, él también paró su herramienta y la examinó.

—El árbol se la está comiendo.

La gente empezó a acercarse al roble.

—¡Es magia!

—Está maldito.

—Orly lo sabía. ¡Por eso no quiso dejarles las tierras a sus hijos!

CAPÍTULO TRES

Varios vecinos de Wagtail se apartaron del roble con disimulo y se pusieron a cuchichear, pero Oma y yo nos acercamos un poco más para verlo mejor. Toqué la corteza, que me pareció del todo normal.

En ese momento, un anciano diminuto se abrió paso entre la multitud. Tenía el rostro ajado por el sol, tan arrugado como el lino en un día caluroso. Estudió el árbol.

—Señora alcaldesa, señoría, no es la primera vez que veo algo así. Está relleno de hormigón.

Oma fue incapaz de disimular sus dudas.

—¿Por qué iba a hacer alguien algo así?

—Para salvar el árbol. Antes, cuando estaban huecos y se pudrían por dentro, la gente los rellenaba con hormigón. Desde fuera no se aprecia nada. Es probable que haya más en Wagtail y que no lo sepamos. El hormigón detiene la putrefacción y el árbol continúa creciendo, sobre todo el ramaje. Aunque ya nadie hace esas cosas.

—Está de broma —dijo Oma.

—No, señora, lo digo en serio. Va a tener que derribarlo. No hay motosierra que atraviese ese hormigón.

—¡No pueden echarlo abajo! —se mofó Wyatt Biffle, el hijo de Orly. A pesar de que rozaba la cincuentena, se reía como un niño de diez años incordiando a un compañero de clase.

Josie le dio un codazo.

—Cállate, Wyatt. Voy a llamar a nuestro abogado. —Luego se dirigió a Oma—. Toquen ese árbol y nos ocuparemos de que la propiedad vuelva a nuestras manos.

Pobre Oma. Estaba claro que no sabía qué hacer.

Holmes dejó su motosierra en el suelo, sacó una navaja suiza y escarbó en la corteza, en la muesca que dejaron los dos hombres que habían intentado talar el roble. Un trocito de corteza salió disparado y el interior, sólido, quedó a la vista.

—Pues parece que tiene razón.

—Trae una excavadora, Holmes —decidió Oma—. El árbol está muriéndose y hay que retirarlo antes de que alguien resulte herido. ¿Entendido?

—Sí, señora. Calcule más o menos una hora.

Me apretó la mano y se marchó al trote.

Holmes estaba limpiando unos terrenos para construir casas en una propiedad de su familia por lo que supuse que tendría una excavadora. Pero, aunque no la tuviera, lo más probable era que conociese a alguien que pudiera dejarle una.

Josie dio un paso al frente.

—Alcaldesa Miller, señora. Deseo informarla de que está contraviniendo el testamento de mi padre y me declaro en contra de la eliminación de ese árbol.

—Tomo debida nota, Josie —contestó Oma sin alterarse. Después de que Josie se alejara, se volvió hacia mí y me dijo en voz baja—: Espero que las fotografías y la caída de la segunda rama basten para convencer a un juez de que era necesario derribarlo.

La multitud se dispersó. Mi madre y yo dejamos a Trixie y a Twinkletoes en el suelo y emprendimos el camino de vuelta al hostal a pesar de que Trixie parecía indignada y no quería apartarse del árbol.

Oma pidió a las cocinas del hostal que nos prepararan algo para comer y yo me encargué de llevarlo todo a su despacho en un carrito. Nos apiñamos alrededor de un sabroso despliegue de crema de calabaza y zanahoria, pollo frito, ensalada tibia de patata, ensalada de otoño con trocitos de manzana y beicon crujientes y bebidas varias. Cook también había preparado un plato de pollo para Trixie, Gingersnap y Twinkletoes.

Cuando terminé, sustituí a Zelda en el mostrador de recepción para que ella también pudiera ir a comer algo. Por descontado, nadie hablaba de otra cosa que del roble y el testamento de Orly.

Todavía quedaban veinte minutos para que llegara Holmes, así que acompañé a mi madre a las habitaciones, situadas en la última planta del hostal, y le mostré la suya. Tras las emociones de la mañana, Twinkletoes se hizo un ovillo junto a ella para echar una siesta.

Trixie bajó conmigo al despacho de Oma, donde cogí algo de comida para Holmes. Luego, le puse un arnés con correa a Trixie y volvimos junto al árbol.

Como había prometido, Holmes había regresado con la excavadora. Los ojos le hicieron chiribitas cuando vio lo que le había llevado para comer. Aprovechó para dar cuenta de todo mientras otros vecinos de Wagtail volvían junto al roble, entre ellos Wyatt Biffle, que se mantuvo un tanto apartado.

Tras plantarme un beso con un delicioso sabor a pollo frito, Holmes se subió a la excavadora y entró en la cabina. Empezó a cierta distancia del árbol para desenterrar las raíces, un amasijo de tentáculos podridos que demostraba la necesidad de eliminarlo. Les hice fotos, por si acaso los Biffle llevaban al pueblo a los tribunales.

Sin embargo, Holmes ni siquiera tuvo oportunidad de derribar el roble porque este se desplomó por sí solo y produjo un tremendo estruendo que estremeció la tierra bajo nuestros pies.

Miré a mi alrededor y anoté los nombres de las personas que había allí reunidas; de esa manera, además de Holmes y yo, sabría quién más podría testificar que el árbol se había caído sin que nadie lo tocara.

Una vez en el suelo, el roble se veía bastante más grande de lo que me había parecido en un primer momento. El viejo tronco debía de tener entre un metro veinte y un metro y medio de diámetro.

Y en la base, en su interior, vimos con claridad que el hormigón envolvía dos suelas de goma.

Trixie había tenido razón desde el principio.

CAPÍTULO CUATRO

Llamé a Oma y le envié una foto. De nuevo, el agente Dave la recogió de camino allí.

—Podrían ser solo unos zapatos —apuntó Barry Williams.

El hijo de Stu y Sue, Barry, se parecía mucho a su padre; era alto, pero sin la oronda barriga. Yo lo había conocido a través de Holmes. Carter Riddle y ellos dos habían crecido juntos en Wagtail y habían compartido las alegrías y las penas típicas de la adolescencia. Sin embargo, Barry siempre me había parecido una persona un tanto triste. Se había ido de Wagtail para estudiar Veterinaria y, gracias al gran éxito que tenía entre sus pacientes peludos y sus familias, era un tipo con muchos puntos a favor.

Holmes se volvió hacia su amigo.

—Seguro, lo estoy viendo: mira, voy a hacer hormigón y a rellenar este árbol, pero primero dejaré mis zapatos bien colocaditos en la base.

—¡Eh! —protestó Carter . Cualquiera lo bastante chalado para rellenar un árbol con cemento podría pensar que unos zapatos son un amuleto de la buena suerte.

Barry nos miró fijamente a Holmes y a mí.

—¿Sabéis de alguien que haya desaparecido en Wagtail? ¡Podríamos estar hablando de hace muchos años!

Una idea espeluznante.

—Ahora no se me ocurre nadie, pero por Wagtail ha pasado mucha gente —dije.

Mis padres habían dejado el pueblo y se habían mudado a California cuando yo tenía cinco años, pero, que yo recordara, todos los veranos me enviaban al Sugar Maple Inn con Oma. Tras la universidad trabajé de recaudadora de fondos en Washington D. C., pero, cuando Oma me ofreció hacerme copropietaria del hostal familiar, ni me lo pensé. Aun así, a diferencia de Holmes, no conocía a todo el mundo.

—A mí no me mires —dijo Holmes—. Me he pasado la mayor parte de los últimos quince años en Chicago, pero le preguntaré a mi familia.

El agente Dave y Oma cruzaron los jardines acompañados por el médico del pueblo, el doctor Engelknecht.

—Nunca había visto nada parecido —afirmó el agente Dave. Había estado en la marina y seguía conservando cierto porte majestuoso, pero se agachó sin más junto al tronco del árbol—. Puede que solo sean unos zapatos. Supongo que deberíamos retirar parte del hormigón para averiguar si ahí dentro hay una persona.

Trixie volvió a ladrar y tiró de la correa.

El agente Dave la miró con atención.

—He oído ese ladrido antes. Trixie ha olido algo.

El doctor Engelknecht se bajó las gafas.

—Sé que los perros poseen un olfato superior al nuestro, pero ladraría igual si lo que estuviese atrapado ahí dentro fuera un mapache.

El agente Dave y yo intercambiamos una mirada. Nosotros sabíamos que no era así.

—Esta perra no —dijo Dave—, pero usted es el forense, así que le cedo la palabra. ¿Lo cargamos en un camión con el hormigón o lo retiramos primero?

—Antes de hacer nada, deberíamos averiguar si ahí dentro hay una persona —contestó Engelknecht—. No voy a enviar un árbol lleno de hormigón a que le hagan una autopsia salvo que contenga un cadáver. ¿Tienes un destornillador y un martillo?

La situación adquiría un cariz cada vez más surrealista. Una multitud se había reunido alrededor del árbol mientras, al fondo, varias personas entraban en el centro de convenciones con preciosas casas de galleta de jengibre.

El ruido de un martillo golpeando un destornillador contra el hormigón atrajo mi atención. Incluso Trixie se centró en el médico. Se desprendieron algunos trozos y apareció una grieta. Todos guardamos silencio, atentos. El doctor Engelknecht continuó picando y retirando madera y hormigón con el cuidado y la paciencia de un arqueólogo.

—¡Engelknecht! —exclamó Carter—. Dele un buen porrazo con el martillo.

—No puedo, Carter. Podríamos destruir pruebas.

El médico prosiguió apartando pequeños trozos de manera metódica.

La palabra «pruebas» me dejó helada.

El médico siguió con cuidado la línea de la grieta, agrandándola poco a poco. Fragmentos más grandes fueron desprendiéndose.

—Vamos a estar aquí todo el día —rezongó Carter.

Apenas acababa de decir aquello cuando apareció un jirón de tela y, acto seguido, cuando cayó el cemento desmenuzado, una mano.

—*¡Ach!* Sí que hay una persona dentro del árbol. —Oma suspiró y llamó a su abogado de inmediato para ponerlo al corriente—. El hormigón no es tan grueso en algunos lugares. ¡Ese Orly! Seguro que lo sabía, por eso no quería que nadie lo talara.

El doctor Engelknecht negó con la cabeza, incrédulo.

—Será mejor que no sigamos retirando más trozos. No sabemos en qué estado se encuentra el cadáver, pero puede que el hormigón haya impedido el contacto con el aire. Ya solo la mano podría acelerar la descomposición.

—No pretenderá que transportemos el árbol entero, ¿verdad? —preguntó Holmes, siempre práctico y realista—. Si esa es la mano derecha, entonces creo que podemos calcular que la persona del interior debe de llegar más o menos... —Se alejó unos pasos—. Hasta aquí. ¿Y si traemos un martillo neumático y cortamos el hormigón un poco más arriba?

—Podríamos dañar las pruebas —insistió Dave.

Todos lo miramos.

—Vale, supongo que no nos queda otra —reconoció—. No podemos transportarlo entero.

—¿Podrá obtener ADN? —preguntó Oma.

El médico le sonrió.

—Seguramente, pero sería muy útil si pudiera reunir una lista de personas desaparecidas. Por el aspecto de las suelas de los zapatos, empezaría por hombres.

Sonó el teléfono de Oma.

—Diga, Liesel Miller —contestó.

Escuchó un momento.

—Voy a activar el altavoz. ¿Podría repetirlo?

—El abogado de los Biffle se ha puesto en contacto conmigo —dijo el abogado de mi abuela—. Le he informado de que la cláusula relativa al árbol ha quedado anulada dado que tenía el propósito de ocultar un crimen. Ahora mismo no sabe qué decir.

Oma le dio las gracias y colgó, aunque el teléfono volvió a sonar al instante. Contestó, escuchó unos instantes y dijo:

—Gracias, Zelda. Un momento. —Se dirigió a Dave—: La gente está llamando al hostal para informarme sobre familiares desaparecidos.

Dave inspiró hondo.

—Yo debería quedarme junto al cadáver. Holly, ¿te importaría reunir esa lista de personas desaparecidas por mí? Más tarde o mañana investigaré los posibles candidatos.

Oma le explicó a Zelda que yo me encargaría de anotar los nombres y que saldría para allá en un momento.

Mi abuela y yo los dejamos tratando de decidir cómo iban a transportar el cadáver y cruzamos los jardines hasta el centro de convenciones. Esperamos en el vestíbulo mientras Sue y Stu Williams inscribían a una concursante.

Sue escudriñó a la mujer a través de unas gafas de montura rosa transparente que hacían juego con el jersey rosa claro que llevaba. Buscó entre unos papeles y encontró la lista de los participantes.

—Aquí está. —Sacó un número de una máquina automática, lo anotó en el ordenador y se lo tendió a la mujer—. Procure no perderlo. Los jueces no sabrán quién ha hecho cada casa. De hecho, ni siquiera se les permite entrar hasta el día del concurso. ¿Alguna pregunta?

La participante negó con la cabeza y le dio las gracias.

Cuando la mujer se fue, Stu, que abultaba bastante más que su menuda esposa, exclamó de manera estentórea:

—¡Cuánto me alegro de veros!

—¿Y eso? —preguntó Oma poniéndose en guardia.

—Baja la voz, cariño —le reprendió su mujer con suavidad.

—Mi Suzy y yo llevamos una buena vida —se explicó Stu obedeciendo a su esposa—. Estamos bien de dinero, pero supongo que ya sabes que nuestro hijo, Barry, solo nos ha dado nietos de cuatro patas y, en estos momentos, ni siquiera tenemos de esos. El caso es que nos encantaría mimar a un niño estas Navidades. Nos da igual que sea niño o niña, como si son dos o tres, y hemos pensado que igual tú sabes de alguno que necesite un hogar. O de unos padres a los que les vendría bien que los ayudaran a hacer que las fiestas fueran especiales para sus hijos.

—¡Oh! —Oma me miró—. Qué gesto más bonito, pero ahora no se me ocurre nadie. ¿Y a ti, Holly?

—Así, de buenas a primeras, no, pero seguro que saldrá alguien. —Los estudié con atención. La barriga prominente de Stu y el rostro bondadoso de Sue los convertía en el señor y la señora Claus perfectos—. ¿Qué os parecería pasearos por el Christkindlmarket como Santa Claus y su señora?

Sue juntó las manos.

—¡Qué divertido! ¡Podríamos repartir juguetitos o chocolatinas a los pequeños!

Una vez solucionada aquella cuestión, nos acribillaron a preguntas sobre el árbol. Mientras Oma los ponía al corriente, fui a echar un vistazo por dentro. El centro de convenciones olía a nuevo y recién pintado. Holmes, que era arquitecto, había diseñado el bello edificio de poste y viga para Wagtail. Las ventanas se alzaban hasta el infinito y lo inundaban todo de luz, pero las vigas de madera y las chimeneas de piedra natural aportaban el toque perfecto de confort y esa sensación acogedora típica del estilo rústico y de montaña. Además de la amplia sala principal, contaba con salas de reuniones más pequeñas, un centro de negocios provisto de lo último en equipamiento de oficina y una cocina.

Me paseé entre las creaciones en exposición de la sala principal mientras escuchaba los villancicos navideños que sonaban de fondo y reía ante las ingeniosas casas para perros y gatos elaboradas con galletas de jengibre, entre las que abundaban aquellas en las que se habían empleado galletas con forma de hueso. Una tenía un tejado de paja hecho con galletas saladas de trigo cortadas en tiras. Otra imitaba la clásica caseta de Snoopy, con luces de Navidad incluidas, y al famoso perro tumbado de espalda encima. Las luces de Navidad eran uno de los adornos predilectos, cosa que no era de extrañar teniendo en cuenta las fechas en las que estábamos.

Alguien con mucha maña había hecho una para gatos que parecía una caja de cartón. Se me escapó una carcajada. Cualquiera que tuviera un felino en casa sabía que preferían las cajas a las camas elegantes y afelpadas.

Vi a varios vecinos de Wagtail colocando sus creaciones, tan llenas de detalles y perfectas que me dejaron impresionada. A excepción de la categoría infantil, no tenían nada que ver con las casas de jengibre coquetas, pero chuchurrías, que yo hacía de pequeña. Los concursantes eran verdaderos profesionales. El Sugar Maple Inn estaba lleno de participantes que venían de fuera y había visto a muchos llevando su creación de jengibre a la habitación con sumo cuidado antes de que el centro de convenciones abriera para poder inscribirse.

Me sonó el teléfono y el nombre del hostal apareció en la pantalla.

—¿Sí?

—Holly, creo que será mejor que te des prisa en venir —dijo Zelda muy seria y en voz baja.

—¿Qué pasa? —pregunté.

—Aquí hay una cola de gente que quiere informar sobre personas desaparecidas. He llamado al agente Dave, pero está ocupado y me ha dicho que me pusiera en contacto contigo.

—Diles que tardo diez minutos.

Volví corriendo junto a Sue y Oma, les expliqué brevemente lo que ocurría y me dirigí al hostal a toda prisa con Trixie trotando delante de mí.

El caos se había desatado cuando llegamos. El vestíbulo estaba abarrotado de gente, casi toda con aspecto nervioso y preocupado. Algunos llevaban papeles y fotografías. Se amontonaron a mi alrededor; todo el mundo hablaba a la vez. Aupé a Trixie para que no la pisaran sin querer y me abrí paso hasta el mostrador de recepción.

—Zelda, envíalos al despacho de Oma de uno en uno.

Se apartó el largo cabello rubio hacia atrás y asintió.

—¿De verdad habéis encontrado un cadáver dentro del árbol?

—Me temo que sí.

Me metí enseguida en el despacho de Oma y dejé a Trixie en el suelo. Twinkletoes entró disparada y se encaramó a la mesa de un salto. Se sentó con remilgo y envolvió la cola negra alrededor de las patas blancas, como si se dispusiera a evaluar a quien entrara. Aunque era eminentemente blanca, tenía dos manchas cuadradas sobre la cabeza, una de color dulce de azúcar y otra de color chocolate, que siempre me recordaban unas gafas de sol levantadas. Nada escapaba a aquellos ojos de un verde intenso, que a menudo parecían brillar.

Cogí una libreta amarilla y un boli y me acomodé tras la mesa.

La primera persona que entró en el despacho fue Matilda Critchfield. La mujer menuda y de cabello corto y rizado veteado de canas se sentó enfrente de mí.

—Creo... —Tragó saliva con dificultad e inspiró hondo—. Creo que el hombre del árbol podría ser mi tío, Seth Dobbs.

Me tendió una fotografía de un hombre sonriente y tocado con un sombrero de fieltro. La miré con detenimiento. Era de 1948. De pronto comprendí por qué Dave había delegado en mí aquella tarea: por allí iban a pasar montañas de candidatos poco probables.

—¿Cuándo desapareció tu tío?

—En 1955. Yo era muy pequeña.

Me detuve un momento para poner las ideas en orden. La insistencia de Orly en que no debía talarse aquel árbol en concreto sugería de manera bastante evidente que estaba al tanto de la existencia del cadáver. Seguramente imaginó que sus hijos venderían los terrenos y que el cadáver se descubriría cuando alguien derribara el roble, razón más que probable por la que había dejado la propiedad al pueblo con la condición de que no lo taláramos. Sin embargo, al final, el árbol había revelado su secreto.

Si Orly sabía lo del cadáver, en ese caso todo tendría que haber sucedido en su época. Yo no tenía ni idea de cuánto podía vivir un árbol después de que lo llenaran de hormigón, pero lo lógico sería suponer que estaba al tanto, aunque no hubiera sido él, sino otra persona, un pariente, como su padre quizás, quien lo hubiera rellenado. Eso era demasiado tiempo para comprobar todas las personas que habían desaparecido.

Cogí el teléfono y revisé la foto que le había hecho a los zapatos. El dibujo profundo de la suela me parecía bastante moderno, pero seguro que las suelas de goma no eran algo de anteayer.

Decidí dejarle eso a Dave. Yo anotaría los datos que me dieran, como la fecha en que se vio a la persona por última vez.

Seguramente la policía determinaría la fecha de fabricación aproximada de los zapatos y eso reduciría las posibilidades.

Apunté la información básica acerca del tío de Matilda. Por lo visto había sido un granjero con bastante éxito entre las mujeres y se le había visto por última vez alejándose en un Ford. Hice una fotocopia de la foto y le agradecí a Matilda que hubiera venido.

Trixie y Twinkletoes no parecían impresionadas. Se habían hecho un ovillo y ninguna de las dos se dignó ni a abrir un ojo cuando Matilda se fue.

Procedí con las siguientes seis personas de la misma manera, preguntándome por qué había desaparecido tanta gente de Wagtail, aunque ninguno me pareció un candidato probable. Al menos hasta que entró Bonnie Greene.

GUÍA DE TRIXIE PARA RESOLVER ASESINATOS

Lo cierto es que encontrar personas asesinadas depende por completo de tu rastreador. Lo que voy a decir a continuación es triste, pero los humanos tienen los rastreadores estropeados. Ya os habíais dado cuenta, ¿verdad? Son muy buenos en otras cosas, pero los rastreadores... Esos no les funcionan.

Para nosotros, los perretes, detectar un olor es tan natural como respirar. ¿Sabéis cuando os detenéis a oler algo y vuestro humano os pregunta en tono cariñoso: «¿Había una pardillita?»? Y tú, ahí, pensando: «¿En serio? ¿Una pardillita? Acaba de llegar un perro nuevo a la ciudad. Es grandote, de unos cuarenta kilos, castaño, seguramente un labrador. Tiene cuatro años y anoche cenó estofado de ternera en el Hot Hog». Y vuestro humano dale que te pego con las pardillitas.

¿No me creéis? ¿Sabéis cuando notáis que un bebé lleva un regalito oloroso en el pañal? Pues los humanos ni se enteran, pero no hay perro en medio kilómetro a la redonda que no sepa que ese bebé ha hecho una cacota.

A ver, tampoco vayáis ahora a pensar que vuestros padres son unos inútiles. En general, tienen buena vista. No oyen como los perretes, pero nadie es perfecto. Además, ¡nos tienen a nosotros para ayudarlos!

CAPÍTULO CINCO

La presencia de Bonnie Greene despabiló a Trixie y Twinkletoes. Casi todos los vecinos de Wagtail conocían a Bonnie porque era la propietaria de Pawsome Cookies, donde vendían galletas para personas, perros y gatos. Supuse que tendría la edad de mi madre. Era rubia, llevaba el pelo recogido en un moño suelto y no se maquillaba. Trabajaba de voluntaria en la Wagtail Animal Guardians (WAG), la protectora de animales de Wagtail, y su casa era un segundo hogar para un sinfín de perros y gatos rescatados. Alargó la mano para acariciar a Trixie y Twinkletoes.

Nerviosa, se pasó la lengua por los labios y me deslizó una fotografía sobre la mesa.

—Me da un poco de vergüenza estar aquí.

Tenía ante mí la imagen de un hombre guapo a rabiar, de pelo castaño y ligeramente largo. Me lo imaginé retirándoselo hacia atrás con un gesto casual, sin preocuparse de cómo le quedara. La sonrisa dejaba a la vista unos dientes blancos y perfectos, y tenía un hoyuelo en mitad de la barbilla. El tipo de hombre que hacía suspirar a las mujeres. La fotografía estaba desgastada, como si la hubieran manoseado mucho.

—¿Quién es?

—Boomer Jenkins, o al menos se hacía llamar así. Supongo que sus padres le pusieron un nombre como es debido, pero no lo recuerdo, si es que llegó a decírmelo.

—Es muy guapo.

—Holly, guapo es quedarse corto. Tenía tal encanto que todo el mundo lo adoraba. Fue el amor de mi vida.

—¿Qué le ocurrió?

—No lo sé. —Inspiró hondo—. Estaba prometido con Delia Riddle. ¿La conoces?

—¿La cuñada de Orly?

La relación con él encendió mis alarmas.

—La hermana de su mujer. —Bonnie se puso roja como las hojas de roble en otoño, a juego con la leve tonalidad rojiza de su pelo, que hacía resaltar el azul claro de los ojos—. Cuando lo pienso, sé que no hice bien, pero estaba loca por él. Perdidamente enamorada.

Delia seguía apellidándose Riddle, no Jenkins, así que tuve que preguntarle.

—¿Rompió el compromiso con Delia?

—Iba a hacerlo. Me prometió que le pondría fin. Jamás olvidaré ese día. Estábamos en el parque, sentados debajo de un árbol, y yo llevaba galletas con pepitas de chocolate, recién hechas. Aún estaban calientes. ¿Sabes cuando el chocolate todavía está como deshecho? Era un precioso día de agosto. Estábamos abrazados y me dijo que iba a romper el compromiso esa noche.

—¿Y lo hizo?

—No lo sé. No volví a verlo ni a saber nada más de él. Ni una sola palabra. Lo recuerdo cruzando el parque y volviéndose para mirarme. Y eso es todo. Preparé la cena pensando que vendría a mi casa después de que hablara con Delia. Las velas se consumieron y el pollo asado y el puré de patatas se enfriaron. Lo llamé no sé cuántas veces. Por entonces ya había móviles, muy monos y pequeñitos, pero la cobertura de Wagtail era tan mala que la única manera de hablar con él era llamándolo al fijo. —Se quedó pensando un momento mientras acariciaba a Twinkletoes—. Estaba hecha polvo. Claro, pensaba que Delia había conseguido hacerlo cambiar de opinión, que al estar con ella se había dado cuenta de que no me quería. ¡O de que la quería más a ella! Incluso llegué a plantearme la idea de irme de Wagtail. ¿Cómo iba a seguir viviendo en el mismo pueblo que el hombre que amaba cuando estaba casado con otra?

Sabía de lo que hablaba, me había pasado lo mismo con Holmes. La primera vez que lo vi después de más de diez años, él estaba prometido. La familia de su novia incluso se alojó en el hostal unas Navidades. Como para no querer morirse. Sin embargo, tenía claro que la decisión debía tomarla él, yo no podía interponerme entre los dos. No habría estado bien. En cualquier caso, durante un tiempo había estado tan agobiada como Bonnie.

—¿Le preguntaste a Delia por él?

La mujer ahogó un grito.

—¿En serio? ¿Querías que fuera a ver a su prometida para preguntarle dónde estaba Boomer? No tuve valor. ¿Y si no sabía que estábamos liados?, ¿y si habían discutido por mí y por eso él se había ido del pueblo? Lo que hice fue acudir a la policía, pero el antiguo jefe le dio carpetazo al asunto al considerarlo un desengaño amoroso sin importancia.

Bonnie me parecía sincera, pero ¿y si lo hubiera asesinado porque Boomer pretendía romper con ella? ¿Habría denunciado su desaparición si lo hubiera hecho?

—¿El antiguo jefe de policía? ¿Cuánto hace de todo esto?

—Veinte años.

Supuse que el calzado podía ser de esa época.

—¿Se te ocurre algo más que pudiera ser útil? —le pregunté.

Ella negó con la cabeza.

—Espero que no se trate de él. Puede que me dejara, pero prefiero pensar que sigue vivo y que está bien, en alguna parte.

Le agradecí que hubiera venido y la acompañé hasta la puerta. Cuando la abrí, dos hombres se pusieron en pie de un salto.

Por interesante que fuera hablar con todo el mundo, empezaba a notarme un poco cansada. Menudo día llevábamos. Con todo, cuando vi sus expresiones esperanzadas, no pude rechazarlos.

Dos horas después, me alegré al ver que solo quedaba una persona. Se trataba de Althea Alcorn. La mujer entró apoyándose en un bastón que manejó con suma destreza una vez que tomó asiento, como si lo usara a todas horas. No la conocía bien, a pesar de que participaba activamente en la comunidad. Había envejecido de manera considerable desde la última vez que la vi. Se decía que los Alcorn eran ricos, y había oído que su marido vivía en un complejo residencial para ancianos en Snowball.

—Hola, señora Alcorn.

—Gracias por recibirme, Holly.

Se sentaba tan derecha que yo también enderecé la espalda.

Me tendió una fotografía con gesto enérgico.

—El hombre del árbol es mi hijo.

CAPÍTULO SEIS

En la fotografía que tenía delante aparecía un joven de pelo castaño claro y bigote ralo.

—Es clavado a su hijo Kent.

—Es su hermano, Jay, de ahí el parecido. Siempre he creído que Kent salió a mí. Jay salió a su padre.

—¿Cuándo desapareció?

La señora Alcorn bajó la mirada.

—Debe de hacer unos veinte años. Fue al día siguiente de Acción de Gracias. Jay y Kent iban a la universidad y habían venido a pasar unos días. Me enteré, por pura casualidad, de que una chica del lugar había estado viéndose con él allí. Una chica basta y ordinaria. Seguro que sabes de lo que te hablo. Le prohibí que saliera con ella. —Negó con la cabeza—. Le habría arruinado la vida. Jay era inteligente, pero terco, como yo. Y astuto cuando quería. Seguramente eso también lo heredó de mí. En fin, poseía lo necesario para llegar a ser alguien. Tenía por delante un futuro prometedor, pero le atraía esa chica tan chabacana que lo habría llevado por el mal camino. Por desgracia, discutimos. —Hizo una pausa y tragó saliva—. Él me dijo que la quería. Yo le dije que no volviera por aquí mientras tuviera algo que ver con ella.

—¿Después de eso no regresó a casa nunca más? —pregunté.

—Esa fue la última vez que lo vi.

Sabía que le dolía profundamente, pero era de esas mujeres duras que jamás derramaban una lágrima.

—Ha dicho que la chica era de aquí. ¿Habló con ella? ¿Le preguntó dónde estaba su hijo?

La señora Alcorn frunció los labios e inspiró hondo.

—Nunca he sido una persona dócil. No soporto a los idiotas y odio la cháchara. Me temo que mi orgullo se ha interpuesto en mi camino en más de una ocasión, y esa fue una de ellas.

No era una persona entrañable, de eso no cabía duda, pero la compadecía. Estaba claro que se arrepentía de muchas cosas.

—¿Está segura de que su hijo no se fugó con esa chica? —pregunté.

—Bastante segura. La veo por el pueblo. Es Josie Biffle. Procuro no comprar nunca en su tienda, aunque venden unos productos de huerta excelentes.

Me dio la impresión de que Jay simplemente había aprovechado para desaparecer y hacer su vida, pero no me costaba nada preguntarle a Josie si sabía dónde estaba.

—No hago más que pensar que Orly le disparó para que no se acercara a su hija y luego escondió el cadáver. Hasta que el árbol cayó, siempre había temido que Jay estuviera en el fondo del lago.

La miré perpleja.

—De acuerdo, no le gustaba Josie porque no era lo bastante buena para su hijo, pero ¿qué podía tener Orly en contra de Jay?

—Orly era una persona traicionera. Un vil sinvergüenza y un ladrón. Cuando legó los terrenos del lago al pueblo supe que pasaba algo. Ese hombre jamás regalaba nada. Era un estafador. Mi marido y él tuvieron una disputa por la propiedad en la que se encuentra la tienda de los Biffle.

—Teniendo en cuenta que la tienda sigue en pie, entiendo que la ganó Orly.

La señora Alcorn negó con la cabeza.

—Pues no. Yo les arriendo el edificio.

—No creerá que le hizo algo a su hijo por una disputa sobre unas tierras —dije horrorizada ante la idea.

—Quiero pensar que no, pero quizá no le gustó nada enterarse de que su hija se veía con Jay. —Sus ojos encendidos se clavaron en los míos—. Piénsalo bien: Orly estaba al corriente de que había una persona en el árbol. Es probable que fuera él mismo quien escondiese ahí el cadáver. ¿Qué otro motivo habría para añadir al testamento una cláusula que prohibiese que lo talaran? ¿Qué clase de persona haría algo así?

No le faltaba razón, pero me costaba imaginar a alguien tan desalmado. Tomé nota sobre la disputa entre los Biffle y los Alcorn.

Me pregunté si su marido sabría algo sobre su hijo.

—Creo que el señor Alcorn vive en Snowball, ¿no?

La mujer asintió con la cabeza.

—Pero es poco probable que recuerde nada, tiene alzhéimer. Pregúntale si quieres. Dicen que tiene sus días, buenos y malos.

Le agradecí que hubiera venido a verme.

—Me llamarás en cuanto sepas algo.

Fue una orden más que una pregunta.

—Por supuesto.

Salió del despacho apoyándose con fuerza en el bastón. Conservaba su porte elegante en gran medida, pero su mirada delataba agotamiento.

¡Por fin! Sentí un gran alivio al ver que había acabado. Hasta que alguien llamó con timidez a la puerta. Twinkletoes bostezó. Incluso Trixie volvió la cabeza para mirarme como si no pudiera creer que aún quedaran más personas.

—Adelante —dije.

La puerta no se abrió. Me levanté del asiento y, al abrirla, vi que una mujer se alejaba apresurada.

—¿Has cambiado de idea, Penny? —preguntó Zelda.

Penny Terrell se volvió. Cuando me vio, dio un grito ahogado y contuvo la respiración.

Me sentí mal por ella. Estaba siendo un trance doloroso para todas aquellas personas, desesperadas por saber qué le había ocurrido a un ser querido. Le sonreí. Seguramente temía descubrir que la persona atrapada en el árbol fuera un familiar.

Trixie ladró, corrió hasta Penny y meneó la cola.

Una sonrisa se dibujó en los labios de la mujer.

—Aún no estoy muerta, Trixie.

—Adelante —la animé a entrar.

—No hace falta. Solo quería saber cuándo acaba el concurso de las casas de jengibre. Espero que no se me haya pasado el plazo.

—El jueves al mediodía —dije—. Es mejor que presentes la tuya el miércoles a lo más tardar.

—Perfecto. Gracias. Bueno, pues adiós.

Se marchó tan deprisa que la siguió una ráfaga de viento.

Zelda me miró.

—Eso ha sido una de las mayores trolas que he oído en mi vida.

—Lo mismo digo.

—Volverá.

Zelda tamborileó con un lápiz sobre el mostrador de recepción.

—Sabe algo —aseguré—. Que ya es más de lo que puede decirse de la mayoría de la gente que ha pasado hoy por aquí.

—¿Ninguna pista?

—No muchas. El tamaño y la forma de las suelas nos lleva a pensar que se trata de un hombre adulto, lo que significa que podemos eliminar a casi todas las mujeres y los niños. Muchas de las personas de las que no saben nada se mudaron a otro lugar y perdieron el contacto con ellas, así que también podemos descartarlas.

—Pero si con internet y Facebook puedes encontrar a un montón de amigos a los que les perdiste la pista hace siglos —señaló Zelda.

—Salvo que no quieran que los encuentres. Es difícil no estar en la red, pero supongo que no imposible.

—¿Crees que Penny va a apuntarse al concurso de verdad? —preguntó Zelda.

—¿Le gusta la repostería?

Zelda se encogió de hombros.

—Trabaja en el banco y está casada con Tommy Terrell. Eso sí que es un marido. ¡No sé quién me contó que Tommy le prepara el desayuno a diario y le lleva una taza de café antes de que se levante! ¿Por qué no encontraré yo alguien así?

Hacía tiempo que la pobre Zelda atravesaba una mala racha con los hombres.

—Lo harás —aseguré esperando que fuera cierto.

Mi madre entró en el vestíbulo con aire resuelto y se puso a mirar las maravillas que vendíamos en la tiendita de regalos.

—No me puedo creer lo que Oma ha hecho con el hostal. Es asombroso. Cuando naciste, Holly, Wagtail no tenía nada que ver con lo que es ahora; era un pueblo de mala muerte. Si hubiera sido así por entonces, no sé si nos habríamos ido.

Miré la hora.

—¿Te va bien cenar ahora? Te enseñaré el pueblo de camino.

—Genial.

Subí a toda prisa para cambiarme mientras mi madre iba a ver si Oma quería acompañarnos.

Media hora después, Oma, Gingersnap, Trixie, Twinkletoes y yo paseamos a mi madre por Wagtail subidas a un carrito de golf mientras íbamos indicándole el centro médico veterinario, los restaurantes que bordeaban la orilla del lago y La Comarca, que técnicamente ya no se encontraba en el centro del pueblo. La acogedora urbanización de casitas de campo recordaba a una mezcla de los Cotswolds ingleses y unas preciosas casas de *hobbits.*

—¿Son muy caras? —preguntó mi madre—. Me encantaría vivir en ese lugar.

Me concentré en conducir mientras Oma intentaba convencerla para que volviera a Wagtail.

Aparcamos detrás de uno de mis restaurantes preferidos, el Hot Hog. Trixie bajó de un salto del carrito y corrió al restaurante con Gingersnap pisándole la cola. Twinkletoes optó por una aproximación más mesurada y felina, como si perteneciera a la realeza. Se trataba principalmente de un restaurante al aire libre, de modo que en esa época del año cerraban la zona de mesas con paneles de cristal y la mantenían calentita con calefactores.

Trixie escogió una en el interior, adelantándosenos, y se encaramó a un banco. Era su restaurante preferido, hasta el punto de que mi madre se quedó asombrada cuando pedimos y la camarera preguntó si Trixie quería el pollo mechado especial para perros de siempre.

Cuando empezamos a comer mi madre se decidió a contarnos el verdadero motivo de su visita.

—Siento informaros de que Todd y yo nos hemos separado.

Mi tenedor se estrelló contra el plato con estrépito. ¿Un segundo divorcio? No es que fuera algo insólito, pero lo sentía por ella. Estaba convencida de que su matrimonio funcionaría.

—Los niños pasarán Acción de Gracias con su padre porque estarán conmigo en Navidad.

Aquello me trajo recuerdos. Era una adolescente cuando mis padres se divorciaron y formaron una nueva familia con sus nuevas parejas. Siendo sincera, nunca había sentido que perteneciera a ninguna de las dos. Me trataban bien, pero no dejaba de ser una invitada durante las vacaciones, no un verdadero miembro de la familia. Odiaba andar de aquí para allá: primero, a casa de mi madre, en California; luego, coger un avión para ver a mi padre, en Florida. Casi siempre tenía la sensación de haber pasado más tiempo en aeropuertos y en aviones que disfrutando de su compañía.

Apenas conocía a mis hermanastros, pero los compadecí.

—Lo siento mucho —dijo Oma—. ¿Qué ha pasado?

Si alguien iba derecha al grano, esa siempre era mi abuela.

—Él tenía otros planes...

—*¡Ach!* Una mujer. Hay que ser idiota para dejarte por otra. —Oma sacudió la cabeza—. ¿Y tus padres qué dicen?

Mi madre nos miró con gesto esperanzado.

—Nos gustaría volver a Wagtail. A todos.

—¡Pero eso es una magnífica noticia! —exclamó mi abuela entusiasmada.

Me recosté en la silla asimilando lo que acababa de oír. ¿Mi madre? ¿En el mismo pueblo que yo? ¿Después de tantos años? Le sonreí.

—No me lo puedo creer. ¡Es genial!

—Os quiero a las dos. No veo el momento de volver. Hoy he estado sentada un rato en la terraza de Holly y todo transmite tanta paz; el lago, los árboles... Echo de menos las montañas. Y estará bien volver a tener a la familia cerca.

En ese momento, las tres murmuramos lo mismo a la vez: «Birdie».

La hermana mayor de mi madre, Birdie, era insufrible. Sí, era una mujer imponente, de acuerdo. Su esbeltez y elegancia en el vestir siempre causaba una buena primera impresión, salvo por ese mechón blanco a lo Cruella de Vil que destacaba entre el pelo negro. Era como los colores vivos que emplea la naturaleza para avisarnos y recomendarnos que permanezcamos apartados de los animales venenosos. No es que fuera tóxica de verdad, claro, pero Birdie tenía cierta tendencia a ser hostil y desagradable.

La había tratado lo suficiente para conocer su lado más amable, aunque a menudo tenía que recordarme que existía, tarea nada sencilla cuando se dedicaba a sermonearme por haber incurrido en alguna infracción sin importancia —o lo que ella considera una infracción— que transgrede su forma de entender la vida.

—He estado dándole vueltas desde que me llamaste desde el hospital, Holly. ¿Te acuerdas? La noche que creíste que Birdie no saldría de aquella. Tus abuelos y yo hemos estado hablándolo desde entonces. No es solo que queramos estar más cerca de Birdie, algo de lo que quizá nos arrepintamos, es que además ya no hay nada que nos retenga en California. A tu abuelo le gustaría tener una barca y volver a pescar, y tu abuela ha estado en contacto con sus amigas de *patchwork* de Wagtail a través de Facebook. Los dos creen que aquí se encontrarían a las mil maravillas. Entiéndeme bien, iríamos al lago Tahoe o donde sea, pero no haría falta que tú te mudaras con nosotros.

El bullicio del restaurante se acalló y el repiqueteo de unos tacones contra la madera se hizo más audible a medida que se aproximaba a nosotras. Trixie descendió del banco a toda prisa y se escondió entre mis piernas. Noté que Gingersnap también estaba debajo de la mesa. Solo Twinkletoes permaneció en su típica pose de gato egipcio sobre el banco, con los ojos clavados en algo.

CAPÍTULO SIETE

Tía Birdie se nos echó encima. Levantó el brazo derecho, se llevó la mano al pecho y miró hacia arriba antes de hablar en voz alta para que todos pudieran oírlo:

—Mis dos únicas parientes vivas y así es cómo me tratáis, como a una huérfana de una novela de Dickens.

Mi madre y yo nos miramos, y a duras penas conseguí reprimir una carcajada. Desvié la mirada y me mordí el labio tratando de no sonreír. Como buena melodramática, Birdie siempre reducía el número de sus parientes vivos a cuantos hubiera presentes delante de ella. Ese día pasó por alto a sus padres y a sus sobrinos, por no hablar de algún que otro primo segundo o tercero del que yo no tenía noticia.

—¿Os podéis imaginar el dolor que me embarga, la puñalada en el corazón, al tener que enterarme por un extraño, ¡un extraño!, de que mi hermana está en el pueblo? —La mano de Birdie se desplazó a la clavícula—. ¿Cómo habéis podido?

Oma la interrumpió con un lacónico y autoritario: «Siéntate, Birdie».

—¡Ah! Una invitación para unirme a los elegidos. Qué honor.

Mi madre se levantó y rodeó la mesa hasta llegar junto a su hermana.

—¡Birdie! Cuánto me alegro de verte.

Abrió los brazos para estrecharla contra ella.

Birdie se dejó, aunque un poco a regañadientes.

—¿Cuánto llevas por aquí? —preguntó con cierto sarcasmo.

Mi madre hizo caso omiso y se separó de ella, sin soltarla.

—¡Estás estupenda!

Birdie la miró exasperada.

—¿Y por qué no iba a estarlo? No iba a abandonarme solamente porque mi familia me dejase aquí y huyese a la otra punta del país.

—Lo digo porque estuviste en el hospital. ¿Recuerdas que hablamos por teléfono? Creías que no salías de aquella.

—Claro que me acuerdo. Muchas gracias por hacerme pensar en el momento más doloroso y aterrador de toda mi vida. Bueno, aparte del día en que mi familia me abandonó.

Birdie compartió con un grupo de tres mujeres a la caza del mismo viudo una ensalada a la que le habían puesto acónito. Por fortuna, todas habían sobrevivido a la ingestión mortal.

Mi madre estaba acostumbrada a ignorar los desaires de Birdie.

—Venga, siéntate, Birdie. Tengo muchas ganas de oír cómo te va aquí, en Wagtail.

Aparté rápidamente el plato de Trixie para que tía Birdie pudiera sentarse.

Una camarera le trajo lo que pidió y miró a su alrededor.

—¿Dónde está Trixie?

La granujilla asomó el hocico por debajo de la mesa.

—¿Qué haces ahí debajo?

Enseguida trajo un banquito para Trixie, que se encaramó a él de inmediato y meneó la cola en señal de agradecimiento.

Le puse el plato en el banco. Gingersnap volvió con disimulo junto a su plato, colocado en el suelo. Con un coletazo, Twinkletoes observó a Birdie con atención.

Tía Birdie parecía horrorizada.

Dado que yo también había sido objeto de una pataleta no-he-sido-la-primera-persona-a-la-que-has-ido-a-ver-a-tu-llegada-a-Wagtail similar, no había tardado en comprender que era mejor mantenerse alejada de Birdie. Sin embargo, y a pesar de mis esfuerzos, ella se las ingeniaba para colarse sinuosamente en mi vida de vez en cuando, casi siempre para quejarse sobre alguna ridiculez que ella consideraba un descuido mayúsculo por mi parte.

Decidí ignorar el horror que le producía estar comiendo con dos perros y una gata.

—He escrito un libro —anunció Birdie—, y parece que el editor estaría interesado en una continuación.

—¡¿Un libro?! —exclamó mi madre—. Eso es fantástico. ¿Qué es? ¿Una novela de misterio?

—Quería escribir sobre una mujer que perdió a toda su familia y quedó abandonada en una montaña desierta, tras lo que tiene que aprender a valerse por sí misma.

Definitivamente había agotado ese filón. Nadie se inmutó.

—Sin embargo, al final escribí sobre muebles de época estadounidenses, del siglo XVII. Está vendiéndose bastante bien, incluso se utiliza como libro de referencia.

Birdie, a pesar de todo su dramatismo impostado, era una autoridad en antigüedades, con reconocimiento nacional. Tenía que lanzarle un hueso.

—Estoy muy orgullosa de ti. Es un logro nada desdeñable.

El plato vegetariano de Birdie llegó y se quedó mirándolo con cara de asco.

—Está lleno de fotografías y consejos para distinguir los muebles auténticos de los falsos.

—¿Cómo se continúa una obra así? —se interesó mi madre.

—Estamos sopesando sacar una serie de libros similares que abarquen hasta el siglo xx; al final crearían una guía completa.

—Estoy muy impresionada. Enhorabuena, Birdie —la felicitó Oma.

—¿Papá y mamá lo saben? —preguntó mi madre.

Birdie suspiró.

—Estas cosas no les interesan.

La respuesta abatió a mi madre.

—¡Cómo no van a interesarles! Mañana les llamamos juntas y se lo cuentas.

Birdie pinchó un trozo de brócoli, radiante de felicidad. Lo que de verdad quería era un poco de atención y que la halagaran. Como todo el mundo. ¿Cuándo aprendería que poner a la gente a la defensiva no era la manera de ganarse su cariño? Probablemente nunca.

Trixie ya había engullido su comida y estaba haciéndole ojitos a la mía. ¡Ni en broma! Además, mi pollo mechado estaba bañado en una salsa barbacoa a base de vinagre y tomate que no le convenía. ¡Y yo la adoraba!

—Nell también tiene algo que contar —dijo Oma.

—Regresamos a Wagtail.

—¿Tu familia y tú? —preguntó Birdie.

—Mi marido no. Lo de los niños aún está por decidir. Son adolescentes, una época difícil para los cambios, pero de todas maneras dentro de poco se irán a la universidad. A papá y mamá les hace mucha ilusión mudarse de nuevo aquí.

—Vuelven a casa —murmuró Birdie. Dejó de comer—. Mi casa. Era su casa. ¿Su intención es instalarse en ella?

—Todavía no hemos hablado de esas cosas —dijo mi madre—. No te preocupes, hay suficiente espacio en Wagtail para todos.

Birdie no parecía tan segura. Después de tantos años sola, imaginaba que volver a vivir con sus padres supondría un gran cambio para ella. En cualquier caso, era probable que ellos tampoco quisieran. ¡Ni ellos ni nadie!

La conversación derivó hacia el cadáver del árbol.

—Zelda me ha dicho que bastantes vecinos han ido a informarte sobre personas desaparecidas.

Oma me miró.

—Una cantidad sorprendente, de hecho, aunque es probable que muchas sean personas que se fueron de Wagtail y que sigan vivas. Lo que ocurre es que no saben cómo localizarlas.

Me miraron horrorizadas.

—Hay gente con apellidos muy comunes, como Smith o Jones, y eso dificulta seguirles la pista. Y también hay quien cambia de apellido cuando se casa o se divorcia.

Birdie frunció el ceño.

—Hasta mi hermana me dio su dirección cuando se mudó.

¿Por qué había tenido que expresarlo de esa manera, como si se tratara de algo excepcional?

—Imagino que habrá quien se vaya dando un portazo o porque siente la necesidad de romper con todo.

Nuestra camarera se llevó los platos y preguntó si de postre queríamos probar su nuevo pastel de jengibre. Lo habían hecho en homenaje al concurso de casas. Todas quisimos, incluso Trixie, que tocó a la camarera con suavidad con una pata, como si alzara la mano, un gesto que aligeró la atmósfera.

Maravillosamente especiado y con un glaseado cremoso, el pastel estaba delicioso. Las versiones de Trixie y Gingersnap eran más pequeñas y llevaban yogur por encima, cosa que tal vez nos habría convenido a todas. Dieron cuenta de su postre en un santiamén.

A pesar del gélido aire nocturno, volvimos al hostal en el carrito de golf después de dejar a tía Birdie en su casa.

El vestíbulo estaba bastante tranquilo, como era habitual después de la cena. Los huéspedes solían volver en grupos pequeños y el encargado nocturno lo tenía todo bajo control.

Oma nos dio las buenas noches y se retiró a sus habitaciones con Gingersnap. Mi madre y yo subimos la imponente escalera principal hasta mi apartamento, situado en la segunda planta. Trixie iba dando saltitos por delante de nosotras y Twinkletoes nos rodeó y pasó zumbando a nuestro lado tan deprisa que apenas dejó una estela blanca.

A pesar de que mi madre estaba agotada, nos sentamos en mi sala de estar con un chocolate caliente aderezado con un chorrito de licor. Encendí la chimenea de gas, que chisporroteó un poco.

Por más que lo intenté, no logré recordar la última vez que había estado a solas con ella. Siempre había bebés o niños pequeños que reclamaban su atención o nos acompañaba su marido. No era una crítica; su vida era así, nada más. Quería a mi madre, pero había olvidado lo divertida que era. Cotilleamos, charlamos y reímos durante horas.

Ya era más de medianoche cuando se dirigió al cuarto de invitados y yo me arrastré a la cama con Trixie y Twinkletoes.

Al día siguiente, decidí no despertarla. Al fin y al cabo, era probable que su reloj biológico aún siguiera en el horario de California. No parecía muy agobiada por lo del próximo divorcio. Quizá la emoción de volver a vivir en Wagtail había suavizado ligeramente el golpe.

Una de las ventajas de vivir en el Sugar Maple Inn era el predesayuno en la cama. Oma había contratado al señor Huckle, un hombre mayor y arrugado que hasta entonces había estado trabajando de mayordomo para el hombre más rico del pueblo. Por desgracia, un desafortunado segundo matrimonio había dejado sin blanca a su empleador, que había tenido que prescindir de los servicios del señor Huckle, un hombre dedicado en cuerpo y alma a la familia. Oma solo pretendía ayudar a aquel anciano caballero en un mal momento, pero nunca imaginó que el señor Huckle se convertiría en el preferido de nuestros huéspedes. Siempre estaba dispuesto a echar una mano en lo que hiciera falta, ya se tratara de subir té o paquetes a las habitaciones o incluso de sacar a pasear a los perros de los huéspedes. Sabía hacer de todo, desde zurcir ropa a disponer una mesa como era debido. E insistía en vestir el chaleco y la corbata que había llevado cuando era mayordomo, cosa que daba al hostal cierto aire elegante.

Por lo visto, solía servir café y cruasanes a su antiguo empleador en la cama por las mañanas. Oma y yo ignorábamos aquella costumbre hasta que unas bandejas aparecieron como por arte de magia en nuestras habitaciones. Entraba y salía sin hacer ruido, silencioso como un ratón. Ese día me había traído una tetera y un cruasán de chocolate convenientemente protegidos bajo una campana de cristal para que Trixie no se lo zampara. Una galleta para perros del Sugar Maple Inn con forma de pavo para ella y una golosina con olor a pescado para Twinkletoes también esperaban en la bandeja. Me pregunté si también le habría llevado una a mi madre.

Con toda la intención, me puse el jersey de color beis que ella me había regalado. Lo combiné con unos pantalones caqui y unas zapatillas de deporte; un calzado no muy elegante, pero la mayoría de los días me daba unas buenas caminatas y el sentido práctico pesaba más que la elegancia.

En la cocina, serví un poco de crema de cangrejo en el cuenco de Twinkletoes. Cuando la gata se dispuso a comer, percibí un aroma de café que debía de proceder de la bandeja de la habitación en la que dormía mi madre.

Trixie y yo salimos sin hacer ruido para no molestarla y bajamos la escalera principal. Me detuve en el descansillo de la primera planta. El vestíbulo y el comedor ya bullían de actividad, pero un hombre destacaba entre los demás huéspedes. Estaba estudiando el vestíbulo con atención, con las manos en los bolsillos y fijándose en los detalles. Era moreno y llevaba gafas de carey. Me apresuré a bajar para preguntarle si podía ayudarlo en algo, pero cuando llegué ya se había ido.

Tras una breve visita al pipicán de fuera, nos reunimos con Oma, el señor Huckle y Gingersnap para desayunar.

—Buenos días, *Liebchen.* —Oma me sonrió—. ¿Te alegra tener a tu madre de visita?

—Mucho. ¿Dave te ha dicho algo sobre el cadáver?

En ese momento, Shelley Dixon, nuestra jefa de sala, se acercó y me sirvió una taza de té.

—Buenos días, Holly. A Cook le ha dado fuerte con el pan de jengibre. *Muffins* de pan de jengibre, tortitas de pan de jengibre y gachas de pan de jengibre; imagínate.

El señor Huckle se echó a reír.

—No es para tanto.

Me encantaban los variados y deliciosos desayunos del Sugar Maple Inn, que me hacían sentir como una consentida. Cuando vivía en Arlington, en Virginia, solía coger un *muffin* o comía un yogur para desayunar, normalmente todo a la carrera.

Trixie, que una vez quiso acabar con todos los desayunos para perros del comedor, levantó el hocico y olisqueó el aire en la dirección de un beagle precioso.

—¿Qué está comiendo ese perro? —pregunté señalándolo.

—Huevos escalfados, un trocito diminuto de beicon y un *minimuffin* de pan de jengibre especial para perros.

—Pues lo mismo para Trixie. Y para mí también, si existe una versión para personas.

Shelley asintió con la cabeza.

—Por supuesto.

—¿Estás segura de que quieres hablar del cadáver del hormigón mientras comes? —preguntó Oma cuando Shelley se fue.

—¿Es muy desagradable?

—Un poco. Por lo visto el hormigón puede impedir que el cuerpo se descomponga. No del todo, pero ralentiza el proceso.

—Todo depende de si le ha tocado el aire o no —intervino el señor Huckle.

—Por eso envolvieron la mano de manera que no le entrara aire y dejaron de hurgar en el hormigón —prosiguió Oma—. Lo cargaron en un camión y lo llevaron al forense de Richmond, donde tienen un equipo más sofisticado. Usarán alta tecnología para averiguar lo que puedan a través de la capa de cemento antes de retirarlo.

—Imagino que habrá que esperar bastante para saber algo con Acción de Gracias a la vuelta de la esquina.

—Ese es el gran problema. Tengo que ir tirando de hilos. No podemos dejarlo para la semana de después de Acción de Gracias. ¿Quién sabe lo que podría ocurrirle después de tanto tiempo? Es tan grande que no saben dónde ponerlo. —Le sonó el teléfono—. Disculpadme. —Lo miró—. Y así empieza mi día. Estaré en el despacho si alguien me necesita.

Se alejó con gesto apresurado, seguida por Gingersnap. El señor Huckle sacudió la cabeza.

—No sé cómo puede con todo.

Nuestros desayunos llegaron al mismo tiempo que mi madre y aproveché para presentársela al señor Huckle y a Shelley.

Mi madre se sentó a mi lado y miró a Trixie, que comía con voracidad.

—¡Vaya si han cambiado las cosas, pero me encanta! Cuando vivía aquí, la gente se hubiera reído de mí si hubiera propuesto que también se les sirviera a los perros en los restaurantes.

—¿Qué le pongo? —preguntó Shelley—. ¿Quiere ver el menú?

Mi madre le echó un vistazo a mi tostada de huevos escalfados.

—Tomaré lo mismo que Holly, gracias.

Shelley asintió y se marchó sin perder tiempo.

Mi madre se volvió hacia mí.

—Cariño, cuando iba a salir del apartamento, alguien deslizó esto por debajo de la puerta para ti.

CAPÍTULO OCHO

Me tendió un sobre de papel manila. En la parte delantera, alguien había escrito «Holly» en cursiva.

Shelley se pasó con una cafetera para rellenarnos las tazas.

Rasgué el sobre y extraje una fotografía: un hombre atractivo vestido con chaqueta negra de cuero y repantingado delante de una moto. No me cupo duda de que se trataba de...

—¡Boomer Jenkins! —exclamó Shelley mirando la foto. Dejó la cafetera en la mesa.

El señor Huckle sacudió la cabeza.

—Madre mía, hacía muchísimo tiempo que no oía ese nombre.

—Es imposible que haya un hombre más guapo que él. —Shelley suspiró hondo—. Tenía unos ojos castaños de cachorrillo que derretían el corazón de cualquier chica con solo mirarla.

El señor Huckle sonrió y dio un sorbo al café.

—Desde luego hizo estragos por estos lares.

—¿Los dos lo conocíais? —pregunté.

—De oídas —se apresuró a contestar el señor Huckle—. Yo no..., ¿cómo decirlo?, le interesaba. El hombre tenía bastante fama.

—¿Tú llegaste a conocerlo, mamá?

Mi madre negó con la cabeza.

—Creo que recordaría a un tipo así.

—Todas las mujeres lo conocían —dijo Shelley—. Por desgracia, él sabía lo guapo que era y utilizaba sus encantos como un mago. Ese hombre tonteaba con todo bicho viviente. ¡Incluso conmigo! Yo debía de tener unos trece años o así, pero eso no le impedía guiñarme el ojo.

—Bonnie Greene lo mencionó ayer. Dio a entender que tenían una relación.

—Yo diría que es bastante probable. —Shelley se rio entre dientes—. Bonnie y media docena de mujeres más. Es curioso lo absurdas que parecen estas cosas con el paso del tiempo. Todas iban detrás de él.

—Bonnie creía que podría ser el hombre del árbol.

Mi madre ahogó un grito.

—¡Dios mío!

—La verdad es que no recuerdo qué fue de él. ¿Se mudó a otra parte? —le preguntó Shelley al señor Huckle.

—Lo más probable es que huyera a otra parte —bromeó el señor Huckle—. No puedes hacer ojitos a todas las chicas sin que una de ellas aspire a una relación monógama.

Shelley se echó a reír y volvió a coger la cafetera.

—¡Desde luego espero que no se trate de él!

El señor Huckle se excusó para volver al trabajo y nos dejó a mi madre y a mí acabándonos el desayuno.

—Holly, cuando me contaste que volvías a Wagtail, no lo entendí. Para ser sincera, pensé que estabas refugiándote en este pueblo para recuperarte de la ruptura con Ben. Era incapaz de comprender que quisieras mudarte al pequeño y soporífero Wagtail. Sin embargo, ahora comprendo por qué estás aquí. Oma tiene razón: no es el mismo lugar que yo dejé. Tus abuelos se van a quedar boquiabiertos con los cambios. Esta mañana, he salido un rato a la terraza que da al parque y al pueblo con mi café caliente y un delicioso *muffin* de pan de jengibre. Debe de ser una de las mejores vistas del lugar.

—Chis, no lo digas tan alto.

Ahogó una risita.

—Será nuestro secretillo. Creo que hoy voy a dedicarme a buscar casa. He llamado a Carter Riddle, el hijo de Delia. Era un niño encantador y tengo ganas de conocerlo como adulto. Es un poco raro, me he perdido una buena parte de la vida de la gente de por aquí. Delia y yo estábamos muy unidas, siempre fue una mujer muy dulce y delicada; pero, cuando tu padre y yo nos fuimos, nuestra relación se redujo a enviarnos felicitaciones de Navidad y a Facebook.

—Sigue igual. Habla tan bajo que a veces me cuesta oírla.

—¿Riddle es buen agente inmobiliario?

—Diría que sí. Participa mucho en todas las cuestiones del ayuntamiento y es uno de los primeros en arrimar el hombro cuando hay una emergencia. De hecho, intentó talar el árbol. Tendría que habértelo presentado.

—¿Te apetece acompañarme?

—Me encantaría.

Concretamos una hora y me despedí para ir a trabajar.

Lo primero que Trixie, Twinkletoes y yo hacíamos todas las mañanas era nuestra ronda por el hostal. Básicamente, se trataba de asegurarnos de que todo estuviera perfecto y en orden. Comprobamos que no se hubiera fundido ninguna bombilla de los pasillos. Que no hubiera cristales rotos o líquido vertido en el suelo. Recogí varias maletas olvidadas, impermeables, maletines, ropa, juguetes y un zapato desparejado que estaban desperdigados por el hostal. Nunca he entendido cómo hay gente que pierde un solo zapato. Uno se daba cuenta de esas cosas, ¿no?

Fui a buscar mi tablilla al despacho y empecé en la escalera que partía del vestíbulo y conducía a la primera planta. Pasamos junto a las habitaciones con nombre de actividades caninas y dejamos atrás el hueco de la escalera principal para encaminarnos al ala felina, situada en la ampliación construida en un extremo del edificio. Bajé por la escalera trasera de ese lado, comprobé la salida de emergencia y me paseé por las habitaciones con nombre de actividades felinas de la planta principal. La pequeña biblioteca conectaba esa ala con el edificio antiguo.

El fuego de la chimenea de la biblioteca estaba encendido. El sol se colaba por la ventana salediza y se reflejaba en los rizos cobrizos de la niña que había sentada en el asiento. Vi que se trataba de Kitty. Trixie se precipitó hacia ella tan de repente que temí que la asustara cuando se encaramó de un salto al asiento de la ventana, pero Kitty la atrajo hacia sí y la abrazó. Trixie le lamió las pecas de la cara y meneó la cola con alegría.

—Hola. Se llama Trixie. Creo que le gustas.

—Me encantan los perros. ¡Hola, Trixie!

La niña enterró la cara en su pelaje blanco. Calculé que tendría unos ocho o nueve años.

—¡Kitty! —La exclamación en tono de reproche la había proferido Jean Maybury, que entró en la biblioteca procedente del vestíbulo principal arrastrando un carrito detrás de ella. El pelo rojo tenía una tonalidad inconfundiblemente morada, un color juvenil, aunque los mofletes caídos insinuaban que Jean no era tan joven—. ¿Qué has hecho? De verdad, hija... Ahora tendrás que bañarte y cambiarte de ropa.

—Lo siento —intervine—, no es culpa suya. Mi Trixie se le ha echado encima. Trixie —la llamé.

La perra le lamió la nariz una vez más antes de volver corriendo a mi lado. La cogí en brazos para que no molestara más a Kitty.

—Espero que no le pase nada. ¿Es alérgica a los perros?

Saltaba a la vista que a Jean Maybury le molestaban muchas cosas; entre ellas, mi pregunta.

—Es alérgica a todo. ¡A todo! Pero, bueno, he tenido que traérmela al concurso de casas de jengibre debido a las circunstancias. —Miró la hora—. No hay tiempo para baños, pero quiero que subas corriendo y te cambies. ¡Venga, date prisa! Ya voy tarde por tu culpa.

—Lo siento, abu —murmuró Kitty.

Se acercó a Jean sin perder tiempo y alargó la mano para que le diera la llave de la habitación.

Algo me dijo que Kitty solía recibir bastantes regañinas y que no le vendría mal un poco de ánimo. Le sonreí y le guiñé un ojo, y ella me devolvió la sonrisa y el guiño antes de encaminarse a la escalera principal a toda prisa.

—No sé si se acuerda de mí, pero me llamo Jean Maybury y me alojo aquí, en el hostal. He ganado un concurso de casas de jengibre y el premio era una semana de alojamiento gratuito en este establecimiento, para dos personas, a fin de poder presentar mi casa de jengibre en su concurso.

—Claro que me acuerdo de usted. ¿Qué le parece la habitación?

—Una monería, no podría haber pedido una más acogedora. —Hablaba con acento de Carolina del Norte, despacio y alargando las palabras—. No he traído a mi marido. Lo llamo Pantuflo porque se está a gusto con él, pero ya tiene unos años y no está para mostrarlo en público, así que decidí traerme a mi nieta Kitty conmigo. La pobre niña apenas sale de casa. Su madre es madre soltera. El padre los abandonó. Dos trabajos, dos hijos y pidiendo aplazamientos del alquiler cada dos por tres. Y coge y, esta semana, pobrecita mía, pierde el empleo principal. ¡Han vendido el restaurante en el que trabajaba! El hombre que lo ha comprado tiene pensado meter a su familia en él, así que ha echado a todos los empleados. ¿Qué culpa tiene ella?, pero es que parece que le persigue la mala suerte, así que se me ocurrió llevarme a Kitty conmigo y quitarle un poco de estrés. Sin embargo, jamás pensé que Kitty se aburriría como una ostra mientras yo le daba los toques finales a mi casa de jengibre. Y tengo una obligación para con esa gente encantadora que me ha enviado aquí y que paga el viaje.

Empezaba a marearme, así que intenté que fuera al grano.

—¿Necesita canguro para su nieta?

Jean ahogó un grito.

—Es como si me hubiera leído la mente. Lo que pasa es que debo asegurarme de que está bien y no puedo dejarla con cualquiera.

Estaba a punto de decirle que disponíamos de una lista de canguros responsables cuando pensé en Stu y Sue Williams.

—Conozco a la pareja perfecta.

—¿De verdad? ¿Cuánto cobran?

—Nada de nada.

Me miró con recelo.

—Y, entonces, ¿por qué iban a cuidar niños? ¿No serán... delincuentes o algo por el estilo?

—Son unas personas encantadoras. —Busqué su teléfono en mis contactos y los llamé. Sue lanzó un chillidito cuando le conté de qué se trataba.

—Estaremos ahí en diez minutos.

—Supongo que debería quedarme para conocerlos —resolvió Jean, inquieta.

Eso debía decidirlo ella.

Dio unos golpecitos con el pie en el suelo.

—Me enorgullezco de ser una persona muy puntual. Detesto llegar tarde por el motivo que sea.

Kitty volvió después de haberse cambiado.

—Bueno, Kitty... —Jean le alisó el cuello de la blusa dándole un tironcito—. Hay unas personas encantadoras que vienen para cuidar de ti. Quiero que te portes muy bien. ¿Me has entendido?

Kitty asintió como si ya estuviera acostumbrada a aquellas cosas.

Justo en ese momento, Sue y Stu irrumpieron en el vestíbulo. Los saludé con la mano.

—¡Ay, madre mía! —exclamó Sue—. Pero mira qué niña tan guapa. ¿Cómo te llamas, corazón?

—Kitty.

—¿Verdad que no te importa pasar un rato con nosotros? —dijo Stu.

—Muchas gracias. Espero que no les dé muchos problemas.

Jean miró a Sue y Stu de arriba abajo.

—Tonterías. Un ángel como este no puede dar problemas. —Sue sonrió a Kitty—. ¿Te gustan los animales?

—Es alérgica a los perros y a los gatos —apuntó Jean—. Quizá no haya sido buena idea.

Sue la miró con espanto y tomó a Kitty de la mano.

—Cuidaremos de ella. ¿Cuándo quiere que la traigamos?

—Después... —Jean vaciló.

—¿Después de cenar? —preguntó Stu—. ¿Te gusta la carne a la brasa? ¡Podemos llevarte a un restaurante muy divertido!

—Bueno, de acuerdo. —Jean me miró—. ¡Creo que se lo va a pasar mejor que yo!

Una vez resuelta aquella cuestión, les deseé a todos un buen día y retomé lo que tenía entre manos.

Trixie y yo atravesamos el vestíbulo en dirección al porche delantero, que recorría toda la fachada del edificio antiguo. Salimos y repasé las mecedoras con ojo crítico. Nadie se había dejado periódicos matutinos ni jerséis, aunque sí encontré un par de tazas de café del hostal allí abandonadas. Las recogí y las llevé a las cocinas para que las lavaran.

Trixie me esperó fuera. Los perros y los gatos tenían prohibida la entrada en las cocinas donde se manipulase comida destinada a la venta, con la destacada excepción de los *bed and breakfast*. En realidad, no era una gran desgracia para los animales, que eran bienvenidos en el resto de lugares y podían acompañar a sus familias en los comedores. Wagtail estaba eximido de cumplir las leyes estatales respecto a la entrada de animales en restaurantes gracias al acuerdo al que se había llegado con el estado mucho antes de que yo volviera a instalarme aquí.

Cuando salí de las cocinas, el agente Dave estaba sentado en una silla con Trixie a sus pies y Twinkletoes en el regazo. Las profundas ojeras bajo los ojos me indicaron que no había dormido mucho.

Shelley le llevó un café humeante, huevos revueltos con jamón y una tostada de trigo integral untada con mantequilla.

—Supuse que no andarías muy lejos con estas dos merodeando por aquí. Gracias por haberme echado una mano ayer. ¿Cómo fue?

Ya casi no quedaba nadie en el comedor. Una pareja de ancianos se había llevado el café a la terraza que daba al lago Dogwood.

—Tomé notas. ¿Quieres que vaya a buscarlas?

—No estaría mal. Shelley me hará compañía.

Miré a Shelley enarcando una ceja, pero ella estaba demasiado concentrada en Dave para darse cuenta. Los dejé tranquilos, crucé el vestíbulo y enfilé el pasillo hasta el despacho del hostal con Trixie y Twinkletoes trotando alegremente por delante de mí. Oma estaba hablando por teléfono, pero me hizo una seña con el dedo para que me acercara y me tendió una hoja de papel. Recogí mis notas y me fui mientras la leía. Solo contenía un nombre: Jay Alcorn.

Le di la vuelta. No ponía nada más. Vaya, vaya. Por lo visto, la anciana señora Alcorn no era la única persona del pueblo que se preguntaba qué le había ocurrido a su hijo.

Cuando volví al comedor, el agente Dave ya se había abalanzado sobre su desayuno. Prácticamente había acabado dándole un mordisco a la última tostada cuando me senté con él y Shelley.

Le di un rápido repaso a la lista de nombres.

—A Amelia Buckhead le gustaría encontrar a su hermano. Ha probado con una de esas empresas que hacen pruebas genéticas, pero no ha dado resultado.

Dave gruñó.

—Ya me temía que iba a pasar esto. ¿Su hermano llegó a vivir siquiera en Wagtail?

—No.

Suspiró hondo.

—Es normal que prueben, lo único que quiere esa gente es que les ayudes —dijo Shelley.

—Entonces, ¿ni una sola pista? —preguntó Dave.

—Hay dos casos que me llamaron la atención. —Le tendí las notas—. Por si quieres volver a comprobarlos. Los únicos que parecen tener posibilidades son Boomer Jenkins y Jay Alcorn. Pero desaparecieron hace unos veinte años.

—¡Boomer! —exclamó Dave.

—Yo lo había olvidado por completo —dijo Shelley sirviéndole más café.

—Yo también. —Dave se puso azúcar—. Vaya, jamás se me ocurrió que podrían haberlo asesinado.

—Todo el mundo creía que se había ido huyendo de una mujer... o de su padre. —Shelley se rio tontamente—. ¡Ay, Holly! No sabes la labia que tenía. Encantador, atractivo...

—Y escurridizo como la hierba después de un chaparrón —murmuró Dave—. Recuerdo que mi padre le prohibió a mi hermana que anduviera con él.

—Veinte años es mucho tiempo. ¿Crees que el cadáver del árbol puede ser de entonces? —pregunté.

Dave se encogió de hombros.

—Tal vez. No hay expertos en este tipo de casos. Por lo que me han explicado, se han encontrado cadáveres en condiciones bastante buenas después de haberlos enterrado en hormigón; pero, en contacto con el aire o el agua, se descomponen deprisa.

—Entonces, por decir algo, ¿bastaría con que un pájaro carpintero hiciera un agujero para que se descompusiera?

—Sí, supongo que sí. Y algunos de esos cabezas de chorlito son muy insistentes. No me hago ilusiones en cuanto a descubrir algo que valga la pena sobre quién lo metió ahí dentro. Quizá los dentistas de la zona tengan fichas dentales que podamos comparar. Y quizá obtengamos ADN de la mano o de la tela. Con mucha suerte, puede que hasta hallemos ADN del asesino en la camisa. —Dave dobló la servilleta—. Gracias, Shelley, y también a ti, Holly.

El desayuno de Dave siempre corría por cuenta de la casa. Solía dejarse caer por allí a la hora de desayunar para informar a Oma sobre lo que ocurría en el pueblo. Era una manera de agradecer su ayuda.

Shelley sonrió encantada y, una vez más, me pregunté si no habría algo entre aquellos dos.

CAPÍTULO NUEVE

El sol brillaba con fuerza y suavizaba el frío cortante cuando llevé a mi madre a La Comarca. Trixie nos acompañó reclamando su sitio en el asiento delantero del carrito de golf, entre ambas. Yo nunca había estado en una de aquellas casas que recordaban a las de los *hobbits* y tenía muchas ganas de ver una por dentro.

Circulamos por la cuidada urbanización, salpicada de puertas y ventanas decoradas con guirnaldas de Acción de Gracias. La Navidad empezaba a asomar poco a poco. Unas lucecitas parpadeaban en un árbol de Navidad a través de una bella ventana salediza.

Carter nos esperaba frente a la puerta de una casa de piedra con un tejado inclinado que se curvaba en el extremo. Se acercó a mi madre de inmediato y le estrechó la mano cuando ella bajó del carrito de golf.

—¡Señora Goodwin! Un placer. No sabe lo emocionada que está mi madre con su vuelta a Wagtail. Creo que eran buenas amigas.

Cuando sonreía, unos hoyuelos se le formaban en las mejillas carnosas.

—Recuerdo cuando naciste, Carter. Eras un bebé adorable. ¡Y ella estaba tan orgullosa de ti! ¿Cómo está tu madre?

—Bien, muy bien. —Le tendió una tarjeta de visita—. Su número está detrás. Me ha dicho que nunca la perdonará si no la llama y van a comer juntas mientras está aquí.

Mi madre guardó la tarjeta en el monedero.

—Tiene suerte, señora...

Mi madre lo interrumpió.

—Puede que te haya cambiado el pañal, pero creo que ya eres lo bastante mayor para llamarme Nell.

—Gracias, de verdad. Como decía, Nell, tienes suerte porque estas casas no salen a la venta muy a menudo. Esta no tiene el tejado cubierto de tierra y hierba como algunas que hay más atrás, pero creo que no he visto una más bonita por dentro. Y, además, a cuatro pasos de Wagtail.

Lo seguimos hasta la puerta de entrada.

—Debo recordarte que no pueden alquilarse —prosiguió diciendo mientras la abría—. Cuando se construyó la urbanización, la gente decidió que quería conocer a sus vecinos. Puedes invitar a quien quieras, por descontado, y tampoco se impide que haya cuidadores de mascotas cuando los dueños están de viaje, pero no pueden utilizarse como viviendas de alquiler.

Abrió la puerta de par en par; Trixie entró corriendo, y mi madre murmuró:

—¡Por Dios!

Miré a mi alrededor asombrada. Un vestíbulo lo bastante amplio como para acoger a una pequeña multitud se abría a una sala de estar de techo abovedado y una ventana gigantesca que inundaba la estancia de luz natural. Las vigas de madera al descubierto y la chimenea de piedra en forma de arco llevaban la naturaleza al interior.

Mi madre giró poco a poco sobre sí misma.

—Esto es precioso.

Cruzamos un comedor de tamaño considerable con puertas francesas que daban a un patio de piedra privado. Unos arriates durmientes insinuaban una floración exuberante en verano.

—Todas las casas se construyeron en parcelas amplias y se orientaron de manera que las ventanas de los vecinos no coincidieran. Cuando se pasea por La Comarca, una de las cosas que llama la atención es la cantidad de árboles de hoja perenne que se plantaron para proteger la intimidad.

Entonces entramos en la estancia que supe que decantaría la balanza. La cocina abierta a continuación de la sala de estar era posiblemente el lugar más acogedor que hubiera visto nunca. Las encimeras, sobre las que se abrían ventanas, recorrían toda la pared externa. La placa de cocina y los hornos estaban situados en una isla gigantesca y la pared de enfrente era de piedra. Una escalera conducía a la siguiente planta.

Los dormitorios seguían el mismo estilo de la casa, con más vigas y piedra. Incluso las paredes de las duchas eran de piedra en lugar de estar alicatadas con baldosas.

Mi madre fisgoneó un poco y empezó a abrir armarios. Carter la observaba sonriente. Nell se comportaba como una compradora, no como alguien que solo había ido a mirar. Yo, mientras tanto, me dediqué a leer el folleto de la propiedad. Como imaginaba, el precio era considerable.

Mi madre tenía las mejillas encendidas cuando salimos de la casa y estaba segura de que a Carter no se le había pasado por alto. Cuando subimos al carrito de golf para seguirlo hasta otra casa más cercana al hostal, tuve que preguntarle acerca del precio.

—Cariño, con el divorcio me corresponde la mitad del valor de nuestra vivienda y las casas en California están por las nubes. Por no mencionar que llevamos mucho tiempo allí, por lo que los precios han subido y ya tenemos pagada la hipoteca. —Se inclinó hacia mí y me dio unas palmaditas en la mano con la que sujetaba el volante—. No te preocupes, corazón, está dentro de mi presupuesto.

Carter aparcó delante de una casona blanca de estilo colonial. Pensé que era demasiado grande para ella sola, pero quizá estuviera bien si la compartía con mis abuelos.

Trixie bajó de un salto del carrito de golf y se puso a olfatear el suelo dibujando un camino extraño que la condujo hasta la puerta de entrada, junto a la que ladró.

—Esta casa es un clásico de Wagtail. ¿Te la imaginas decorada para las fiestas? —Carter agitó las manos señalándola.

—¿Los Alcorn no vivían aquí? —Mi madre se puso la mano como visera y alzó la vista hasta el tejado.

—¡Exacto! Qué buena memoria. El señor Alcorn vive desde hace años en el complejo residencial para jubilados de Snowball. Dicen que tiene alzhéimer, aunque a mí me pareció que estaba bien. Me acerqué hasta allí para que me firmara unos papeles que su mujer necesitaba para poder ponerla a la venta. Su abogado estaba presente con un poder notarial y firmó en nombre del señor Alcorn. —Carter bajó la voz—. Puede que el hombre ya tenga una edad, pero no se le escapa una. Odia a su mujer. De hecho, me preguntó si «la vieja» ya lo había firmado.

Trixie tocó la puerta con la pata con impaciencia y la aupé para que no arañara la madera. Se retorció en mis brazos de manera frenética.

Carter continuó hablando mientras deslizaba la llave en la cerradura.

—La señora Alcorn se ha mudado a una casa de campo en el otro extremo de Wagtail. Me dijo que solo la meterían en el hogar para ancianos de Snowball «muerta y a rastras». ¡Literal! No sé qué les pasaría, pero creo que no se trataba de un matrimonio bien avenido. —Hizo una pausa e intentó abrir la puerta—. ¿Os lo podéis creer? Debo de haberla cerrado en lugar de abrirla. —Probó de nuevo y por fin lo logró.

Trixie se zafó de mis brazos al instante. Saltó al suelo y entró disparada.

—Creo que a Trixie le gusta esta casa —bromeó Carter—. Se construyó hacia 1902, era el hogar de veraneo de la familia de un magnate de la madera. Veréis que las habitaciones tienen un tamaño considerable y techos muy altos. No conozco otra casa en Wagtail en la que se pusiera tanta atención a la hora de ubicar las ventanas y las puertas para obtener una buena ventilación. Imagináosla sin los muebles. La señora Alcorn se llevó lo que quiso y lo demás se venderá en un mercadillo. Me temo que lo que queda está pasado de moda y bastante estropeado, por lo que la casa tendrá mejor aspecto cuando todo esto no esté aquí. El mercadillo se celebrará el sábado después de Acción de Gracias, pero tenía que enseñárosla ya para que no se os adelantara nadie.

—Parece que necesita algunas reformas.

Mi madre miraba con atención una ventana empañada que había que sustituir.

—Sí, desde luego, pero está muy bien construida. Quizá convendría renovar los baños y la cocina. —Carter miró la hora—. Así tendrías la oportunidad de hacerlos a tu gusto y darle tu toque personal a la casa.

Mi madre ladeó la cabeza.

—Eso estaría bien. Y está mucho más cerca del hostal.

—De hecho... —Carter sacó el móvil y marcó un número—. He llamado a alguien que creo que podría echarte una mano. Se suponía que habíamos quedado aquí.

Los suaves tonos de llamada de su teléfono fueron seguidos, casi de inmediato, por el tema central de *Indiana Jones,* que sonó en algún lugar de la casa.

Lo conocía muy bien.

—¡Holmes!

Trixie entró corriendo en la sala de estar y empezó a dar vueltas a mi alrededor.

—Conoce su nombre. ¿No es adorable?

Trixie rezongó, algo más parecido a un resoplido que a un ladrido. Me agaché para acariciarla, pero se marchó de nuevo.

—¡¿Trixie?! —la llamé—. Disculpadme, será mejor que vaya a buscar a esa granujilla antes de que se meta en problemas.

Mi madre y Carter continuaron hablando mientras fui en busca de mi perra.

Holmes tenía que estar en alguna parte, estaba segura de que aquel era su tono de llamada. ¿Qué intentaba decirme Trixie?, ¿que había encontrado a Holmes? Me sentí como una tonta. Trixie había olido su rastro fuera, en el jardín delantero. ¡Sabía que estaba allí desde el principio!

Cuando lo vi, se me escapó un grito. Holmes estaba tendido en el suelo, bocabajo, con los brazos estirados hacia arriba.

—¡Holmes!

CAPÍTULO DIEZ

Oí unos pasos apresurados a mi espalda, arrodillada en el suelo, con el corazón desbocado por el pánico. ¿Por qué no habíamos oído nada? ¡No! No, no, no. ¡Holmes no podía estar muerto! ¡Mi Holmes no!

Tenía cerrados los preciosos ojos azules.

—¡Holmes! —grité más alto, con la esperanza de que volviera en sí.

Mi grito había atraído a mi madre y a Carter a la cocina, quienes se atropellaron el uno al otro preguntando qué había pasado.

—Llamad a emergencias —dije dándole unas palmaditas en la cara a Holmes.

Continuaba inconsciente. Me estremecí. No sería la primera vez que le tomaba el pulso a alguien, pero en esos momentos no quería hacerlo. No quería saber si seguía teniéndolo. Mientras no lo supiera, existía la posibilidad de que estuviera vivo.

—Holmes insistí con suavidad—. Por favor, muévete. Mueve algo. Abre un ojo. Solo uno.

—Mejor que le tomes el pulso —sugirió Carter.

En ese momento, lo odié. Sabía muy bien que era ridículo, pero Carter estaba presionándome para que hiciera justo lo que temía hacer. No quería averiguarlo.

—Holly, cariño —dijo mi madre—, ¿prefieres que lo haga yo?

—No —contesté con un hilo de voz cargado de miedo. Lo que deseaba hacer era no moverme. Quería quedarme allí, en el suelo, cerca de él, hasta que volviera en sí. Pero el tiempo pasaba y no se despertaba.

Carter se arrodilló al otro lado de Holmes y sentí el impulso de apartarlo a empujones.

—¡Ya lo hago yo! —se prestó.

Puse las manos sobre el cuello de Holmes cuando Carter alargó la mano.

—Para. ¡Para! —Soné seca, pero en ese momento todo me daba igual.

El miedo se había apoderado totalmente de mí cuando le toqué la garganta. Aún la tenía caliente y el latido rítmico de la sangre circulando por su cuerpo era fuerte.

—Está vivo —dije aliviada—. Está vivo. —No suelo llorar, pero las lágrimas anegaron mis ojos y unas cuantas cayeron sobre Holmes. Las sequé con las manos—. Holmes —susurré cerca de su oído. Fue entonces cuando reparé en la sangre. No había mucha, pero suficiente para hacer que el pelo rubio estuviera un poco pegajoso—. ¡Holmes! —lo llamé más alto, acariciándole la mejilla—. ¿Holmes, me oyes?

La puerta de la calle se abrió de golpe con un crujido y oí unos pasos contundentes y apresurados a mi espalda. Me apartarían de él en cuestión de segundos.

—¡Holmes!

Kent Alcorn, el hijo de la pareja que vendía la casa, se arrodilló a mi lado. Noté que me apartaba de un empujón.

—Nosotros nos ocupamos de él, Holly, pero tienes que dejarnos un poco de espacio.

Me sonrió, pero me puse a temblar de los pies a la cabeza.

Unas manos tiraron de mí hacia atrás y mi madre me rodeó con sus brazos.

—Vaya. ¡Holmes! —dijo Buck Sayers—. Esto sí que no me lo esperaba. Supuse que se trataría de la anciana señora Alcorn.

—Tiene una herida en la nuca —dije tratando de ayudar.

El doctor Engelknecht entró en la cocina como una exhalación con un antiguo maletín de médico en la mano. Kent se apartó. Minutos después, Holmes profirió un gruñido. No sabía si se trataba de una buena o una mala señal, pero fue música celestial para mis oídos.

No me había percatado de la presencia del agente Dave hasta que él mismo me preguntó qué había ocurrido.

—Lo encontró Trixie —dije viendo que varios amigos de Holmes lo subían a una camilla y se lo llevaban de la casa—. Estaba ahí tendido.

Me alejé de mi madre y de Dave y los seguí hasta el *quad* que habían transformado en una especie de ambulancia para poder transportar a los heridos hasta la consulta del doctor Engelknecht o hasta la ambulancia que esperara fuera del pueblo para llevarlos al hospital de Snowball.

El doctor Engelknecht se sentó detrás con Holmes y uno de sus viejos amigos arrancó. El resto de la cuadrilla de voluntarios salió de la casa en tropel y pasó junto a mí haciendo comentarios amables como «Holmes se pondrá bien», «Solo se ha dado un golpe en la cabeza» o «Ese Holmes, más le vale recuperarse».

De pronto, me quedé sola con Trixie en los brazos, que no dejaba de moverse. La puse en el suelo y volvió a entrar disparada en la casa. La seguí.

Mi madre y Carter se encontraban en el vestíbulo hablando con Dave.

—Ah, estás aquí —dijo el oficial de policía—. Pensé que igual habías ido con Holmes.

—No había sitio. Además, no quería dejar sola a mi madre. La acompañaré a casa y luego iré a ver al doctor Engelknecht. ¿Alguien ha llamado a los padres de Holmes?

El agente Dave asintió.

—Están de camino al médico. Carter dice que Holmes tenía que encontrarse aquí con vosotros. ¿Sabes algo al respecto?

Negué con la cabeza.

—Hoy no he hablado con Holmes.

—Siento tener que interrumpir la visita de la casa, Nell —dijo Dave.

Kent bajó ruidosamente la elegante escalera.

—No he visto nada fuera de lugar, Dave. Está como siempre. Además, estoy seguro de que mi madre se llevó todo lo de valor cuando se mudó. Si alguien hubiera necesitado de verdad una tostadora o una almohada vieja, se la habría regalado con sumo gusto.

—¿Quién tiene llaves? —quiso saber Dave.

—Caray, pues la casa era de mis abuelos maternos, así que supongo que hay un montón de amigos que tuvieron llaves en un momento u otro.

Yo no estaba tan segura de aquello. Si sus abuelos eran tan ariscos como su madre, tal vez no tenían tantos amigos.

—¿Hay alguien que pudiera querer haceros daño a tus padres o a ti? —preguntó Dave.

Kent abrió los ojos de par en par.

—Ah, ya veo por dónde vas: alguien consiguió colarse en la casa y estaba al acecho para abalanzarse sobre uno de nosotros.

Madre mía —dijo mientras se unía a nuestro pequeño círculo—, ahora mismo no se me ocurre nadie. Tendría que darle unas vueltas. Mi padre ya no está para incordiar a nadie, lleva años en una casa de retiro para personas mayores. Y mi madre, bueno, ha sacado de quicio a mucha gente a lo largo de su vida, pero creo que eso ya es cosa del pasado.

Tenía más lógica que alguien hubiera querido hacer daño a uno de los Alcorn. No sabía qué pensaba el agente Dave, pero Holmes era una persona muy querida en Wagtail. Quizá el pueblo hubiera crecido de manera considerable desde que era un niño, pero Holmes estaba muy comprometido con la comunidad y siempre se mostraba dispuesto a ayudar a quien lo necesitara. Era mucho más probable que el culpable hubiera pretendido dejar inconsciente a uno de los miembros de la familia Alcorn. Un porrazo así en la nuca se hubiera cargado a la señora Alcorn. Kent había sido muy generoso describiendo a su madre. En realidad, la gente se apartaba por la calle para dejar pasar a la cascarrabias. Todo el mundo menos Oma rezongaba cuando la señora Alcorn aparecía en una reunión consistorial. Supongo que mi abuela era lo bastante sensata para evitar que se le notara y que llevaba la procesión por dentro.

De todos modos, teniendo en cuenta que la edad había obligado a la señora Alcorn a dejar su amada casa para trasladarse a una vivienda en la que pudiera desenvolverse mejor, quizá sus días de cascarrabias eran cosa del pasado. Había sido bastante cortés conmigo el día anterior. Mi propia tía Birdie me trataba peor que la señora Alcorn.

—¿Puedo echar un vistazo a la cocina? —preguntó mi madre—. No tocaré nada.

Intenté disimular mi irritación. Quería ir a la consulta del doctor Engelknecht cuanto antes para ver cómo estaba Holmes.

El agente Dave asintió.

Seguí a mi madre deseando que no se entretuviera mucho. Apenas le había prestado atención a la cocina mientras Holmes estaba en el suelo, pero en ese momento me percaté de que alguien se había dejado una cinta métrica. La señalé.

—Parece que Holmes ya estaba pensando en reformarla.

—No quiero parecer maleducada, pero habría que tirar la cocina entera —dijo mi madre—. Kent, se nota que tus padres cuidaban la casa, pero las cocinas se quedan anticuadas en un abrir y cerrar de ojos.

Carter miró al agente Dave.

—¿Cuándo podemos volver para ver el resto de la casa?

—Puede que mañana. Me encargaré de que te avisen.

Mi madre, Carter, Trixie y yo nos fuimos finalmente y dejamos allí a Kent con el agente Dave.

—¿Qué opinas, Nell? —preguntó Carter.

—Tengo que valorar muchas cosas. Las dos casas y sus ubicaciones son muy distintas. Y tengo que pensar en mis padres y en si viviremos juntos o separados. Si ellos se quedaran en el pueblo y yo me comprara la casa de La Comarca, tardaría más en venir hasta aquí para controlar que estuvieran bien en el caso de que necesitaran algo. Hoy me pasearé por el pueblo con calma. Las dos que me has enseñado me interesan mucho, pero creo que necesito conocer Wagtail y las urbanizaciones un poco mejor. Volver a familiarizarme con el pueblo.

—Si esas dos no te convencen, puedo enseñarte más.

—Gracias, Carter, te diré algo.

Mi madre subió al carrito de golf, donde Trixie ya esperaba en medio del asiento delantero.

Cuando me reuní con ellas, recibí un mensaje de la madre de Holmes: «Van a llevar a Holmes a Snowball para hacerle un

TAC. Él piensa que es una tontería y está protestando, lo que creo que es buena señal. No quiere que lo sepas, así que no contestes. Estaremos en casa en unas horas. Te mantendré informada».

Se lo leí a mi madre y Trixie respondió con un leve gruñido, como si lo hubiera entendido, y alivió parte de la tensión haciéndonos reír.

—Cariño, volvamos al hostal. ¿Por qué no coges el coche y vas a Snowball a ver a Holmes? Ya se lo digo yo a Oma y le echo una mano si quiere. Y, si no me necesita, entonces Trixie y yo daremos un bonito paseo por Wagtail.

—Gracias, mamá.

Estaba empezando a pensar que podría ser mejor de lo que había imaginado tener allí a mi madre.

Era media tarde cuando dejé a Holmes al cuidado de sus padres, aunque él quería volver a casa. Comprensible. Vivía en el bosque, en una acogedora cabaña con forma de A. Sin embargo, el médico había hecho hincapié en que esa noche debía estar acompañado, aunque el TAC había salido bien. Me ofrecí a quedarme con él en su casa, pero no hubo manera de convencer a sus padres. Al final, entendí que lo más sensato por parte de Holmes sería que se quedara en casa de ellos, así no estarían preocupados por él toda la noche. Al fin y al cabo, solo se trataba de una noche. Y aquella circunstancia temporal tampoco le trastocaría la vida.

Entré en el hostal por la puerta delantera. Trixie estaba esperándome junto a las puertas correderas de cristal y empezó a girar en círculos a mi alrededor hasta que la cogí en brazos.

—¿Cómo está mi cariñito?

Me premió con un beso en la barbilla. Cuando la dejé en el suelo, corrió al despacho. Oí un rumor de voces y encontré a Oma con el agente Dave y mi madre.

—¿Qué tal está nuestro Holmes? —se interesó mi abuela.

—Bien. El TAC ha salido perfecto. Le han rasurado un poco la nuca para coserle la herida. Le han dado un buen porrazo. Ha tenido mucha suerte. El médico dice que lo golpearon con una pala.

—¿No vio a la persona que lo atacó? —preguntó Oma.

Miré a Trixie.

—Sus padres y yo hemos estado hablándolo y creemos que Trixie debió de espantar a la persona que lo hizo cuando llegamos y que debió huir por la puerta trasera. Trixie atravesó la casa ladrando cuando Carter abrió la puerta.

—Ay, es verdad. No había pensado en eso. —Mi madre se agachó y acarició a Trixie—. Gracias por salvar a Holmes para que pueda tener nietos humanos.

Mucho había tardado. Mi madre no llevaba ni cuarenta y ocho horas en Wagtail. De verdad… Vi que Dave sonreía con disimulo y me apresuré a cambiar de tema.

—¿En Richmond han dicho algo sobre la persona del árbol?

—Se lo están tomando muy en serio. Le hicieron una radiografía antes de ponerse con el lento y delicado trabajo de retirar el hormigón y han podido determinar que se trata de un hombre y que tiene una pierna rota. Ya han enviado muestras al laboratorio de ADN, pero los resultados tardarán unos días en llegar, o semanas.

—Eso es mucho más de lo que esperaba —dije—. Y se han dado prisa.

—Les preocupaba bastante que se descompusiera.

—Lógicamente —apoyó Oma.

Mi madre miró la hora.

—Oma y yo hemos quedado con una vieja amiga para cenar. Será mejor que vayamos tirando. Holly, ¿quieres venir?

Supuse que debería decir que sí.

—Yo también tengo que irme. El sol se ha puesto y Wagtail está hasta arriba de turistas. A saber lo que harán —dijo Dave antes de marcharse.

—Vienes, ¿verdad, Holly? Es una cena informal en casa de Delia Riddle.

Mi madre ladeó la cabeza.

—El señor Huckle se encargará del hostal —añadió Oma pensando siempre en el lado práctico.

Delia Riddle, la mujer que había estado prometida con Boomer. Podría ser muy interesante. Trixie y yo llevamos un carrito de golf hasta la puerta del hostal para recoger a Oma, Gingersnap y a mi madre. Habría preferido ir caminando a pesar del gélido aire de noviembre, pero quizá Oma no estuviera luego para volver a pie.

Delia vivía cerca del centro de convenciones, en una casa de campo blanca rodeada de pinos. Aparqué en el camino de entrada y subimos los cuatro escalones del porche delantero.

CAPÍTULO ONCE

No conocía mucho a Delia, solo sabía que era la madre de Carter y la mejor amiga de la mía cuando iban al instituto. La había visto por el pueblo, desde luego, y siempre se había mostrado cordial, pero nuestros caminos no solían cruzarse.

Cuando abrió la puerta, su border collie, Pepper, salió corriendo para saludar a Trixie y Gingersnap. Se olisquearon con educación y luego salieron disparadas al patio a jugar como viejas amigas.

Delia era rubia, de tez sonrosada y, aunque prácticamente tenía la misma edad que mi madre, parecía mayor que ella. Las profundas arrugas que le surcaban el rostro le daban un aire cansado. Sabía que se había quedado viuda cuando Carter tenía nueve años. La mujer había cobrado el dinero del seguro de vida de su marido y había abierto una inmobiliaria que se dedicaba a alquilar viviendas. Los dueños de casas de veraneo de Wagtail contrataban sus servicios y así sacaban algo de dinero de sus hogares cuando no iban a utilizarlos. Delia se encargaba de las reservas y de la limpieza de las casas. Había un par de empresas más que se dedicaban a lo mismo, pero la suya había sido la primera y su negocio creció deprisa cuando Wagtail se convirtió en el destino ideal para los amantes de los animales.

Abrazó a mi madre y las dos acabaron con los ojos empañados, bromeando sobre lo viejas que estaban. Mientras tanto, admiré la sala de estar, decorada al verdadero estilo de casa de campo, con muebles modernos de color beis, detalles glamurosos y toques rústicos por todas partes. Tenía buen ojo para el interiorismo.

Oma y yo escuchábamos mientras las dos viejas amigas hablaban sin parar. Delia sacó una bandeja de cócteles de sidra y nos hizo pasar al comedor, donde unas sillas tapizadas de verde musgo flanqueaban una mesa que parecía hecha de madera reciclada y sobre la que había dispuestos unos caminos de mesa verdes, a juego, con platos decorados con motivos campestres.

A Pepper, Trixie y Gingersnap les puso un plato de arroz con carne elaborado por ella misma. Debía de estar bueno, porque se lo terminaron en un abrir y cerrar de ojos antes de acomodarse a nuestros pies, debajo de la mesa, mientras Delia nos servía unas sabrosas chuletas de cerdo en salsa, pudin de maíz, coles de Bruselas y pan casero con mantequilla cremosa de una granja del lugar.

Hasta ese momento no caí en la cuenta de que no había comido nada en todo el día y estaba hambrienta. Me dediqué a escuchar mientras hablaban de la gente que recordaban, de lo que había sido de ella y de dónde estaba en esos momentos. Muchos nombres no me sonaban de nada.

Mi madre dejó caer lo de que se divorciaba por segunda vez y acabó con un «Me sorprende que no volvieras a casarte, Delia».

Se hizo un silencio incómodo. Lo bastante largo para despertar mi curiosidad.

—Estuve prometida —dijo Delia—. Era un hombre maravilloso, pero... —Sonrió con tristeza—. Supongo que no funcionó.

—¿Con quién? —preguntó mi madre—. ¿Con ese chico tan guapo de pelo castaño y ondulado que trabajaba en la droguería?

—Creo que no llegaste a conocerlo, Nell. Boomer Jenkins.

Estuve a punto de ahogarme. Oma me dio unas palmaditas en la espalda y me bebí mi agua de un trago.

—Perdón —dije con voz ronca—. Está todo buenísimo, es que he comido demasiado rápido.

—¿Boomer? ¿No hemos visto una foto suya esta mañana? Era muy guapo. Creo que recordaría a un chico con un nombre como ese si lo hubiera conocido. —Mi madre me lanzó una mirada fugaz, devolvió su atención a Delia y sonrió—. ¿Y qué ocurrió?

Intenté disimular mi interés mientras observaba a Delia.

La mujer sacudió la cabeza y murmuró:

—No lo sé.

Nos quedamos mirándola.

—Aún tengo el anillo de prometida. Estábamos planeando la boda, algo íntimo y sencillo, y se lo habíamos dicho a los niños, que estaban encantados. Tendrías que haber visto a Mellie. Tenía nueve años. Ya sabes lo emocionantes que son las bodas a esas edades; pensaba que era algo como de libro o de película. Creo que estaba más entusiasmada con el vestido que yo misma. —Volvió a hacer una pausa y dio un trago—. Y, de pronto, Boomer se fue del pueblo. Había estado aquí cenando. Todo iba bien, o eso creía yo. Lo acompañé hasta la moto, me dio un beso y luego se fue. No sabía que era una despedida, pero no volví a verlo.

—¿Qué? —Mi madre la miró boquiabierta—. Supongo que le llamaste.

—Ya había móviles por entonces, pero en Wagtail funcionaban según el día. De hecho, aún hay zonas sin cobertura. Era habitual que las llamadas no llegaran. Lo conocí porque había alquilado un apartamento a través de mi empresa, y en el apartamento había teléfono fijo, pero tampoco lo cogió.

—*¡Ach!* ¡Boomer! —exclamó Oma—. Ja, ya sé a quién te refieres. ¿Estabais prometidos? No lo sabía. Era ese que tenía una moto muy ruidosa. También lo llamaban de otra manera... ¿Fondue?

Delia prorrumpió en una carcajada.

—Fonzie. Era en broma porque tenía la misma actitud que el personaje aquel de *Días felices.* Pasota, como si lo tuviera todo controlado. Con su chaqueta de cuero y su moto.

Oma la miró abriendo mucho los ojos y delatando su preocupación.

—¿Y si es el hombre del árbol?

Delia soltó una risita débil.

—Madre mía, espero que no. Aunque siempre sospeché que Bonnie Greene sabía algo. Al ver que no había forma de ponerme en contacto con él, esperé un día y luego fui a su apartamento. No tenía muchas cosas, supongo que cuando viajas en moto tienes que llevar lo mínimo. ¡Su vecino me dijo que Bonnie Greene había forzado la cerradura el día anterior al ver que no cogía el teléfono! Siempre me pareció raro. ¿Qué buscaba? ¿Boomer tenía fotos de ella? Ya sabéis, de las subidas de tono. Nunca logré averiguar a qué había ido. Pero la moto no estaba, y él jamás la abandonaría. Se había ido de Wagtail. —Se echó a reír de manera forzada—. ¡El clásico arrepentimiento de último momento más patético que he oído en mi vida!

—¿Fuiste a la policía? —pregunté.

—Cariño, la moto no estaba. Salió pitando en mitad de la noche, y si te he visto no me acuerdo. ¿Qué podrían haber hecho? ¿Arrastrarlo de vuelta?

—Siento mucho que tuvieras que pasar por todo eso.

Mi madre puso su mano sobre la de Delia.

—Por favor, ¡estamos hablando de la prehistoria! —Delia paseó la mirada por la mesa—. ¿Alguien quiere repetir?

—¿Sabéis? Acabo de recordarlo ahora mismo —dijo Oma—, pero hace años tuvimos un huésped en el hostal que nunca reclamó sus efectos personales. Penn Connor. Creo que todavía tenemos sus cosas arriba, en una caja. Holly, habría que mirarlo.

—No me suena de nada —dijo Delia—. Cómo han cambiado las cosas en Wagtail; antes conocía a todo el mundo.

Delia sirvió de postre un delicioso crujiente de manzana casero y la conversación derivó hacia los mejores restaurantes del lugar y los problemas que dan los perros que mudan pelo.

—No sé cómo lo hacéis en el hostal con tantos perros —dijo Delia—. He pasado la escoba un momento antes de que llegarais y ya estoy viendo otra bola de Pepper rodando por ahí.

Trixie lo tenía corto, por lo que no soltaba mucho, así que no podía quejarme, pero Oma asintió.

—Te entiendo muy bien. Yo procuro quitarle el pelo suelto a Gingersnap con un cepillo. Siempre me digo que ya está, pero justo ayer volví a ver una nueva tanda de precioso pelo suave a punto de caérsele. No hay manera de tener el suelo limpio, pero ¿acaso no es un mal muy menor en comparación con el amor que nos dan?

A Delia pareció aliviarle saber que no la considerábamos una pésima ama de casa.

Eran más de las diez cuando volvimos al hostal.

El miércoles por la mañana pensé en Holmes nada más abrir los ojos. El señor Huckle tendría que haberse tomado el día libre, pero aun así me esperaban un té humeante y un cruasán de chocolate. Me ceñí la bata de felpa del Sugar Maple Inn, les di a Trixie y a Twinkletoes sus galletitas, abrí las puertas francesas de mi habitación y dejé entrar una ráfaga de aire frío. Salí con la taza de té en una mano y el cruasán en la otra y contemplé el pueblo de Wagtail.

Aún no había amanecido, pero las luces brillaban en panaderías y restaurantes, donde la gente hacía rato que ya trabajaba. Algunas lucecitas de Navidad parpadeaban, como si se tratara de gotas de rocío. Entre Acción de Gracias y el concurso de las casas de jengibre, el jueves sería una locura. A muchos nos tocaría arrimar el hombro hasta entrada la noche para que el Christkindlmarket de estilo alemán estuviera listo y en funcionamiento el viernes por la mañana y el pueblo de Wagtail quedara adornado para las fiestas. La tarea de decorar el hostal y que este estuviera embebido de espíritu navideño cuando nuestros huéspedes se levantaran para desayunar el viernes por la mañana me correspondía a mí.

Era demasiado temprano para ir a casa de los padres de Holmes. Me ducharía, me vestiría y, para cuando Trixie y yo nos acercáramos hasta allí dando un paseo, empezarían a despuntar los primeros rayos de sol de la mañana.

Con unos vaqueros, una camiseta roja de cuello vuelto, un jersey blanco largo y un chal de cuadros rojos y blancos que podía ceñirme si hacía frío de verdad, me salté el desayuno del comedor y fui a ver a Holmes. Para mi sorpresa, Twinkletoes nos acompañó a Trixie y a mí correteando por la acera. Las dos se detenían de vez en cuando para olisquear a los amigos de cuatro patas que habían salido a dar su paseo matutino. Se veía luz en casa de los Richardson, lo que me preocupó un poco. Esperaba que no pasara nada malo. Llamé con suavidad a la puerta por si Holmes seguía durmiendo.

Su padre, Doyle, acudió a abrirme. Quise morirme de la vergüenza cuando Trixie y Twinkletoes entraron corriendo como si la casa fuera suya, pero, por suerte, el hombre se echó a reír.

—¿Han venido a ver a Holmes?

—Ellas no sé, pero yo sí, desde luego. Espero que no sea demasiado pronto.

—No, me habría preocupado si no te hubieras pasado a verlo. Anoche estábamos agotados cuando llegamos a casa. La angustia pasa factura. ¡Grace no tenía fuerzas ni para cocinar! Pidió algo en el Hot Hog y todos nos fuimos a la cama temprano.

—¿Qué hacéis vosotras aquí? —oímos preguntar a Holmes desde otra habitación.

Trixie y Twinkletoes lo habían encontrado.

Holmes apareció con paso tranquilo por un pasillo y me abrazó con fuerza. Bajó la cabeza y me susurró al oído:

—Me tienen retenido. Ni se te ocurra irte sin mí. —Cuando me soltó, dijo alegremente—: ¿Por qué no vamos todos a desayunar al Wagtail Diner? Invito yo.

—Pero si te estoy preparando una tostada francesa con calabaza, tu desayuno favorito —protestó su padre.

Holmes le pasó un brazo por los hombros.

—No tenías que hacerlo. Ni que hubiera estado a punto de morir.

Su padre palideció al pensarlo.

—Es que podrías haber muerto, hijo.

Holmes suspiró.

—Mírame. Estoy bien. Por lo visto tengo la cabeza dura, igual que tú.

Doyle se echó a reír.

—Venid los dos, anda, que necesito un café.

Quise echar una mano en la cocina, pero el padre de Holmes lo tenía todo bajo control.

Estábamos desayunando cuando la madre, Grace, entró con aspecto de no haber pasado una buena noche y besó a su hijo en la coronilla.

—¿Cómo estás, cariño? ¿Has podido dormir?

—Como un tronco, mamá. Estoy bien.

Alguien llamó al timbre y me levanté de un respingo.

—Ya voy yo.

Atravesé la casa hasta llegar a la puerta y la abrí. Barry Williams apareció en la entrada.

—¡Holly! No esperaba encontrarte aquí.

—Imagino que ambos hemos venido a ver cómo estaba Holmes. Pasa.

Lo seguí hasta la cocina, donde todo el mundo lo saludó.

Grace sirvió un par de tazas de café, para Barry y para ella, y, cuando se sentaron, Doyle les colocó delante sendos platos de tostadas francesas.

—Holly, cielo, ¿por qué querría nadie hacerle daño a Holmes? —preguntó Grace.

—Supongo que quien debe de saber eso es él —contesté.

Holmes abandonó su actitud despreocupada.

—No tengo ni idea. He estado dándole vueltas a quién podría saber que iba a estar allí.

Barry asintió.

—Bien pensado. ¿Estaba echada la llave cuando llegaste?

Holmes dio un sorbo al café.

—No. Primero llamé, como haría cualquiera. Al ver que no contestaba nadie, probé a abrir la puerta y cedió sin problemas. Luego dije «¡Hola!», pero tampoco contestó nadie, así que decidí echarle un vistazo a la cocina y coger algunas ideas para Nell. Lo siguiente que recuerdo es estar tirado en el suelo y a Holly mirándome.

—¿No viste a nadie? —preguntó su padre.

—No vi a nadie, ni olí a nadie, ni oí ningún paso. Zas, y al suelo.

Su madre se estremeció cuando dijo «zas».

—El agente Dave cree que podrían haber tomado a Holmes por Kent Alcorn —dije para animarla un poco.

El rostro tenso y preocupado de Grace se relajó.

—¿De verdad? Bueno, eso tendría más sentido. —Miró a su hijo—. Aunque Holmes es más alto que Kent, ¿no?

Holmes parecía aliviado por el giro que había tomado la conversación.

—Quizá no se fijaron porque dieron por sentado que debía tratarse de Kent.

—Podrían haber matado a la señora Alcorn si se hubieran encontrado con ella —señaló Barry.

—Carter dijo que se había mudado. Ha comprado una casa más pequeña en Wagtail, aunque no sé dónde. De una sola planta.

Me serví otra rebanada de aquellas deliciosas tostadas francesas.

—La entendemos muy bien, ¿verdad, cariño? —Doyle puso su mano sobre la de su mujer. No hacía mucho, había sido él quien había estado gravemente enfermo a causa de un problema coronario, por lo que vendieron la casa anterior y compraron aquella, en la que Doyle no tenía que subir escaleras.

—Carter, vaya por Dios. Qué lástima que no haya venido a desayunar. Es un chico muy majo —recordó Grace antes de dirigirse a mí—. De pequeño, seguía a Holmes y a Barry a todas partes.

—Les sonrió con afecto—. ¿Por qué ninguno les ha dado nietos aún a sus padres?

Barry negó con la cabeza.

—Ya está como mi madre. La chica que me gustaba me dejó y no he vuelto a encontrar a nadie como ella.

—Ay, cariño, cuánto lo siento. —Grace le dio unas palmaditas en el brazo—. Ya te buscaré yo una.

—¡Ahora sí que estás metido en un buen lío, Barry! —dijo Holmes entre carcajadas.

Grace lo miró con desaprobación. Supe muy bien lo que venía a continuación y que me concernía a mí, así que le pregunté para apartarla del tema de los nietos:

—¿Los Alcorn están separados?

Grace picó el anzuelo.

—Por extraño que parezca, no, aunque probablemente deberían. Son como el agua y el aceite, todavía no me explico cómo acabaron juntos. Debería ir a verla.

Grace pareció recuperar el apetito y se decidió a tomar el desayuno.

—Pero si ni siquiera sabes dónde vive ahora —señaló Doyle.

—Ya ves tú qué problema. El pequeño Kent siempre me ha caído bien, era un niño encantador. Se lo preguntaré a él.

—No es el lapicero más afilado del estuche.

—¡Doyle! —lo reprendió Grace—. Era un amor.

—Creo que tiene un hermano llamado Jay —solté como quien no quiere la cosa.

—Jay sí que era listo —dijo Doyle—. ¿No fue a una universidad de la Ivy League?

Barry frunció el ceño.

—La verdad es que no lo recuerdo. Era unos años mayor que nosotros.

—Mmm... Le preguntaré por él cuando vea a Althea. —Grace se sirvió más café.

—Si la encuentras —murmuró Doyle.

Grace ni se inmutó.

—Da igual; si no puedo ponerme en contacto con Kent, lo sabrán las chicas de la peluquería a la que voy. A ellas sí que no se les escapa nada de lo que ocurre en Wagtail.

Grace me caía bien. Bueno, menos cuando me preguntaba por los nietos. Aún era un poco prematuro para hablar de ese tema, pero ella siempre me había tratado bien y me gustaba su vitalidad. No era de las que se sentaban a esperar a que ocurrieran las cosas. Era probable que los Richardson vivieran en Wagtail cuando Boomer pasó por el pueblo.

—¿Alguno de vosotros recuerda a Boomer Jenkins o Penn Connor?

Los cuatro dejaron de comer y un silencio incómodo se instaló en la mesa.

Doyle se aclaró la garganta y fue el primero en hablar.

—Boomer era de esas personas que, de una manera u otra, acaban metidas en problemas. —Miró a Holmes de reojo—. Yo siempre te decía que te mantuvieras alejado de él.

—Holmes y Barry eran adolescentes, estaban en esa edad en que los niños son muy influenciables —se explicó Grace—, y no necesariamente por las personas más sensatas. Por Wagtail pasa mucha gente. Se quedan un tiempo y, luego, continúan su viaje. Casi nadie intima con ellos lo suficiente, pero Boomer llegó a Wagtail en esa moto enorme suya y revolucionó el pueblo.

—Molaba mucho. —Holmes se echó a reír—. Todos los chicos querían ser como él. Las chicas lo adoraban, y encima tenía aquella moto. Fue como si el Peter Fonda de *Easy Rider* hubiera llegado al pueblo...

—... Y lo hubiera puesto patas arriba —dijo Grace terminando la frase por él.

Barry rio.

—O lo querías o lo odiabas, no había término medio con aquel tipo. Madre mía, hacía siglos que no pensaba en él. ¿Por qué estamos hablando de Boomer?

—Algunos vecinos han mencionado a personas que dejaron Wagtail de manera repentina y que podrían ser el hombre del árbol. Unos cuantos me hablaron de Boomer.

Doyle lanzó un resoplido burlón.

—Ya te diré yo lo que ocurrió: un marido airado hizo que pusiera los pies en polvorosa con el rabo entre las piernas. A saber de quién huyó, pero me alegré de que se fuera.

—¿Se veía con mujeres casadas? —pregunté—. Menudo pieza. Iba a casarse con Delia.

Grace ahogó un grito.

—¡Claro! Eso lo explicaría todo. Puede que la mujer de Orly, Mira, que es hermana de Delia, también le hubiera echado el ojo a Boomer y que Orly lo matara por celos y lo escondiera en el árbol, donde ha estado todos estos años sin que nadie supiera nada.

GUÍA DE TRIXIE PARA RESOLVER ASESINATOS

La materia muerta desprende un olor que probablemente ya conocéis. Incluso los perros de ciudad han olido alguna vez un ratón muerto. Y es más que probable que también sepan si lo ha matado el gato. Y luego está el cubo de la basura de la cocina. El tufillo es un poco distinto, pero cuando tus padres tiran carne y no vacían el cubo hasta al cabo de uno o dos días, bueno, ¡qué os voy a decir de la peste que echa!

No hay perro que no haya enterrado algo para después. Los de ciudad puede que lo escondáis detrás de una almohada o debajo de la cama. Es probable que hayáis dado con un hueso o un juguete que otro perro haya enterrado para ponerlo a buen recaudo. ¿Recordáis cómo olía ese hueso? Las cosas enterradas empiezan a desprender un olor fuerte, pues las personas muertas huelen más o menos igual.

Y luego están los pájaros. Casi siempre los ves en el cielo y solo los cachorros son tan tontos como para ir detrás de ellos, pero a veces estiran la pata y caen al suelo. O se estampan contra una ventana y la espichan. Son pequeños, pero también despiden ese olor especial.

Las personas dejan un rastro similar; pero, como a los humanos no les funcionan bien los rastreadores, tardan uno o dos días en olerlos.

Vuestro trabajo consiste en llevarlos hasta ellas.

CAPÍTULO DOCE

Holmes y su padre se quedaron mirando a Grace. Lo que había dicho tenía lógica.

—Tuvo que ser Orly —dijo Doyle—. Si no, no habría puesto esa cláusula en el testamento que impedía talar el árbol. Sabía que dentro había un cadáver y no se le ocurrió nada mejor para proteger su secreto.

—Creo que podrías tener razón, mamá. —Holmes me miró cuando añadió—: Pero no será fácil averiguar por qué mató a esa persona y escondió su cuerpo.

—¿Y Penn Connor? —pregunté—. ¿El nombre os dice algo?

—La primera vez que lo oigo. A mí quien me preocupa es Holmes. —Grace meneó un dedo delante de él—. No quiero que andes por el pueblo tú solo. ¿Me has oído? No vaya a ser que alguien la tenga tomada contigo de verdad.

Holmes le sonrió.

—Pues acompáñame y me vas siguiendo todo el día.

—¡Sí, hombre! ¡El Día de Acción de Gracias está a la vuelta de la esquina! Además, estoy a cargo de la caseta de la WAG en el Christkindlmarket. Hay que ver cómo sois, las tonterías que decís.

Inspiró hondo.

—Lamento interrumpir, pero tengo que volver al hostal. ¡El desayuno estaba riquísimo!

Me levanté, enjuagué mi plato y lo metí en el lavavajillas.

Todos se pusieron a hablar a la vez, pero Trixie, Twinkletoes y yo logramos escapar con Holmes y Barry, que se dirigió a su clínica veterinaria.

—¿Qué pasa con Barry? —le pregunté a Holmes—. Es un encanto. Lo normal sería que las mujeres se lo rifaran.

—Y lo hacen —dijo Holmes—. No estoy muy enterado de los detalles, pero creo que conoció a alguien cuando iba a la universidad. Su mujer ideal. Me parece que ella tuvo que volver a casa por algún motivo, uno de sus padres estaba enfermo o algo así. Él se quedó para acabar los estudios y no volvió a saber nada de ella. Dice que la ha buscado en internet, pero que no ha conseguido encontrarla.

—¡Qué lástima!

—Espero que algún día conozca a alguien. —Se detuvo un momento—. ¡Ni se te ocurra buscarle novia! Oye, me voy a casa, que tengo que ducharme. ¿Nos vemos luego?

Se inclinó para darme un beso antes de que cada uno se fuera por su lado. Seguramente aún le dolía la cabeza por el golpe que había recibido; aunque, si era así, no iba a reconocerlo. Esperé que pudiera relajarse en casa y dormir un poco más.

Trixie echó a correr por una calle.

—¡Trixie! —la llamé—. ¡Trixie!

Por lo general, no se apartaba de mi lado salvo que se hubiera cometido un asesinato. Me recorrió un escalofrío. Sin embargo, no la oí ladrar.

Twinkletoes salió disparada en la misma dirección. ¡Oh, no! Las dos no. ¡Más les valía tener un buen motivo para comportarse así! Me dispuse a buscarlas y recorrí aquella calle de la parte más antigua de Wagtail, flanqueada por casas.

—¡Trixie! —grité.

Creí ver que Twinkletoes desaparecía detrás de una de aquellas residencias cuando me di cuenta de que probablemente no podría haber escogido peor casa en todo Wagtail en la que un gato o un perro pudiera colarse. ¡La de tía Birdie! Suspiré. Aunque luego pensé que quizá tía Birdie necesitaba ayuda. ¿Y si había resbalado y se había caído?

Pasé junto al porche como una exhalación y me dirigí al patio trasero. No vi a Twinkletoes ni a Trixie por ninguna parte. Continué adelante. Nada, ni señal de ellas, pero creí oír un gemido cuando regresé corriendo a la parte delantera. Temerosa de lo que pudiera encontrarme, avancé despacio mientras llamaba a Trixie y Twinkletoes. El lateral derecho del porche tenía una tabla suelta.

—¿Trixie?

Twinkletoes asomó el hocico por debajo de la tabla y, acto seguido, se encaramó a la barandilla de un salto, donde se sentó a mirarme. Me puse de rodillas para echar un vistazo debajo del porche.

—¡Holly Miller! —gritó tía Birdie—. ¿Qué demonios estás haciendo en mi patio?

Como que a tía Birdie se le iba a pasar algo. Levanté la vista y la descubrí mirándome fijamente.

—¿Y qué hace tu gata subida ahí?

—Ojalá lo supiera. Creo que Trixie se ha metido debajo del porche, pero me alivia ver que estás bien.

—¡Saca a esa perra de ahí ahora mismo!

Retiré la tabla. En la oscuridad que reinaba allí debajo, vi que cuatro ojos me miraban. Creí distinguir el pelaje blanco de Trixie, pero no sabía a quién pertenecían los otros ojos, cosa que me produjo cierto respeto.

—¿Tienes una linterna, tía Birdie?

—¿Se ha colado una mofeta? Ni se te ocurra espantarla, que luego la peste dura semanas.

Entró en casa y regresó con una linterna.

La encendí y apunté hacia la oscuridad de debajo del porche. Trixie estaba sentada junto a un perro completamente negro. Con razón no había visto el cuerpo, no se distinguía del fondo.

—Es un perro, tía Birdie.

—Muy bien, pues sácalo de ahí.

Llamé a Trixie, que vino enseguida.

—Vamos, precioso. ¡Ven!

El otro perro no se movió ni un milímetro.

—¿Tienes un poco de carne? ¿O de queso?

—Quizá te sorprenda, pero lo que sí tengo son cosas que hacer.

—¿Quieres que el perro se quede donde está?

Fui consciente de que lo había preguntado con insolencia, pero surtió efecto. Tía Birdie entró en casa y regresó con trocitos de queso y carne. Luego, dejó caer una cuerda sobre mi cabeza.

—Por si la necesitas.

Me quité la cuerda de encima y la tiré al suelo. Trixie arrimó el hocico a la comida que tenía en la mano de inmediato. Como pude, me acerqué un poco más al otro perro y le di a Trixie un pedacito de carne para demostrarle al perro negro que él también podía comer de mi mano sin miedo. Cuando le tendí una tajada de carne, avanzó unos centímetros hacia mí y la cogió con suavidad. Retrocedí un poco y lo intenté con una lonchita de queso. El perro parecía hambriento. La atrapó con ansia y se quedó donde estaba.

Se acercó un poco más y continuó cogiendo comida, un trozo cada vez. Retrocedí del todo para que tuviera que salir de su escondite y, para mi absoluta sorpresa, ¡el perro negro se escurrió por la abertura y meneó la cola! Debía de tener dueño, pero no lo había visto nunca. Llevaba collar.

Cuando le pasé la cuerda por el cuello, no puso la menor objeción. Era una hembra. Fue entonces cuando me percaté de que la pobre estaba en un avanzado estado de gestación, a pesar de su delgadez. Bastante extrema. El pelaje negro se veía apagado y polvoriento. Aquella chica había huido hace bastante tiempo.

—¿Está preñada? —preguntó tía Birdie.

—Eso parece.

—Tiene que verla Barry Williams.

—Había pensado llevársela.

—No puede ir andando hasta allí. —Volvió a entrar en la casa. Cuando salió, bajó los escalones del porche y acarició a la perra negra antes de tenderme unas llaves y decir—: Coge mi carrito de golf.

La miré sorprendida. A veces, su corazón asomaba por debajo de aquella fachada arisca.

—Gracias, tía Birdie.

Trixie y Twinkletoes se encaramaron al carrito de golf. La perra negra quiso seguirlas, pero cuando vio que no conseguía subir, me miró con cara lastimera. Parecía una labradora negra, quizá un poco más pequeña. La cogí en brazos y la dejé con suavidad en el asiento delantero. Seguramente nunca había ido en un carrito de golf, así que le puse el cinturón de seguridad muy despacio. No parecía nerviosa ni que tuviera miedo, solo cansada. Quizá se alegraba de que alguien la ayudara.

La llevé a la clínica veterinaria de Barry Williams, una casa blanca de dos plantas, rodeada por una valla. No sabía si Trixie y Twinkletoes querrían entrar. Les gustaba Barry, pero estaba bastante segura de que relacionaban la clínica con cosas desagradables, como inyecciones.

Con movimientos suaves para no espantarla, levanté a la perra y la dejé en el suelo. Subió la rampa sin problemas, aunque se detuvo un par de veces a olisquear algo. Cuando llegamos al final, Trixie y Twinkletoes estaban esperándonos. Abrí la puerta y entraron corriendo, cosa que me sorprendió. La perra negra las siguió de buen grado.

En el mostrador recibieron a la nueva paciente con profusión de arrumacos. Barry salió de una de las habitaciones del fondo, se agachó delante de ella y le habló con dulzura.

Le expliqué dónde la había encontrado.

—Creo que anda suelta desde hace bastante tiempo.

—Yo diría que también. Nos ocuparemos de ella. ¿Puedes anunciar que se ha encontrado un perro en la lista de correo y en la página web de Wagtail?

—Claro. Espera, que le saco una foto.

Me alejé un poco para hacérsela.

Le rasqué la barbilla por última vez.

—Ya no tienes de qué preocuparte. Te prometo que tendrás toda la comida que quieras y una cama bonita y blanda.

Meneó la cola y entró en otra habitación sin volver siquiera la vista atrás.

Me apresuré a volver al hostal, cogí la tablilla y subí a mi apartamento para dejar el chal. No vi a mi madre por ninguna parte.

Después de hacerme con un té caliente en las cocinas del hostal, me senté delante del ordenador del despacho y envié el aviso de que se había encontrado una perra negra. Luego, Trixie y yo hicimos la ronda diaria por los pasillos y las zonas comunitarias mientras Twinkletoes se echaba una siesta.

La gata reapareció cuando volví a la segunda planta, donde se ubicaba mi apartamento y el desván, que utilizábamos de almacén y cuya cerradura hizo bastante ruido cuando giré la llave. El pasado enero había guardado la decoración de Navidad con cuidado en un rincón para que fuera fácil de localizar. Miré todas las cajas, sacando y probando las luces. Había para dar y regalar. Por suerte, la mayoría parecían en buen estado y funcionaban. Trixie se dedicó a olisquear la habitación mientras Twinkletoes saltaba de caja en caja. Hice una lista de lo que tenía que comprar en la ferretería: pilas, bombillas y más cintas.

Una vez que acabé con aquello, me puse a pensar dónde habría guardado Oma la caja con las pertenencias de Penn Connor. Si nadie las había reclamado nunca, lo más probable era que estuvieran al fondo de la inmensa estancia cogiendo polvo. Seguramente, debajo de otras cajas.

Miré a mi alrededor con consternación. Aquello parecía un almacén de muebles usados: bastidores incompletos, sillas sobrantes, camas desmontables, alfombras viejas enrolladas, cómodas, escritorios y montones de cajas que a saber qué contendrían. Quizá uno de mis objetivos del año siguiente debiera ser poner un poco de orden y organizar un mercadillo gigantesco.

Trixie correteó por delante de mí mientras yo me abría paso entre los muebles hasta una pila de cajas polvorientas. Twinkletoes saltaba de una a otra. Por suerte, la mayoría de ellas llevaban una etiqueta escrita con la letra clara de Oma. Les fui dando la vuelta para ver qué contenían: porcelana, lamparitas de noche, talonarios de recibos, candelabros y, de pronto, allí estaba. «Penn Connor».

La saqué como pude de debajo de las demás, pero mi esperanza de encontrar algo interesante se desvaneció tan pronto como la cogí. Pesaba muy poco. La llevé al pasillo y arranqué la cinta quebradiza con que estaba cerrada.

Dentro había unos vaqueros, unos gemelos deslustrados grabados con la inicial C, un ejemplar de *Harry Potter y la piedra filosofal,* un cepillo de dientes, dentífrico, un frasco de colonia para hombres Givenchy, una maquinilla eléctrica, una bolsa de lona ligera, calcetines, ropa interior, un par de polos y un esmoquin con faja y todo, una camisa y unos zapatos de vestir relucientes. En el papel que había dentro se leía:

> Señor Penn Connor
>
> Reserva: 24-27 de agosto
>
> Visto por última vez por el personal del hostal el 25 de agosto.
>
> Avisado por carta y correo electrónico. Sin respuesta.
>
> Cuenta con cargo a la tarjeta de crédito. Pagada.

Así que el señor Connor no se había ido sin pagar la cuenta. Simplemente, no había vuelto. Me recosté en el asiento y estudié el papel. Puede que no hubiera forma de saber con exactitud cuándo había sido asesinado el hombre del árbol. Salvo que alguien recordara a Orly comprando mucho cemento.

CAPÍTULO TRECE

Quizá Gus Herbst, el dueño de la ferretería, lo recordara. Me levanté y me sacudí el polvo de los vaqueros. De todas maneras, tenía que ir para comprar la decoración de Navidad.

Volví al despacho del hostal, donde Zelda estaba enseñándole a mi madre cómo funcionaba nuestro programa de gestión.

—¿Y eso? —pregunté.

Mi madre me sonrió.

—He pensado que no estaría de más saber cómo va. Oma me ha dicho que no te vendría mal que alguien te echara una mano a tiempo parcial de vez en cuando. Creo que me lo pasaría bien.

Oma salió del despacho.

—¿No es genial? ¡Y Nell también quiere ayudarnos con la caseta del Christkindlmarket!

No supe cómo reaccionar. Me alegraba de tener por allí a mi madre, pero estaba siendo todo muy precipitado. ¿Y si de pronto decidía que no se mudaba y hacía las maletas? Intenté adoptar un tono alegre.

—¡Pero qué bien! Como veo que aquí lo tenéis todo bajo control, voy a ir a Shutter Dogs a comprar algunas cosillas. ¿Necesitáis algo?

—*¡Ach, ja!* —Oma entró rápidamente en el despacho y volvió con una lista—. Y llévale a Gus una cesta de esos *pretzels* grandes y esponjosos, por favor.

—Claro.

Me apresuré a las cocinas, me procuré una cesta y la forré con celofán y una servilleta de papel con motivos de hojas otoñales. Cook me miró ceñudo, como si me preguntara qué estaba haciendo en su cocina. Lo saludé con la mano y llené la cesta de *pretzels.*

—Son para Gus —dije.

Asintió con la cabeza.

—Eh, ya que vas por allí, ¿podrías pasarte por la tienda de los Biffle y traerte media docena de limones y tres apios?

—Por supuesto.

Lo añadí a la lista de Oma.

Até el celofán con un lazo y nos encaminamos a la ferretería. Trixie solía ir por delante de mí, pero las aceras estaban repletas de turistas y se mantuvo a mi lado por prudencia. Si se hubiera tratado de un día cualquiera, habría conocido a casi todo el mundo, pero estábamos en plena temporada festiva y los turistas que venían de compras atestaban las tiendas.

Hasta la ferretería, Shutter Dogs, estaba abarrotada. Además de martillos, clavos y cosas por el estilo, tenían un buen surtido de lámparas con motivos felinos, caninos y paisajísticos. Y, claro está, correas y colgadores de formas ingeniosas.

Trixie sabía dónde estaba el expositor de las galletas para perros. Echó a correr y la perdí de vista, aunque no hacía falta ser un genio para saber dónde encontrarla: delante de una colección de tarros de cristal enormes llenos de galletas, con el hocico levantado y meneando la cola alegremente.

Llené una bolsa con sus preferidas. Al fin y al cabo, Santa Claus no tardaría en venir para embutir su calcetín. La pesé y anoté los gramos en la bolsa. Me miró con ojos de cachorrillo y apoyó sus patitas delanteras en mis rodillas haciendo ver que no estaba aspirando el delicioso olorcillo de la bolsa. Pero la conocía muy bien.

—A lo mejor después de hablar con Gus.

Como si lo hubiera entendido, atravesó la tienda a la carrera. La encontré en una habitación del fondo que no había visto nunca. Según me habían contado, los perros pueden llegar a comprender unas quinientas palabras, por lo que, teniendo en cuenta que Trixie había encontrado a Gus, empecé a sospechar que el ferretero aparecía en su lista de personas que le gustaban. ¿Cómo iba a saber si no que debía buscarlo?

El caballero de pelo blanco estaba sentado frente a su buró de tapa de persiana escudriñando el mecanismo interno de un reloj a través de unas gafas. La habitación estaba atestada de pilas de cajas, mucho peor que el desván del hostal. El enorme gato atigrado que dormía en lo alto del buró abrió un ojo para echarnos un vistazo y volvió a cerrarlo.

Trixie tocó a Gus con el hocico y el hombre la miró.

—Vaya, pero si es mi amiguita, la pequeña Trixie.

Le rascó con afecto detrás de las orejas.

—De parte de Oma —dije tendiéndole la cesta de *pretzels.*

La aceptó con una sonrisa tímida.

—Si hubiera sido más listo, me habría casado con Liesel en cuanto enviudó. —Cogió una navaja de encima del escritorio y rajó el celofán para darle un mordisco a un *pretzel*—. Mmm, mmm, mmm. —Lo saboreó—. Estos *pretzels* no tienen igual.

—No sabía que arreglabas relojes.

—¡Qué va! Pero Eliot, el de la joyería, me pide una fortuna por arreglar este y me dije que no podía ser tan complicado. ¿Qué te trae por aquí?

Agité la lista.

—Necesitaba unas cosillas, pero también quería hablar contigo.

Me dedicó una sonrisa radiante.

—Ya me imaginaba que te pasarías por aquí. Tú y el pequeño Dave Quinlan. Aún me cuesta hacerme a la idea de que es policía. Fue a finales de agosto de hace unos veinte años.

Me desconcertó que supiera por qué me encontraba allí.

—¿El qué?

—El enorme pedido de cemento de Orly. Le dije que, si necesitaba tanto, lo mejor era que hablara con la empresa de cementos de Snowball, pero era un viejo cabezota.

—¿Te contó para qué lo necesitaba?

—Para hacer unas escaleras y un suelo de hormigón frente a la puerta de entrada.

No había estado en la casa de Orly, que se situaba en el interior del bosque, apartada de la carretera.

—¿Le creíste?

—Claro, ¿por qué iba a desconfiar? —Con una media sonrisa y la mirada animada, añadió—: Volvió y compró más. Suficiente para hacer dos escaleras.

—Le preguntarías para qué necesitaba más.

—En efecto. Me dijo que tenía un árbol centenario precioso que estaba pudriéndose por dentro.

—¡Entonces tú lo sabías! Lo has sabido todo este tiempo.

—Sabía que había rellenado un árbol, lo que no sabía era que había un hombre dentro ni de qué árbol se trataba. Por entonces, rellenar los árboles de hormigón era algo relativamente habitual. Hay gente mayor que sigue haciéndolo. Y yo estaba más que dispuesto a venderle todos los sacos de cemento que quisiera.

—Un trabajo así debía de costar lo suyo —reflexioné en voz alta.

—Ya lo creo. Supongo que lo ayudaría alguien.

Se me cortó la respiración.

—¿Quién?

—A ver, a ver, no tengo ni idea.

—Si ha guardado el secreto todos estos años, debían de ser muy buenos amigos.

—A mí no me mires, yo solo vendo lo que vendo.

—Pero más o menos tendrás una idea de con quién se llevaba bien.

Gus inspiró hondo.

—Yo no te he dicho nada. —Me miró entrecerrando los ojos—. Orly y Stu Williams eran... —Entrelazó dos dedos—. Si alguien tuviera que estar enterado de lo que Orly se traía entre manos, ese habría sido Stu.

CAPÍTULO CATORCE

Trixie caminó con parsimonia cuando nos despedimos de Gus y fuimos a la caja. Inspiré hondo. La tienda estaba inundada de olores interesantes. La fragancia de los maderos y el cuero se mezclaba con la de los pinos talados que estaban a la venta y el de las palomitas recién hechas que regalaban a los niños para tenerlos contentos mientras sus padres compraban. Si yo era capaz de distinguir tantos aromas, para un perro debía de ser abrumador.

En lugar de apurar a Trixie, me dirigí a pagar al mostrador y, para cuando me dio alcance, yo llevaba tres bolsas gigantes en las manos. Quizá tendría que haber pedido que lo entregaran directamente en el hostal. Ya en la salida, estuve a punto de chocarme con Barry Williams.

—¡Holly! Lo siento. —Alargó una mano—. ¿Te ayudo?

—No hace falta, gracias.

Se pasó la lengua por los labios con expresión preocupada.

—Tengo que recoger algo y voy justo de tiempo, pero quería hablar contigo. —Me hizo un gesto para que nos apartáramos un poco y no bloquear la entrada—. Gracias por arreglar lo de mis padres y Kitty, no sé cuál de los tres está pasándoselo mejor. Esta mañana la han llevado a la clínica veterinaria y ahora quieren que haga una casa de jengibre para presentarla al concurso.

—Me alegro de que haya salido bien. Es una niña encantadora y su madre no está pasando por un buen momento.

—Eso he oído. ¿La conoces? ¿Sabes si podemos ayudarla de alguna otra manera a levantar cabeza?

Cogí aire y lo solté de golpe.

—Veré qué puedo averiguar.

—Bien, pues ya me contarás.

—Ah, Barry. Alguien me ha dicho que tu padre era íntimo de Orly.

Me miró con el ceño fruncido.

—No sabe nada sobre el hombre del árbol.

—Pero ¿eran amigos íntimos?

—No metas a mi padre en esto, Holly.

Se despidió con la mano y entró en la ferretería.

Trixie y yo fuimos al supermercado de los Biffle. Me detuve un momento frente al edificio de dos plantas recordando lo que había dicho Althea Alcorn. Ella era la dueña, pero los Alcorn habían tenido sus más y sus menos con Orly al respecto. Una hilera de árboles de Navidad naturales recorría la fachada, apoyados contra ella, y los puestos estaban decorados con guirnaldas.

El espíritu navideño se había adueñado por completo de la entrada del establecimiento. Nadie podría pasar por allí sin verse obligado a detenerse delante de aquel fenomenal despliegue de dulces de un sinfín de formas y colores. La fruta escarchada, los caramelos de menta rojos y blancos y los dulces de caramelo y nueces pecanas con forma de tortuga y recubiertos de chocolate se disputaban la atención.

La única nota amarga en aquel ambiente festivo era la propia Josie Biffle, que estaba regañando a un empleado que llevaba un delantal verde con el logo del establecimiento.

—No pienso discutir contigo —decía—. Rebaja esos árboles, quiero que sean los más baratos del pueblo. ¿Entendido?

Metí las bolsas de la ferretería en un carrito y Trixie y yo nos apresuramos hacia la sección de productos frescos, donde cogí los limones y los apios que me habían pedido. Ya que estábamos allí, añadí una bolsa de aquellas mandarinas dulces y diminutas al carrito para mi madre y para mí. Josie pasó por mi lado con cara de pocos amigos, pero quería hablar con ella.

—¡Josie! —la llamé con tono jovial.

Dio media vuelta y me fulminó con la mirada.

—Me encanta el surtido de dulces que tenéis en la entrada de la tienda. Seguro que nadie puede resistirse.

Parecía desconcertada. Como si quisiera seguir enfadada, pero tuviera que atender a alguien que le hacía un cumplido.

—Gracias —masculló.

Mmm... ¿Cómo iba a sacar el tema de Jay? Era probable que Josie supiera que no le gustaba a la señora Alcorn y que hizo lo posible por interponerse entre ellos. Tendría que haberle dado un par de vueltas antes de hablar con Josie. El roble y su padre también serían temas delicados. Delia era su tía y Carter, su primo. Quizá por ahí.

—Anoche cenamos en casa de Delia. Cocina muy bien.

Josie asintió.

—Sí, se le da bien.

—¿Cuál es vuestro parentesco? ¿Delia es hermana de tu madre?

—A mucha gente le choca, porque mi madre le saca doce años a Delia, y ella a mí solo ocho.

—Ahora lo entiendo. Mencionó que habías salido con Jay Alcorn. No sabía que Kent tuviera un hermano.

Josie se puso tensa y me percaté de que no le resultó fácil relajarse.

—Madre mía, hace siglos de la última vez que vi a Jay. ¿Ha venido a pasar las fiestas con su familia?

Me hice la tonta.

—Ni idea. Delia dijo que era muy inteligente.

—Y divertido. —Reordenó una pila de naranjas—. Mi padre era un hombre muy estricto; la gente dice que he salido a él, pero la madre de Jay no se quedaba atrás. Ningún padre podría haber pedido un hijo mejor que Jay y, aun así, ella nunca consideraba que estuviera a la altura. Eso Jay lo llevaba clavado muy dentro. Creo que nunca lo superó.

—Supongo que no si no ha vuelto por el pueblo.

Una sonrisa revoloteó en sus labios, pero desapareció al instante.

—Bueno, feliz Acción de Gracias —dijo, y se alejó como si tuviera prisa.

Pagué la compra y atravesamos el parque para volver a casa. Trixie corría de un árbol a otro o a algún sitio que le parecía interesante, aunque yo no viera allí absolutamente nada. Iba pensando todo el rato en Stu.

De vuelta en el hostal, fui a las cocinas a llevarles las verduras cuando me asaltó un delicioso aroma de repostería.

—¿Tartas? —pregunté mientras dejaba los limones y los apios en una encimera.

—De manzana, nuez pecana y calabaza. Voy a ponerme con el relleno.

Le di mi aprobación a Cook. Estaba guardando en el desván lo demás que había comprado cuando volví a ver el nombre de Penn. Me dirigí a toda prisa a mi apartamento al otro lado del descansillo y busqué al hombre misterioso en Google, pero no encontré ni una sola referencia a él.

Quizá el hombre del árbol era Penn, pero ¿lo normal no habría sido que alguien se hubiera pasado por allí preguntando por él? Por lo general, la familia te buscaba cuando desaparecías, aunque tal vez no todo el mundo tenía esa suerte. Como Jay Alcorn. Me pregunté si su madre sabría qué debía hacer para dar con él. Sospechaba que no. Había gente que no sabía cómo organizar una búsqueda. O por dónde empezar.

Penn llevaba un esmoquin en el equipaje, lo que implicaba una ocasión formal. ¿Habría acudido al evento? ¿Sus amigos o compañeros de trabajo pensarían que había vuelto a casa? Alguien tenía que haberse percatado de su ausencia. Aunque solo fuera por eso, que llevara consigo un libro de *Harry Potter* indicaba que no era una persona aburrida, ¿no?

¿Y Boomer? Según parecía, era el alma de la fiesta. Sabía algo más sobre él que sobre Penn. Boomer era todo un donjuán. No me sorprendería que Doyle tuviera razón y que un marido celoso se hubiera encargado de él.

Miré qué hora era de camino al despacho del hostal. ¿Por qué tenía que pasar justo durante las fiestas? Había mucho que hacer.

Dejé la bolsa con lo que Oma me había pedido en una silla, donde pudiera verlo, y luego repasé la agenda del día siguiente. El desayuno acababa a las diez, por lo tanto tendríamos dos horas para organizar el comedor para la comida de Acción de Gracias. Los jueces del concurso de las casas de jengibre tomarían una decisión entre las diez y las doce. La gran inauguración oficial del centro de convenciones tendría lugar al mediodía y, a continuación, podría visitarse la exposición de casas de jengibre. Íbamos a ir muy justos de tiempo, pero ya habían llegado los centros florales de las mesas, Cook tenía la comida bajo control y todo parecía encarrilado. En teoría, Shadow y yo librábamos la tarde de Acción de Gracias porque luego nos tocaría trasnochar.

Después de que a Oma y a mí ya no se nos ocurriera nada más que pudiera hacerse, fui a comprar galletas. Trixie volvió a correr unos pasos por delante de mí mientras atravesábamos el parque, pero se mantuvo cerca cuando llegamos a las calles atestadas.

Era media tarde, buena hora para ir a Pawsome Cookies, pero la preciosidad de tienda estaba abarrotada. Trixie, que ese día se había hartado de galletas, contempló mientras esperábamos las que tenían en exposición, tanto para perros como para personas.

Bonnie Greene, la propietaria, ayudó a sus empleados hasta que la cosa se calmó un poco. Me tendió mi pedido, se quitó el delantal y salió de detrás del mostrador.

—Vamos fuera, necesito un poco de aire fresco.

Una vez que escapamos de la pastelería, nos dio sendas galletas.

—¡De mantequilla de cacahuete para Trixie y de pepitas de chocolate para Holly!

Las pepitas de chocolate de la mía estaban tal cual las había descrito días atrás. ¡Se deshacían en la boca!

—Deliciosa —murmuré con la boca llena.

—¿Has averiguado algo sobre Boomer? —preguntó.

—No lo que seguramente habrías querido.

Me acabé el último trocito de aquella exquisita y untuosa galleta.

—¿Has hablado con Delia?

—Sí.

Bonnie se cruzó de brazos con gesto desafiante.

—No es que Delia y yo fuéramos íntimas ni nada por el estilo, pero tras la desaparición de Boomer siempre he sospechado de ella. Nunca reuní el valor suficiente para preguntar qué había ocurrido. Claro que, ¿cómo iba a presentarme ante la mujer que iba a casarse con él para que me contara qué le había hecho?

Delia también desconfiaba de Bonnie. Supuse que solo la suerte había impedido que hubieran llegado a las manos por culpa de Boomer.

—Si no recuerdo mal, iba a ir a cenar a tu casa después de romper el compromiso con Delia.

—Así es.

—¿Qué más hiciste esa noche? ¿Lo llamaste o fuiste a verlo a su apartamento?

Bonnie inspiró hondo.

—¡Pues claro! ¿Qué harías tú si Holmes tuviera que enfrentarse a alguien y no volviera a casa?

—No estoy acusándote de nada —dije con suavidad—, solo trato de hacerme una idea de lo que ocurrió.

—Lo sé. Si alguien le hizo algo, fue Delia. —Tragó saliva—. Estaba muy oscuro, era más de medianoche. —Su respiración se aceleraba a medida que recordaba—. Me llevé una linterna. Lo que más temía era encontrarlo con Delia.

—¿Tenías llave?

Negó con la cabeza.

—Forcé la cerradura. ¡No me mires así! Además, era una cerradura de esas que se abren con solo mirarla, no es que costara mucho, la verdad. —Clavó la mirada en la hierba, en silencio—. Sobre todo, recuerdo la sensación de vacío. Como cuando entras en una habitación que antes estaba amueblada y descubres que no hay nada. ¿Sabes ese eco de las habitaciones desnudas? Sin embargo, aquella no lo estaba. Su ropa y sus cosas estaban desperdigadas por todas partes.

—¿Qué tipo de cosas?

—Boomer no era el tipo más ordenado del mundo. Entraba en su apartamento y soltaba lo que llevara donde fuera. No colgaba la chaqueta, tiraba los pantalones sobre una silla, dejaba los calcetines en el suelo, de donde los cogía. Como una tonta, pensaba que todo cambiaría cuando nos casáramos, que yo lo haría cambiar. Ya no soy tan inocente. Por lo que vi, su apartamento estaba como siempre: una bolsa de patatas en el sofá, cereales y leche cortada en la mesa de la cocina... El apartamento estaba amueblado cuando lo alquiló, y él tampoco tenía muchas cosas. Supongo que una moto te obliga a vivir con lo mínimo.

¡Delia había dicho exactamente lo mismo! No ayudaba, pero debía de ser cierto.

—Y luego, ¿qué? —la animé a seguir hablando.

—Me senté en el sofá y cogí la bolsa de patatas como si fuera un peluche. Supongo que al final me quedé dormida esperando que volviera a casa. Me desperté al amanecer y, a la luz del día, tuve que aceptar la realidad: debía de haberse quedado en casa de Delia. La había escogido a ella. Creo que ese día me moví en piloto automático. Estaba conmocionada, fue un golpe muy duro. No volví a verlo jamás. Lo único que sé seguro es que iba a ir a casa de Delia para romper el compromiso y... No quiero hablar mal de ella, pero yo diría que eso es bastante incriminatorio.

—Me dijiste que fuiste a la policía, ¿verdad?

Asintió.

—Fui a ver al antiguo jefe de policía. Me dijo que no me inmiscuyera en la relación de otra mujer. Salí de allí con el rabo entre las piernas. Sabía que no debía haberme liado con Boomer, pero ¿qué más daba? Lo único que quería era asegurarme de que no le había pasado nada. —Apretó los labios—. ¿Qué te ha contado Delia?

—No mucho. Dice que Boomer fue a cenar a su casa, que se marchó y que no volvió a verlo.

—Eso es mentira —siseó Bonnie. Su voz adoptó un tinte amargo cuando añadió—: Me juego lo que quieras a que discutieron cuando él rompió el compromiso y ella lo mató. No sé cómo, pero sí por qué.

Que Delia fuera amiga de mi madre me ponía en un verdadero compromiso, porque el escenario que Bonnie planteaba tenía mucho sentido.

Bonnie suspiró y me miró de reojo.

Estaba guardándose algo.

—¿Qué?

—Es solo que, bueno, salvo que hubiera buscado una canguro, esa noche no estaba sola.

—¿Te refieres a Carter?

—Y a su hermana. La hermana se casó y se mudó a Montana, pero él sigue aquí.

—Lo he conocido hace poco. Parece majo.

Bonnie sonrió de oreja a oreja.

—Era una ricura de niño. Carter era mi mejor cliente de pequeño. Y sigue siéndolo, ahora que lo pienso. Iba por Wagtail con una bicicleta vieja y se pasaba por aquí a preguntar si se me había roto alguna galleta y la iba a tirar. ¿No es para comérselo? Lo veía sentado en los bares escuchando a los mayores. A nadie parecía importarle. Era como una mosca regordeta en la pared. Nunca lo vi jugando con otros niños. Da igual, el caso es que es probable que estuviera allí aquella noche.

—¿Nunca le preguntaste al respecto?

—No me atreví. Era solo un niño. ¿Qué tendría? ¿Diez, once años...? Se quedó sin padre a los nueve. Eso sí que es una pena. A todo el mundo le sabía muy mal por él. El pequeño y dulce Carter estaba perdido sin su padre. Llevaba la cámara de fotos del hombre a todas partes. Su madre y su hermana eran lo único que le quedaba. Supongo que Orly habría acogido a los niños si Delia hubiera ido a la cárcel, pero no me vi capaz de implicarlo. Carter podría saber qué le ocurrió a Boomer.

Tuve la impresión de que Bonnie y Carter tenían muy buena relación.

—Puede que haya llegado el momento de que se lo preguntemos.

—¿Las dos? —Bonnie palideció. Señaló la tienda—. Hoy estoy hasta arriba de trabajo. Mañana es Acción de Gracias...

Era fácil adivinar que no quería ser quien hablara con Carter. Asentí.

—A ver cuándo puedo quedar con él. Gracias por ser tan sincera conmigo. Si se te ocurre algo más, por favor, avísame.

—Por una parte, deseo saber qué le ocurrió; por otra, espero que el del árbol no sea Boomer. ¿Pueden averiguarlo por el ADN?

—Según tengo entendido, recogieron algunas muestras, pero eso no significa que vayan a servirles de algo, porque necesitan algo con qué compararlas. Ya sea con el propio ADN de Boomer o de uno de sus parientes, por ejemplo.

—Con el tiempo que hace de todo eso... No sé si Delia conservará algo de Boomer. Alguien debió de vaciar el apartamento. Claro que, si lo mató ella, lo más probable es que quemara la ropa.

—Si te sirve de consuelo, parece que hay otros dos hombres desaparecidos por las mismas fechas —se me escapó al verla tan desanimada—. Es posible que uno de ellos sea el del árbol.

Contuvo la respiración un instante y tosió.

—¿De verdad? ¿Quiénes?

—Un hombre llamado Penn Connor, que se alojaba en el hostal. ¿El nombre te dice algo?

—No, es la primera vez que lo oigo. Debía de estar de paso.

—¿Y Jay Alcorn? —pregunté.

—Lo había olvidado por completo. Supongo que imaginé que estaría en algún sitio ejerciendo de médico o algo por el estilo. ¿Althea Alcorn no conoce su paradero?

—No, pero me ha contado que salía con Josie.

Bonnie enarcó las cejas.

—¿La hija de Orly? Vaya, vaya... ¡Entonces puede que el del árbol sea Jay! Orly era superprotector con su niñita.

Le di las gracias y dejé que volviera al trabajo. Trixie y yo regresamos a casa por el parque, donde ya habían encendido las farolas, que alumbraban el camino. No podía creer cuánto había oscurecido a pesar de que aún era temprano. Llamé a mi madre para ver si tenía planes para cenar.

—¡Yo también estaba a punto de llamarte! Todavía no he ido a ese nuevo restaurante que hay junto al lago, ese del nombre divertido. ¿Sopa de Ganso? ¿Qué te parece si vamos a ese?

—Habría que preguntar si tienen mesa...

De pronto, me vi bañada en luz al tiempo que algo cruzaba el parque con estruendo, llevándose ramitas por delante y golpeando bancos de refilón.

—¡Trixie! —chillé.

Vino de inmediato, tan asustada como yo. La cogí en brazos y eché a correr tan rápido como pude. Aflojé el paso cuando estuvimos fuera de peligro y, entonces, vi que un carrito de golf fuera de control se estampaba contra un árbol y el conductor salía despedido.

CAPÍTULO QUINCE

—¡Holly! ¡Holly! —La voz de mi madre sonaba débil y lejana. Tenía a Trixie en brazos y seguía con el móvil en la mano. Intenté poner el altavoz.

—Mamá, estoy en el parque. Llama a emergencias. Yo estoy bien. Llámalos enseguida.

Veía el carrito de golf empotrado contra un árbol gigante, pero no a la persona que lo conducía. Estaba segura de que había visto salir volando a alguien. Dejé a Trixie en el suelo.

—Encuéntrala, Trixie.

Esas palabras no formaban parte de su vocabulario, pero pensé que, por instinto, la buscaría en la oscuridad. Encendí la linterna del móvil.

—¿Hola? ¿Dónde está? ¿Puede hablar? ¿Hola?

Trixie la encontró primero y ladró. Un gañido corto, como si dijera: «¡Aquí, mamá!». Salí del camino y me dirigí con cuidado en su dirección. Solo faltaba que tropezara con algo.

Cuando llegué junto a ellos, Trixie estaba lamiéndole la cara. Tiré de ella hacia mí y enfoqué a la persona con la linterna.

—¿Me oye?

Unas luces asomaron entre los árboles y oí que alguien me llamaba.

—¡Aquí! —grité—. ¡Estoy aquí!

Trixie ladró.

Dirigí la linterna hacia la persona de manera que no la deslumbrara, pero pudiera verle la cara. No habría hecho falta que me preocupara, Carter Riddle estaba inconsciente.

—¿Carter? —Comprobé si tenía pulso. Alto y claro, eso me hizo sonreír. Le di unas palmaditas suaves en la cara—. ¿Carter?

Abrió la boca antes que los ojos.

—Carter —insistí—. ¿Estás bien?

Por fin, abrió los ojos, despacio.

—¿Holly? —Volvió a cerrarlos—. Dime que es una pesadilla.

De pronto, nos alumbraron unas luces potentes. Me protegí los ojos con la mano para no quedar deslumbrada.

Oí unas voces a mi espalda.

—¿Qué diablos ha pasado aquí?

—¿Es Carter?

—Jack, trae el carrito de la ambulancia.

—Holly, ¿qué ha ocurrido?

—Holly, ¿estás bien? ¿Ibais en el carrito de golf?

No estaba segura de quién me lo preguntaba.

—Estoy bien. No íbamos en el carrito. Parece que giró cuando estaba fuera de control, se estampó contra el árbol y Carter salió despedido. Está tal cual ha caído, no lo he movido.

El doctor Engelknecht llegó a la carrera.

—¡Carter! ¿Cómo te encuentras, amigo? —Le comprobó las pupilas con una linternita—. Llevémoslo al hospital.

—¡¿Qué?! ¡No! —Carter se incorporó.

Varias personas colocaron una camilla a su lado.

—No la necesito —aseguró Carter, aunque al final tuvieron que asistirlo para levantarse—. Estoy bien, de verdad —insistió.

A pesar de sus protestas, se lo llevaron sin perder tiempo, y Trixie y yo nos quedamos con el agente Dave, que dirigió el haz de su linterna hacia mí.

—¿Te ha dado?

—No, solo me he llevado un susto.

—El carrito debe de haberse averiado. —Llamó a alguien por teléfono—. Hola, soy Dave. Tengo un carrito de golf fuera de control en el parque. Se ha estampado contra un árbol. ¿Crees que podrías venir a buscarlo a primera hora de la mañana? —Tras una breve pausa, añadió—: Genial. Estaré aquí. —Devolvió el móvil al bolsillo—. No me ha parecido que el aliento le oliera a alcohol, ¿y a ti?

Ni siquiera lo había pensado.

—No, no he notado nada.

—¿Y tú, Trixie? —preguntó Dave.

Trixie lo miró y meneó la cola, lo que lo animó a rascarle detrás de las orejas.

Me sonó el teléfono. Le eché un vistazo.

—Hola, mamá. Trixie y yo estamos bien. Enseguida vamos al hostal y te lo cuento. —Colgué—. ¿Alguna vez habías visto algo parecido?

—Ya lo creo. No sucede a menudo, pero no es la primera vez que un carrito de golf se desmanda en medio de un partido de fútbol cuando están retransmitiendo en directo. Mientras Carter esté bien, no hay de lo que preocuparse.

—¿Te apetece ir a cenar con mi madre y conmigo?

—Gracias por la invitación, pero en estas fechas es justo cuando más trabajo tengo. Es mejor que me quede por aquí.

Le sonó el teléfono y oí una voz débil que decía:

—Hay un par de borrachos peleándose en el Hair of the Dog.

—Diez cuatro —contestó.

—Pero mañana vendrás a la comida de Acción de Gracias del hostal, ¿no?

—No me la perdería por nada del mundo. Nos vemos, Holly.

Se alejó a la carrera.

Trixie y yo volvimos al hostal a un paso más tranquilo.

Trixie levantó el hocico al entrar en el vestíbulo. Incluso yo olí el aroma celestial que desprendía la preparación de la comida de Acción de Gracias. Asomé la cabeza en las cocinas y vi a Oma y a mi madre saboreando una tarta de nuez pecana.

Crucé los brazos sobre el pecho y dejé que la puerta se cerrara detrás de mí. Estaban tan concentradas en la tarta que no se percataron de mi presencia. Carraspeé.

Oma lanzó un chillidito.

—Ah, eres tú. ¿Por qué entras sin hacer ruido?

No pude por menos que reír ante aquel panorama.

—Huele de maravilla. Creo que habría que sacaros de aquí antes de que arraséis con la comida de mañana.

Mi madre tuvo el detalle de sonrojarse.

—Teníamos que comprobar que estaba bien.

—¿Has llamado al Sopa de Ganso? —pregunté.

Oma asintió. Tragó lo que tenía en la boca.

—Nos han dado mesa. —Le echó un vistazo a la hora—. Será mejor que vayamos tirando; no nos la reservarán toda la noche.

Mi madre envolvió la tarta.

—Supongo que esta ya no puede servirse.

Fingió que ponía cara triste.

—Id a por el abrigo, la meteré en la nevera mágica.

Me llevé la tarta de las cocinas. Trixie bailó a mi alrededor, sin dejar de olisquear el aire mientras atravesábamos la zona de comedor, desierta en esos momentos, hasta la cocina privada. Llamábamos «nevera mágica» al frigorífico porque Cook iba dejándonos allí lo que había sobrado y parecía que nunca se vaciaba. Casi toda la comida sobrante se destinaba a las familias necesitadas de Wagtail, pero siempre quedaba de sobra para Oma y para mí, así como para los empleados.

Twinkletoes se estiró como si hubiera estado durmiendo y la hubiéramos despertado y se acercó furtivamente a mis piernas.

—¿Quieres venir a cenar con nosotras?

Saltó frente a la chimenea, pero no vio cuencos de comida para ella. Cuando salimos al vestíbulo, Twinkletoes nos siguió.

Fuimos dando un paseo hasta el Sopa de Ganso, donde nos acompañaron a una mesa con vistas al lago. Las luces parpadeaban en las casas que salpicaban la orilla, donde algunas barcas se deslizaban al ralentí, arrulladas por el suave canturreo de sus motores.

Pedimos nuestra cena y sendos platos de bagre para Trixie y Twinkletoes, que estaban junto al ventanal que iba del techo al suelo contemplando las lámparas de las barcas de pesca.

—Este lugar es de primera categoría —observó mi madre admirando las formidables vigas y la chimenea—. Holly, no sabes las ganas que tiene tu abuelo de volver al pueblo. Ya está mirando barcas.

—Estábamos tan concentradas en la tarta que se me ha olvidado preguntarte por lo del parque —dijo Oma—. ¿Qué ha pasado?

Les expliqué lo del carrito de golf fuera de control.

—Deberíamos preguntar por Carter. Insistió en que se encontraba bien, pero tuve la impresión de que el doctor Engelknecht no lo tenía tan claro.

Cuando llegó la cena, dimos cuenta de ella como si no hubiéramos comido en todo el día. Oma había pedido lubina, pero mi madre y yo nos habíamos decidido por un bistec con champiñones. Trixie y Twinkletoes se comportaron, aunque vi que Trixie limpiaba el cuenco de Twinkletoes después de acabarse el suyo, por si acaso quedaba algo.

—Le enviaré un mensaje a Delia —dijo mi madre—. Si no os importa que lo haga mientras cenamos.

Dadas las circunstancias, Oma y yo coincidimos de inmediato en que debía escribirle.

—Pero siléncialo, Nell —le pidió Oma—; así no molestará a nadie si suena.

Delia contestó de inmediato y mi madre leyó la respuesta en alto: «El doctor E. ha insistido en que lo lleváramos a urgencias en Snowball. Esperando los resultados. Ya me puedo despedir de tener a tiempo la comida de mañana, pero Carter es más importante. No sé qué haría sin mi niño».

—No hay nada peor. —Mi madre alargó una mano y me apretó la mía—. Cuando a tus hijos les pasa algo, no puedes pensar en nada más.

—Dile que mañana venga a celebrar Acción de Gracias al hostal —dijo Oma—. Hay comida de sobra.

Mi madre estaba a punto de escribirle cuando la detuve.

—Seguramente habrá invitado a la mujer de Orly, Mira, y a sus hijos, Josie y Wyatt. Será mejor que también los incluyas a ellos.

—Los Biffle —dijo Oma—. Claro, que vengan todos. No estamos en guerra con ellos.

—Te lo recordaré cuando Josie monte un número.

Dejé unos cuantos champiñones en el plato.

—Ahora mismo está muy claro que Orly mató a alguien, escondió el cadáver en el árbol y creyó que su secreto estaría a salvo si regalaba los terrenos a Wagtail —resumió Oma—. Un error de cálculo, claro: no se le ocurrió que el árbol moriría. En cualquier caso, los Biffle no pueden anular la donación de las tierras. Hay que ser comprensivos con ellos y tratarlos con cortesía.

Miré a mi madre de reojo, quien dijo:

—No todo el mundo tiene una abuela tan buena y sensata.

Sabía a qué se refería y esperaba que Oma también.

—¿Cómo es Mira?

—Es mayor que Delia. Siempre me ha parecido una persona retraída, y supongo que no tendría una vida fácil con el cascarrabias de Orly —contestó mi madre.

Oma bebió un sorbo de vino blanco.

—Mira es un encanto. Y puede que Orly fuera un hombre seco, pero siempre cuidó de su familia. Cuando el marido de Delia murió, Orly se ocupó de Delia.

Pedí *crème brûlée* de postre, ¡y las dos, que se habían hartado de tarta antes de la cena, tuvieron el descaro de ayudarme a acabármela!

Volvimos al hostal dando un paseo durante el que fuimos admirando los escaparates decorados para la ocasión. Parecía que todo el mundo se había contagiado de la magia de las fiestas.

La mañana de Acción de Gracias, el señor Huckle nos mimó como nunca a mi madre, a Trixie, a Twinkletoes y a mí. Cuando trajo el café y todas las delicias que acompañaban al predesayuno, lo invitamos a quedarse. Los cinco salimos a la terraza, donde, envueltos en mantas calentitas para protegernos del frío, nos sentamos a contemplar los primeros rayos del sol que besaban el lago y lo cubrían de pequeños destellos que centelleaban sobre el agua. Una vez que nos terminamos el café, el señor Huckle recogió las bandejas y volvió al trabajo mientras mi madre y yo nos duchábamos y nos vestíamos.

Me puse una falda a cuadros en tonos marrones y crema con una pintita de rojo, larga hasta la rodilla, que combiné con un jersey fino de color rojo y cuello alto y unas botas bajas y cómodas. Una indumentaria apropiada para todas las actividades del día.

A las diez en punto, el señor Huckle y yo nos presentamos en el comedor esperando a que los últimos comensales terminaran de desayunar. En cuanto se hubieron ido, reorganizamos las mesas. El señor Huckle las vistió con preciosos manteles de color crema mientras yo me encargaba de los arreglos florales. Habíamos decidido que era mejor que la gente se sirviera ella misma, así que preparamos las mesas del bufé en las que se dispondría la comida procedente de las cocinas.

Terminamos poco antes de las doce del mediodía. El señor Huckle y yo dejamos al encargado nocturno dormitando en un sofá y nos fuimos al centro de convenciones en un carrito de golf. Llegamos justo a tiempo para oír a Oma dar las gracias a Holmes por el diseño del edificio. Se oyeron aplausos, y algunos amigos de Holmes lanzaron vítores y silbidos.

Holmes cogió el micrófono.

—Gracias a todos. Me han pedido que anuncie el nombre oficial del centro de convenciones, elegido de manera unánime. Os encontráis en el Centro Liesel Miller.

Se oyó una nueva ronda de aplausos y vítores. Carter estaba cerca del podio sacando fotos.

Resultaba evidente que Oma desconocía que ni siquiera se hubiera producido un debate al respecto. Por primera vez en mi vida, mi *oma* se había quedado sin palabras.

CAPÍTULO DIECISÉIS

Mi abuela recuperó el micrófono, roja como un tomate.

—Me siento muy honrada. Jamás habría imaginado que me pasaría esto. Puede que haya nacido en Alemania, pero la vida me ha traído al lugar que realmente llevo en el corazón, al que pertenezco: Wagtail. Muchas gracias a todos, queridos amigos, por este maravilloso gesto. Para mí significa más de lo que podáis imaginar. ¡Gracias!

Holmes volvió a hacerse con el micrófono.

—Y, ahora, disfrutad con la exposición de casas de jengibre y visitad el Centro Liesel Miller sin prisas.

Me abrí paso entre la multitud para abrazar a Oma.

—¡Te lo mereces!

Le planté un beso en la suave mejilla.

—¿Tú lo sabías?

—Qué va. ¡No tenía ni idea!

Me aparté al ver que había más personas que deseaban felicitarla.

En la otra punta de la sala, vi a Stu con su hijo. Quizá no fuera el mejor momento para preguntarle qué recordaba sobre el hormigón, ya que Barry le aconsejaría que no dijera nada al respecto.

—No querría meterte prisa —me dijo el señor Huckle al oído—, pero creo que sería mejor que volviéramos al hostal.

Tenía razón, por descontado.

A nuestro regreso, encontramos a varios huéspedes esperando que comenzara la celebración de Acción de Gracias. Entre ellos se encontraba Jean Maybury, acompañada de Kitty. En ese momento llegó el agente Dave y vi que miraba a su alrededor.

—¿Buscas a Shelley? —pregunté. Se puso colorado, lo que me confirmó que, como sospechaba, había algo entre ellos. Asomé la cabeza en las cocinas y anuncié—: Dave está aquí.

Shelley incluso se arregló el pelo.

—¿Cómo estoy?

Tenía las mejillas sonrosadas del calor de las cocinas.

—Guapísima —dije sujetando la puerta abierta para que pasara.

Zelda también se había apuntado, así como Marina, nuestra excelente señora de la limpieza. Shadow tenía familia en Wagtail, por lo que había declinado la invitación.

Carter entró por su propio pie seguido por Delia, que no se separaba de él.

—¿Cómo estás? —le pregunté.

—Sigo un poco atontado, pero dicen que me pondré bien.

—¿Qué crees que pasó?

Carter inspiró hondo.

—Lo único que puedo decir es que se volvió loco. No podía controlarlo.

La llegada de Josie, su hermano, Wyatt, y su madre, Mira, interrumpió la conversación. La familia Biffle se volcó en Carter.

Mira, una mujer menuda y callada, me tocó el brazo con suma delicadeza, como si se me posara una mariquita.

—Gracias por la invitación. Íbamos a ir a casa de Delia, cocina como los ángeles, pero dadas las circunstancias solo podemos darte las gracias.

—Nos alegramos de que hayáis podido venir.

—Yo no sabía nada —añadió bajando la voz hasta que apenas fue un susurro—. Orly me dijo que el árbol estaba pudriéndose y que iba a llenarlo de hormigón. Mi padre también lo hacía, así que no le di mayor importancia, pero ahora ya no puedo llevar la cabeza alta en este pueblo. Orly nos ha cubierto de vergüenza con su mala acción. Solo espero que puedan averiguar quién es el hombre del árbol para que su familia halle descanso.

Delia se la llevó consigo. Imaginaba por lo que estaba pasando Mira. Orly no había tenido en cuenta cuánta gente sufriría. Entre ella, su propia familia.

Tía Birdie se acercó sin que me diera cuenta, con una copa en una mano y jugueteando con las perlas con la otra.

—¿Que no lo sabía? Venga ya. Por el pueblo corre el rumor de que Mira se veía con otro hombre y que es el del árbol.

—Hasta ahora solo he dado con tres posibles candidatos, pero eran más jóvenes que Mira —contesté, pensativa.

Tía Birdie enarcó las cejas.

—¡Holly, cariño! No me serás tan ingenua, ¿verdad? Ya me dirás por qué una mujer no puede tener un admirador más joven que ella.

Por suerte, no tenía tiempo para pensar en aquello, aunque no pude evitar preguntarme si Birdie hablaba por experiencia propia. Shelley se paseaba entre los invitados ofreciendo bebidas. Yo había optado por encargarme de los aperitivos porque estaba convencida de que habría tirado las copas. Fui corriendo a buscar mi bandeja.

Cuando se la tendí a Josie, esta escogió un canapé de salmón de aspecto delicioso.

—No lo había pensado hasta ahora, pero nos parecemos mucho —dijo.

No sabía de qué estaba hablando.

—Ah, ¿sí?

—Mi padre abrió la tienda y, ahora, la llevo yo. Tus abuelos tenían el hostal y, cuando Oma ya no esté, supongo que será tuyo. Nuestras familias cuentan con que continuemos el negocio familiar.

—Supongo que sí.

Le sonreí.

Los ayudantes de Cook empezaron a sacar la comida. Me disculpé, dejé la bandeja y los ayudé con el bufé canino y felino. Contaba con varios platos similares a los nuestros, como filete de pechuga de pavo sin piel y judías verdes al vapor. También había atún para los felinos más exigentes. Ya sabía lo que querría Twinkletoes. Los dueños podían escoger los ingredientes y la cantidad de comida de sus mascotas.

Casi sin darnos cuenta, llegaron las dos de la tarde y, haciendo honor a sus orígenes alemanes, Oma fue exasperantemente puntual. A en punto, tocó una campanilla y la gente tomó asiento.

—Hoy ha sido para mí un día de muchas emociones —dijo dirigiéndose a todos—. ¡Todavía estoy tratando de asimilar que el centro de convenciones lleve mi nombre! Quiero dar las gracias a este pueblo y a las personas maravillosas que viven en él, así como a todos los que venís a visitarnos. Por si no lo sabíais, mi exnuera, Nell, y sus padres vuelven a Wagtail.

La gente aplaudió. Tía Birdie estaba radiante.

—Como muchos de vosotros, sobre todo doy las gracias a mi familia. Y, ahora..., ¡a comer!

Cook y sus ayudantes hicieron una reverencia cuando se reunieron con nosotros. Las dos horas siguientes transcurrieron deprisa mientras dábamos cuenta del pavo asado, los arándanos, el puré de patata, los boniatos, las coles de Bruselas con daditos de beicon, las judías verdes, los tres tipos de rellenos, una salsa tan deliciosa que me la hubiera bebido y los cuatro tipos de tartas.

En el hostal era costumbre que los cocineros y el resto de empleados quedasen exentos de recoger y limpiar en Acción de Gracias. Aunque trabajaran para el establecimiento, ese día nos encargábamos nosotros. Oma, mi madre, Holmes y Delia se pusieron manos a la obra. Intentamos convencer a Oma de que se sentara a descansar, pero ella insistió en colaborar y dijo medio en broma que no iba a dejar que lo del centro de convenciones se le subiera a la cabeza.

Enjuagamos los platos, los metimos en el lavavajillas y lavamos las cazuelas y las sartenes. Delia nos animó a cantar villancicos. A veces desafinábamos y nos equivocábamos, pero el buen ambiente que reinaba amenizó la tarea.

Cuando acabamos, solo quedaba media hora para que se anunciara el nombre de los ganadores del concurso de casas de jengibre. Delia habría preferido llevar a Carter a casa para que descansara un poco, pero él insistió en que quería ir.

Subí corriendo a buscar un abrigo rojo. Cuando abrí la puerta, Trixie se puso a husmear la entrada. Entró trotando y estuvo olisqueando un poco más por todas partes, pero volvió a la entrada como si algo hubiese pasado por allí hace poco. La mascota de un huésped, quizá. A menudo, deambulaban por el hostal.

Oma llevó a Delia, Carter y a mi madre en un carrito de golf, pero Holmes y yo fuimos dando un romántico paseo en la oscuridad. Algunas personas ya habían puesto las luces de Navidad, que admiramos por el camino.

Nos detuvimos cuando el Centro Liesel Miller apareció ante nuestra vista.

Íbamos de la mano. Holmes me apretó la mía.

—Nunca lo había visto iluminado de noche.

—¡Es espectacular! —Los altos y relucientes ventanales le daban una apariencia majestuosa, aislado del resto de luces por la arboleda oscura que lo envolvía. Las farolas antiguas que flanqueaban el camino que conducía a la entrada principal le añadían encanto—. No me puedo imaginar lo emocionante que debe de ser ver cómo cobra vida algo que has creado sobre el papel.

Asintió.

—Esa es una de las cosas buenas que tiene ser arquitecto.

No nos entretuvimos mucho; hacía un frío de miedo. Me alegré de haber abrigado a Trixie y a Twinkletoes, aunque la gata se había resistido. Tenía el pelo largo, pero temía que no fuera suficiente.

Ellas tampoco remolonearon; en cuanto Holmes abrió la puerta, las dos entraron disparadas. Trixie saludó a sus amigos caninos, pero Twinkletoes se detuvo y esperó a que le quitara el abrigo. Holmes desapareció entre un grupo de conocidos que lo felicitaron por el edificio, así que fui a buscar el abrigo de Trixie, cogí el mío y los llevé todos al guardarropa.

—¿Puedo invitarte a una sidra de manzana caliente?

Me di la vuelta y vi que Stu Williams estaba acariciando a Trixie.

—¡Pues claro!

Sabía que las bebidas eran gratis y que lo de la invitación solo era una forma de hablar, pero me alegró tener la oportunidad de preguntarle por Orly y el hormigón.

Nos acercamos al lugar donde las servían, que estaba a rebosar. Aproveché para calentarme las manos con la sidra.

—Debes de estar muy orgullosa de Holmes —comentó.

—Sí, este edificio es espectacular.

Se quedó callado un momento, como si estuviera valorando qué decir. Finalmente, me miró y me hizo una seña con el dedo para que lo siguiera, así que nos alejamos de la multitud. Trixie nos siguió y vi que Twinkletoes nos observaba desde un alféizar.

—Orly y yo éramos amigos —me confesó cuando llegamos a un sitio donde no podía oírnos nadie—. Sé que sacaba de quicio a mucha gente, incluida su familia, pero en el fondo era un buen hombre. No lo habría considerado un amigo si hubiera sido una persona tan fría y desalmada como lo pintan algunos. Eso que quede claro.

Una parte de mí sintió la tentación de replicar con un «Sí, claro, cometer un asesinato y ocultar el cadáver en un árbol es lo que suelen hacer las buenas personas», pero lo único que conseguiría siendo cruel y sarcástica sería ofender a Stu, quien se cerraría en banda, así que no dije nada.

El hombre se estremeció.

—Lo que hizo no estuvo bien, no pretendo justificarlo. Barry me ha dicho que estás tratando de averiguar quién es la persona del árbol.

Vi cómo su pecho ascendía y descendía al coger una bocanada de aire y soltarla. Podía ver cuánto le estaba costando pronunciar esas palabras.

—Yo estuve allí —susurró—. Ayudé a Orly a mezclar el cemento en una carretilla vieja; luego, yo lo vertía en unos cubos; él los subía por la escalera que había apoyado en el roble y los vaciaba en su interior, pero yo no sabía que había una persona dentro. —Se secó los ojos con brusquedad—. Nunca. ¿Quién lo habría imaginado siquiera? Llevo noches sin dormir preguntándome si conocía al verdadero Orly. Jamás, ni esforzándome mucho, se me habría ocurrido esconder un cadáver en un árbol. Desde luego no me veo matando a otra persona, pero ¿esconderla en un árbol? Eso es propio de un demente.

No pretendía justificar lo que había hecho Orly, pero añadí:

—O de alguien muy desesperado.

Entrecerró los ojos.

—Sí, supongo que tienes razón.

—Se rumorea que su mujer se veía con alguien.

—¿Mira? —Se echó a reír—. No debía de ser fácil estar casada con Orly, pero Mira sería incapaz de algo así.

Yo pensaba lo mismo; sin embargo, Stu parecía muy sorprendido por lo que había hecho su amigo Orly, o sea, que también podía equivocarse respecto a Mira.

—¿Se te ocurre quién podría ser el hombre del árbol? ¿Orly estaba resentido con alguien?

Stu rio de nuevo.

—Orly siempre andaba a la gresca con alguien. Creo que por eso nos llevábamos bien. ¿Cómo lo llaman?, ¿el yin y el yang? Yo siempre intento ver el lado bueno de la gente, y a él le gustaba quejarse de todo el mundo. La mayoría tenemos cosas buenas y cosas malas, creo. Lo que más me sorprende es que Orly pueda estar relacionado con un asesinato. A menudo, llevaba a casa animalillos esmirriados y los cuidaba hasta que se recuperaban: cachorros de zorro y una ardilla que lo seguía a todas partes y se le sentaba en el hombro. Era para verlo.

¿Cómo un hombre así podía ser tan desagradable con la gente? Salvo que no le gustaran las personas, pero amara a los animales.

—¿Y los Alcorn?

Stu levantó las manos.

—Bueno, era mejor no mencionarlos delante de Orly. Desde la disputa por el terreno donde está la tienda, los Alcorn y los Biffle han sido como los Hatfield y los McCoy.

—¿Qué pasó? —pregunté.

—El terreno y el edificio pertenecían a un anciano. ¡El viejo ladino se los había ofrecido a los dos con la idea de que uno mejorara la oferta del otro! Sin embargo, murió de manera inesperada y, dado que no había quedado nada por escrito, su mujer se lo vendió a una tercera persona. Althea Alcorn, que estaba al quite, fue derecha a esa persona con una oferta en efectivo y un contrato listo para firmar. Biffle, que hasta ese momento había estado alquilando el edificio, los llevó a los dos a juicio, pero se dictaminó que la venta a Althea era legal, así que los Biffle le pagan el alquiler desde entonces.

—En ese caso, a Orly Biffle le habría sentado bastante mal que su hija, Josie, se viera a escondidas con Jay Alcorn.

—Nooo —dijo con un susurro—. ¿Eso es verdad?

—La señora Alcorn cree que sí.

Apuré mi sidra.

—Bueno, a ver, eso habría sido demasiado, pero Josie no se ha casado. No recuerdo qué fue del chico de los Alcorn.

—Nadie lo sabe.

Stu me miró espantado y luego adoptó un gesto reflexivo.

—No. Quitando a su mujer, conocía a Orly mejor que nadie. No le habría tocado ni un pelo al chico de los Alcorn. De ninguna de las maneras.

Esperaba que tuviera razón.

La mujer de Stu, Sue, se acercó con paso tranquilo.

—¡De verdad, Stu! Te he buscado por todas partes. Tienes que venir a votar para elegir al ganador del público. ¿Ya has visto todas las casas de jengibre?

Stu la rodeó con un brazo de manera afectuosa.

—Holly, si puedo echar una mano en algo, dímelo.

Se alejó con su esposa.

Era un detalle que se ofreciera a ayudar, pero había algo que me intranquilizaba. Stu había ayudado a Orly, por el amor de Dios. No podía evitar preguntarme si sabía más de lo que decía.

CAPÍTULO DIECISIETE

Trixie se apartó de mí y fue brincando hasta Penny Terrell, que estaba mirándome desde la otra punta de la sala, así que me dirigí hacia ella.

—¿Has conseguido presentar tu casa de jengibre a tiempo? —le pregunté.

Me miró como si no supiera de qué le hablaba.

—Ah. Sí —contestó sin entusiasmo. A continuación, añadió en un susurro—: ¿Se sabe algo sobre la identidad del hombre del árbol?

—No sabremos nada más hasta la semana que viene. Todo el mundo cierra en Acción de Gracias. Además, es posible que haya problemas para identificarlo. Aunque consigan obtener una muestra de ADN, hay que compararla con algo, y el asunto puede eternizarse esperando a que aparezca el de un pariente.

Apretó los labios.

—Quizá podría ayudarte con eso.

¿Cómo iba a hacerlo? La miré con el ceño fruncido.

—Ah, ¿sí?

—La foto que te dejé. ¿La has recibido? —susurró.

¿Una foto?

—Creo que no.

Abrió los ojos como platos.

—¡No! ¡Oh, no!

—Penny, ¿de qué era la foto? —le pregunté con suavidad para calmarla.

—De Boomer —susurró.

—¡Esa foto! No sabía que eras tú quien la había dejado. Sí, sí la he recibido. Gracias.

—Quería a Boomer —dijo con un hilo de voz.

¡Otra más no! ¿A cuántas mujeres había seducido Boomer?

Me agarró el brazo.

—Nadie puede saberlo. Prométemelo.

Eso podría ser un problema. Si lo había matado ella, de ningún modo guardaría aquel secreto, así que ignoré la petición.

—Penny, ¿sabes algo sobre Boomer? ¿Es el hombre del árbol?

Me hizo una seña para que nos apartáramos de los demás.

—Llevo muchos años viviendo con esta culpa.

¡Ay, madre, no! ¿Estaba a punto de confesar? Busqué a Dave con la mirada por la sala y me sentí muy aliviada al verlo. Pero ¿cómo iba a avisarlo?

—Creo que me llaman.

—No he oído nada.

—Lo tengo silenciado, para no molestar.

Abrí la aplicación de mensajería y me apresuré a seleccionar «Agente Dave». «¡¡¡Ven aquí!!!».

Me disculpé por la interrupción.

—A ver, tengo el mejor marido del mundo, pero Boomer era muy guapo y excitante. No podía dejar de pensar en él. Mi marido no se merecía aquello, pero yo estaba obsesionada con Boomer.

Le eché un vistazo a su marido, Tommy, que estaba en la otra punta de la sala. Era cierto que se trataba de un hombre bajo, rollizo y que empezaba a quedarse calvo; quizá se alejaba un poco del ideal de cualquier mujer. Vestía lo que parecía un jersey tejido a mano con un pavo gigante en el frente y estaba riendo, lo que le daba una expresión enternecedora. Solo había oído cosas buenas de él.

Dos mujeres habían abordado a Dave. Nuestras miradas coincidieron y asintió con la cabeza de manera casi imperceptible para que supiera que había recibido el mensaje.

—Déjame adivinar —dije—: te pidió que te casaras con él.

—¡Por favor, no! Ya estaba casada con Tommy. Y Boomer estaba prometido. No estábamos destinados a estar juntos.

—Entonces, ¿sabías que estaba prometido con Delia?

—¿Con Delia? No, cariño, te equivocas. Boomer iba a casarse con una chica de Carolina del Norte. Una turista de las que vienen en verano.

CAPÍTULO DIECIOCHO

Aquello tenía que ser una broma.

—¿Estás segura de eso?

—Absolutamente.

—¿Conocías a la chica?

—No quise. —Sonó como si fuera a ponerse a llorar—. No lo habría soportado. Además, ¿cómo iba a sentirme estando enamorada de su futuro marido? ¡Ya me sentía bastante culpable por darme el lote con él! Apenas era capaz de mirar a Tommy a la cara.

—¿Darte el lote?

—¿Ahora se dice de otra manera?

—Creo que la gente lo llama acostarse.

Ahogó un grito.

—No, no, nada de eso, cariño. Boomer era un tipo respetable. Y un donjuán de primera que decía lo que creía que las mujeres querían oír.

—¿Cuándo lo viste por última vez?

—Fue un viernes por la tarde. Iba a casarse al día siguiente. Yo estaba destrozada.

Tommy se acercó furtivamente y le tendió una sidra de manzana caliente a su mujer.

—¿Ya habéis probado las galletas de jengibre? ¡Deliciosas! Tengo entendido que las ha hecho Bonnie, de Pawsome Cookies.

Penny le sonrió y le acarició la mejilla con ternura.

—Ya sabes que son mis preferidas. —Antes de irse, murmuró—: Que esto quede entre nosotras.

Tommy se quedó rezagado.

—¿Se sabe algo sobre el tipo del árbol?

—Nada definitivo aún.

—Me considero una buena persona, pero ojalá se trate de Boomer Jenkins.

Intenté hacerme la ingenua.

—¿Lo conocías?

—Todo el pueblo lo conocía. ¿Un tipo atractivo con una moto llamativa? Wagtail no era tan grande por entonces, nos conocíamos todos, y Penny estaba colada por él. Supongo que en realidad no deseo que esté muerto, solo espero que no vuelva por aquí. No soy de los que puedan competir con un tipo como Boomer. —Sonrió complacido—. Y, si vuelve, espero que esté gordo y calvo. ¡Como yo!

Se rio y fue tras su mujer.

Holmes se acercó con paso tranquilo.

—¿Cuál es tu preferida?

—¿De cara? La tuya. ¿Con cuántas mujeres estás prometido?

Se echó a reír.

—Con una docena por lo menos —bromeó—. Yo hablaba de las casas de jengibre. ¿A qué te referías tú?

—A Boomer.

—No puedes dejar de husmear, ¿eh? Ni siquiera en Acción de Gracias.

—Algo me dice que podría haberse casado con una chica de fuera del pueblo y que dejó varias mujeres llorosas tras él.

—Entonces volvemos a la casilla de salida.

—Eso me temo.

Entramos en la gigantesca sala donde se exponían las casas de jengibre.

Barry Williams se reunió con nosotros.

—Un edificio impresionante, Holmes. Es increíble.

—Gracias, Barry. Me lo pasé muy bien diseñándolo. ¿No habías estado aquí antes? —preguntó Holmes.

—Los jueces no hemos podido entrar hasta hoy, para evitar que viéramos las casas de jengibre antes de tiempo.

Holmes soltó un resoplido burlón.

—¿Tú estás entre los jueces? ¿Y cómo es eso? ¿Te dedicas a la repostería a escondidas?

Por suerte, Barry se tomó la mofa de buen humor.

—Creo que igual me eligieron por mi familiaridad con los animales.

—Ah, el punto de vista del veterinario. Claro. Si es por eso, yo debería haberlas juzgado por su calidad de construcción.

—Supéralo, Holmes. Tal vez el año que viene —bromeé. Me volví hacia Barry y le pregunté—: ¿Cómo está la perra preñada?

—Es buenísima, un verdadero amor. Supongo que me habrías dicho algo si alguien la hubiera reclamado.

—Nadie la había visto antes, pero varias personas se han ofrecido a adoptarla.

Barry asintió.

—Hay que querer a la gente de Wagtail. ¿Puedo pedírmela yo?

—¡¿Lo dices en serio?!

—Sí. Ha estado consolando a pacientes que han pasado por quirófano. Lo hace de manera natural. Es una perra magnífica, y ahora mismo no tengo mascota. ¡Espero que nadie la reclame y pueda quedármela!

En ese momento un grito reverberó por toda la sala y los tres corrimos hacia la zona de exposición, de donde procedía.

Llegamos justo a tiempo para ver cómo Twinkletoes derribaba un árbol de jengibre, pero, la cosa era aún peor: ¡Trixie le había dado un bocado al tejado de una casa! Las muy canallas saltaron de la mesa y pusieron patas en polvorosa. Y Trixie seguía llevando el trozo robado en la boca.

—¡Lo siento mucho! —dije dirigiéndome a todo el mundo, ya que no sabía de quién era la casa, antes de salir corriendo detrás de mis granujillas.

Las alcancé en la puerta. Trixie masticó la galleta de jengibre obtenida de manera ilícita y se apresuró a tragársela.

—¿Qué habéis hecho? Creía que podía confiar en vosotras.

Trixie meneó la cola despacio, en señal de arrepentimiento, esperando que la perdonara. Twinkletoes se acicaló la pata fingiendo absoluta indiferencia ante la reprimenda.

Barry llegó junto a nosotras.

—No pasa nada. He hablado con la mujer que ha hecho la casa de jengibre y no ha utilizado ningún ingrediente que pudiera ser perjudicial para Trixie. —Chascó la lengua en gesto de desaprobación y, luego, sonrió—. ¡No hay tiempo para aburrirse con una mascota!

—¿De quién era? —pregunté—. Me siento fatal.

—La había hecho una mujer llamada Jean Maybury.

—Vaya, genial —dije con sarcasmo—. Se aloja en el hostal.

—No puede decirse que le encanten los animales, me sorprende que haya venido siquiera. Pero no tienes de qué preocuparte, fallamos el veredicto antes del incidente, así que esto no afectará a sus posibilidades de ganar.

Inspiré hondo.

—Por casualidad no llevarás un par de correas, ¿verdad?

Barry se echó a reír.

—¿En serio? ¿Crees que todos los veterinarios van por ahí con correas?

—La esperanza es lo último que se pierde. ¿Te importaría vigilarlas un momento mientras me disculpo con Jean?

—Claro, sin problemas.

Crucé la sala a toda prisa hasta Jean, que parecía muy molesta. Era comprensible. Kitty estaba a su lado.

—Jean, lo siento muchísimo. Ojalá hubiera alguna manera de compensártelo.

—Está destrozada —se lamentó.

—Por suerte, los jueces ya habían elegido el ganador antes de que ocurriera —le aseguré, percatándome en ese momento de que Trixie me había seguido y estaba medio escondida entre mis pies.

—¡Debería demandarte!

—Abu, no pasa nada —dijo Kitty—. Puedes hacer montones de casas de jengibre. ¡Y mejores!

—Espera a que se entere mi marido. Si estuviera aquí, él sabría lo que hacer; no dejaría que te libraras tan fácilmente.

La mujer estaba al borde de las lágrimas.

El agente Dave se acercó a nosotras.

—El perro de esta mujer le ha dado un bocado a mi casa de jengibre —protestó Jean lloriqueando.

El agente Dave le echó un vistazo a la casa e intentó disimular una sonrisa.

—¿Cómo se puede ser así? —dijo Jean levantando la voz—. Me he dejado la piel en esa casa. Y a usted debería darle vergüenza; usted es la ley, tiene la responsabilidad de proteger a la gente y las casas de jengibre. Ese perro debería estar encerrado.

—¡Abu! —exclamó Kitty.

Trixie agachó las orejas y echó a correr. Kitty salió tras ella.

—Creo que es mejor que me lleve a Trixie y a Twinkletoes a casa —le dije al agente Dave.

Oí el disparador de una cámara. Cuando me volví, Carter me sonrió.

—Tengo una foto magnífica de Trixie y Twinkletoes con esa casa de jengibre que han destrozado.

Había vuelto junto a Barry para recoger a Twinkletoes y recorría la sala en busca de Trixie cuando Oma agarró el micrófono y empezó a anunciar los ganadores.

—En la categoría de ocho a diez años, la ganadora es... ¡Kitty Johnson!

Jean Maybury se abrió paso a empujones hasta el podio.

Oma le sonrió.

—¿Dónde está Kitty?

Jean paseó la vista de manera somera entre la multitud.

—Estaba a mi lado. ¡Kitty!

¿Nuestra Kitty? ¿Adónde había ido? Abrí la puerta principal y la llamé:

—¡Kitty! ¡Kitty!

No había señales de ella.

Volví a la exposición de casas de jengibre.

Jean Maybury estaba aceptando el premio en nombre de Kitty.

—¡No saben la ilusión que le hará! ¡Imagínense ganar mil dólares a su edad!

Sue Williams se acercó a mí.

—¿Has visto a Kitty? —preguntó—. Estoy emocionadísima por ella. Ni Stu ni yo la ayudamos. Bueno, puede que le diéramos algunos consejos. Es una artista con la manga de glaseado. Barry siempre se comía los dulces para la decoración, pero Kitty decía que se los guardaba para la casa. ¿No es un encanto? ¡Se pondrá tan contenta...!

La gente aplaudía cada vez que Oma anunciaba un ganador.

—No sé a dónde ha ido —dije—. Me vuelvo al hostal.

—Iremos contigo. A ver dónde se ha metido Stu ahora.

Estábamos buscándolo con la mirada cuando Oma dijo:

—¡Y la gran ganadora del concurso de casas de jengibre de este año es Kathleen Connor!

Una nueva ronda de aplausos. En un extremo de la sala, una mujer emergió de entre un grupo de amigos que la animaban y felicitaban y se acercó al podio.

Y en ese momento caí. Connor. Oma había pronunciado el nombre de Kathleen Connor.

GUÍA DE TRIXIE PARA RESOLVER ASESINATOS

¿Cómo podéis saber que se trata de un asesinato? Bueno, lo primero de todo: la mayoría de las personas no aparecen muertas en la hierba, o debajo de un arbusto, o en el suelo. Si veis a alguien tirado en uno de esos sitios, sospechad. Tomaos vuestro tiempo y husmead por si dais con la presencia de una segunda o tercera persona. Esa es la pista más reveladora de que se ha cometido un asesinato. Si antes había alguien más allí que ya no está, esa es la persona que tenéis que buscar.

Buscad rastros de sangre; en un asesinato casi siempre los hay. Eso sí que es una señora pista. A veces, las personas se pelean y una de ellas acaba muerta. Cuando eso ocurre, suele haber sangre.

El veneno es otro gran problema. En ocasiones, los humanos se ponen malos y se desploman. Eso no es asesinato. Puede que no sea fácil distinguirlo, pero en cualquier caso no olvidéis llamar la atención de vuestros padres. Lo agradecerán. Utilizad vuestro rastreador para determinar si hay vestigios de veneno. Existe una gran variedad y todos huelen distinto. Si vuestro instinto os dice que no hay que comer nada que huela igual que eso, entonces es probable que se trate de veneno. ¡Ni lo toquéis! ¡Y nada de darle un lametón para probarlo!

CAPÍTULO DIECINUEVE

Tenía que haber muchos Connor en el mundo, era un apellido bastante común. Kathleen aparentaba más o menos la edad de mi madre. Era morena, melenita corta, con un discreto flequillo. Estaba regordeta y tenía unos luminosos ojos azules.

A mis pies Trixie gruñó, algo que no hacía casi nunca. No me había dado cuenta de que había vuelto. Jean Maybury se acercó a mí con paso apresurado y gesto enfadado.

—Debería haber sabido que un concurso con un premio tan grande estaría amañado. ¿Quién es? ¿Tu tía o algo así?

—No la conozco, y yo no estaba en el jurado —contesté todo lo tranquila que pude.

—¡Ja! Menudo tongo —masculló Jean mientras se alejaba abriéndose paso a empujones.

—Estoy muy emocionada —dijo Kathleen ya con el micrófono en la mano—. Hacía mucho que no venía a Wagtail, pero siempre ha sido uno de mis lugares favoritos. Cuando me enteré de lo del concurso de casas de jengibre no pude resistirme. No es el primero de este tipo al que me presento, pero ninguno había estado dedicado a casas de perros y gatos.

El público rio.

—Ay... —Sonrió y sacudió la cabeza—. ¡Es como si estuviera en los Oscar! Quiero dar las gracias a mi maravilloso marido y a nuestros seis hijos. Esta es sin duda la guinda del pastel de un fin de semana de Acción de Gracias perfecto. ¡Gracias a todos!

Me fijé en su familia mientras ella volvía a sus brazos: cuatro chicas y dos chicos, todos en edades de ir al instituto y la universidad, y un marido al que reconocí.

Era el hombre que había estado husmeando en el hostal hacía poco.

Miré a Trixie, que había hecho amistad con un perro salchicha, mientras Twinkletoes forcejeaba para escaparse de mis brazos. ¿Podía confiar en que no volverían a tocar las casas de jengibre? Era consciente de que debería llevármelas a casa, pero ignoraba dónde se alojaba aquel hombre y puede que no tuviera otra oportunidad de hablar con él. Era muy poco probable que se tratara de Penn Connor, pero solo tardaría un minuto en averiguarlo.

—Voy a quedarme un poco más —le dije a Sue—. Id tirando sin mí.

Sin perder de vista a Trixie y Twinkletoes, me acerqué al señor Connor. Era moreno, con algunas canas en las sienes, e iba bien afeitado. Llevaba gafas de montura de carey sobre la larga nariz y tenía una mandíbula notablemente redondeada.

—¿Señor Connor?

—¿Sí?

—Sé que esto le sonará raro, pero ¿por casualidad no será usted Penn Connor?

Abrió los ojos de par en par.

—¿La conozco?

—¡Está vivo!

Rio al oír aquello.

—Por suerte, sí, estoy vivo.

—Se alojó en el Sugar Maple Inn hará unos veinte años. Tenemos sus cosas. —Le tendí la mano—. Soy Holly Miller, copropietaria del hostal. He estado intentando localizarlo.

Me la estrechó y ladeó la cabeza.

—¿Por qué motivo?

—Desapareció.

Le cambió la cara.

—¿Me fui sin pagar la cuenta? La saldaré ahora sin problemas y añadiré los intereses de veinte años. ¡No sabe cuánto lo siento!

—No, no, no, pagó la cuenta. —Intenté exponer mis motivos con delicadeza—. Es que hemos estado buscando a personas desaparecidas, nada más.

Me miró fijamente.

—Es por lo del hombre del árbol.

—¿Está enterado de eso?

—Creo que yo y todo el mundo. Es algo bastante atípico. La gente no habla de otra cosa.

—Bueno, parece una buena persona. —Señalé a sus acompañantes, alguno de los cuales estaba prestándonos atención—. Y es obvio que tiene una familia encantadora, así que me alegro de que no se trate de usted.

—Ya puede tachar un nombre de su lista. ¿Cuántos quedan?

—En realidad solo dos, salvo que a alguien se le ocurran más candidatos.

—¿Y quiénes son? —preguntó con curiosidad.

—Jay Alcorn y un tipo llamado Boomer Jenkins.

Se puso serio al instante y le tocó el codo a su mujer.

—Cariño, los niños y tú id tirando al Sopa de Ganso. Ya os alcanzaré.

Kathleen me miró un tanto desconcertada. Unas arrugas de preocupación aparecieron en su cara.

—¿Estás seguro?

—Sí, no pasa nada. No tardaré.

Su familia se encaminó hacia la puerta.

—¿Hay algún lugar en el que podamos hablar? —preguntó él.

—Por supuesto.

Lo llevé a una sala de conferencias, más pequeña que la principal, y aproveché para preguntarle si prefería un chocolate o una sidra de manzana caliente cuando pasamos junto a la mesa de las bebidas, que estaba de camino.

—Chocolate, siempre.

Cogí dos tazas, le tendí una a él y abrí la puerta de una habitación helada, con unos grandes ventanales que daban al lago oscuro. Apreté un botón y la chimenea de gas cobró vida y se llevó parte del frío. Acercamos las sillas al fuego.

—Entiendo que conoce a Boomer.

—Seguramente mejor que nadie. Conocí a Boomer cuando íbamos a primero, y ya entonces era un liante, pero divertido, ¿sabe? No le tenía miedo a nada, se lanzaba de cabeza al peligro sin pensarlo. Cuando llegamos a la adolescencia, mis padres dejaron de encontrarlo gracioso. Por entonces, yo era un idealista y quería creer que siempre podría contar con Boomer. Lo hacíamos todo juntos, pero ahora sé que no fue una buena influencia para mí. Siempre que echo la vista atrás, me pregunto por qué continuó siendo mi amigo. Yo carecía de su atractivo y su carisma, pero he llegado a la conclusión de que tenía algo que le gustaba: dinero. No puede decirse que a mis padres les sobrara, pero la familia de Boomer vivía al día.

—Debe de ser triste que se hiciera amigo suyo por ese motivo.

—Bueno, creo que también había otros. Mi familia le ofrecía la seguridad que él no tenía en casa. Su padre era lo que yo llamaría un bruto. No creo que fuera mala persona, pero la madre los dejó cuando teníamos unos diez años, y Boomer no recibía mucho afecto. Se esforzaba por aparentar que era valiente, pero eso solo lo volvía más temerario. Era como si hubiera nacido sin el gen puede-que-sea-una-mala-idea. Mi madre nos compraba ropa a los dos, pero siempre procuraba que no fuera idéntica. Si mi camisa era azul, la de Boomer era verde. Hasta que no fui adulto no comprendí que mi madre había estado cuidando de él desde siempre, pero intentaba que no se notara.

—Vaya, su madre parece una magnífica persona.

—Sí que lo es; siempre me pregunta si sé algo de Boomer. Todos perdimos el contacto con él, y me siento culpable de ello. Es culpa mía, en cierta manera. Una larga historia.

—Me encantaría oírla. He descubierto muchas cosas sobre Boomer. Debía de ser todo un personaje.

Penn se quitó las gafas y se pasó una mano por la frente antes de volver a ponérselas.

—Mi mujer, Kathleen, vivía en mi misma calle. Era la chica de mis sueños. Sigue tan guapa y tan maravillosa como entonces, pero yo era un empollón con gafas y Boomer resultó ser un verdadero donjuán. Mi madre me dijo una vez que se debía a que su madre lo había abandonado, que Boomer buscaba la aprobación de las mujeres, y cuando llegó a la adolescencia ya no hubo quien lo parara.

Hizo una pausa para beber un poco de chocolate.

—Qué rico. Es chocolate de verdad, no ese preparado aguado. Me fui a la universidad y no volví a saber mucho de mis amigos de la infancia durante unos años. Kathleen también se había ido a estudiar fuera, y Boomer iba de trabajo en trabajo.

Me sonrió.

—Ya llego a la parte de Wagtail de la historia. El verano en que Kathleen y yo nos licenciamos, su familia alquiló una casa en Wagtail. Boomer se había mudado aquí el año anterior porque había encontrado un buen trabajo instalando y reparando parabólicas. Fue todo un reencuentro. Boomer le propuso matrimonio, Kathleen aceptó y los padres de ella pusieron el grito en el cielo. Conocían la reputación de Boomer con las mujeres y sabían que era una persona temeraria. Intentaron hacerla cambiar de opinión, pero Kathleen puede ser muy tozuda.

Agarró la taza con ambas manos y me miró a los ojos.

—Por supuesto, por entonces yo no sabía nada del asunto. Para mi gran sorpresa, recibí un correo electrónico de los dos donde decían que iban a casarse en Wagtail y que querían que fuera el padrino. Al final resulté ser un padrino verdaderamente pésimo. Yo era la única persona relacionada con la boda que se alojaba en el hostal. Kathleen había veraneado en Wagtail varios años y adoraba el pueblo. Le hacía ilusión casarse aquí, pero sus padres no quisieron saber nada del enlace, así que Kathleen alquiló una casa para ella y unos cuantos amigos y planeó una boda rústica en la cima de la montaña Wagtail. —Suspiró y añadió—: Yo llevaba mucho tiempo locamente enamorado de la novia, así que el hostal me ofrecía la distancia que necesitaba para hacer de tripas corazón y asimilar que iban a casarse.

»El día anterior al gran acontecimiento, todo el mundo se reunió en la casa para una fiesta. Casi todos iban bastante borrachos, menos Kathleen.

Se detuvo un momento como si quisiera ordenar sus pensamientos.

—Acudió a mí llorando. Había encontrado el collar de otra mujer en el apartamento de Boomer. Kathleen estaba destrozada. Llevaba mucho tiempo emocionada con la boda y, de pronto, ya no podía seguir con aquello. Quería irse, pero no es tan fácil salir de Wagtail. No hay trenes ni autobuses. Había venido en el coche de un amigo, así que no tenía aquí el suyo. Me suplicó que la sacara de aquí.

—¡Oh, no! ¿Y usted qué hizo?

—Para mí, era imposible que existiera una mujer más perfecta que Kathleen. No me lo pensé dos veces. Nos subimos a mi coche y nos fuimos sin despedirnos de nadie. Nos fugamos, por decirlo de alguna manera. Ni siquiera caí en la cuenta de que no había pasado a buscar mis cosas por el hostal hasta seis meses después, cuando esa vez era yo quien iba a casarse y recordé que me había dejado el esmoquin aquí. Nunca en la vida habría imaginado que lo habrían guardado todo este tiempo.

—¿Cuándo vio a Boomer por última vez?

—Por la tarde, creo. Ni Kathleen ni yo volvimos a saber de él. Supongo que era de esperar. Que el padrino se fugue con la novia no está bien, precisamente. Y para empeorar las cosas, encima me casé con ella. Es como si hubiéramos vuelto a la escena del crimen.

Lo miré dando un respingo.

—¿Con crimen se refiere a...?

—Fugarme con la novia. Vinimos con la idea de ver a Boomer. Ha pasado mucho tiempo y esperábamos que nos hubiera perdonado.

—¿No fue en busca de ninguno de los dos? —pregunté.

—Era lo que esperaba, pero no dio señales de vida. Kathleen dice que eso significa que nunca la quiso. Después de casarnos, conseguí un trabajo en Suiza, donde vivimos varios años.

Luego, nos trasladamos a California. Durante una visita a casa de mis padres, fui a la del padre de Boomer, pero la habían vendido, y los nuevos propietarios no sabían adónde había ido. Es fácil que alguien como Boomer esté en alguna red social, pero no lo he encontrado en ninguna. Mi miedo, claro, es que finalmente diera con sus huesos en la cárcel por culpa de una de sus temeridades.

—¿La cárcel? —No se me había pasado por la cabeza—. ¿Se dedicaba a algo ilegal?

Resopló.

—Estamos hablando de Boomer. Podría haberse metido en cualquier lío.

—¿Drogas?

—No lo descarto si creía que de ahí sacaría dinero, pero lo más probable es que se buscara un problema con un marido enfadado y huyera del pueblo.

Estudié al hombre agradable que tenía delante. Parecía muy tranquilo. Un hombre cabal y seguro de sí mismo. Sin embargo, no me había contado nada que descartara que había asesinado a Boomer.

—¿Conocía a Orly Biffle? —pregunté al cabo de un momento.

—Orly. No es un nombre muy común. No, no creo que tuviera el placer.

O decía la verdad o era un maestro del engaño, no sabía por qué decidirme. Me alegré de oír el murmullo de voces y el arrastre de las sillas dentro del edificio. No estaba sola.

Varias ideas daban vueltas en mi cabeza. ¿Quién abandonaba sus pertenencias en un hostal y se iba sin más? Alguien que había cometido un asesinato y se daba a la fuga. ¿Y volvía ahora? No había ninguna prueba sólida contra él salvo el hecho de que huyó y su confesión de que estaba enamorado de Kathleen.

En ese momento caí en la cuenta de que Delia podría haberse enterado de que Boomer iba a casarse con otra persona al día siguiente. ¿Lo habría envenenado durante la cena de esa noche?

De pronto, oí mi nombre.

—¿Holly Miller? ¿Estás por aquí?

Me levanté de un salto.

—Discúlpeme.

Corrí a la puerta y la abrí.

Dave me vio desde el vestíbulo. Agitó una hoja de papel y se acercó corriendo.

Penn se había levantado de la silla y estaba detrás de mí. Los presenté.

—¿Has visto a Jean Maybury o a Kitty? —preguntó Dave, sin aliento.

—No desde que Jean se fue de aquí echando pestes.

Me tendió el papel con decisión.

> Alerta AMBER
>
> Menor desaparecido
>
> Kitty Johnson
>
> Vista por última vez en Charlotte, Carolina del Norte. Puede estar en compañía de una mujer que se hace llamar Jean Maybury. Kitty tiene nueve años. Metro treinta de estatura, ojos azules y una cicatriz en el hombro derecho.

CAPÍTULO VEINTE

La niña de la foto era, sin lugar a dudas, la misma Kitty que se alojaba en el hostal.

Stu Williams apareció de pronto detrás de Dave.

—¿Eso es cierto?

Dave le tendió el papel.

Stu gimió.

—Nuestra preciosa niñita no.

Saqué el móvil y llamé a Zelda al hostal.

—¿Has visto a Jean Maybury o a Kitty?

—Jean ha pasado por recepción hace un rato con el equipaje y ha pagado la cuenta, pero no iba con Kitty. Le he pedido un taxi para que la llevara hasta su coche.

El miedo se apoderó de mí mientras informaba a los demás.

Dave me quitó el teléfono.

—Zelda, ten mucho cuidado con Jean Maybury si aparece de nuevo por ahí. Actúa como si no pasara nada y llámame de inmediato. —La escuchó un momento—. Ha raptado a Kitty. —Todos oímos el chillido de Zelda—. Tú finge que no pasa nada. Si ves a

Kitty sola, escóndela en el despacho y llámame enseguida. ¿De acuerdo? —Le dio las gracias, colgó y me devolvió el teléfono.

—¿Quieres que monte una búsqueda? —preguntó Stu.

—Te lo agradecería —dijo Dave.

—Echaremos una mano. Mi familia y yo —se ofreció Penn—. ¿Dónde quedamos?

—¿Qué os parece aquí mismo? —propuso Stu.

—¿En este sitio hay fotocopiadora? —preguntó Dave.

Cogí el papel.

—Yo me encargo. ¿Cuántas necesitas?

—Empecemos con trescientas —dijo.

Stu me detuvo.

—¿Y un ordenador y una impresora?

—Creo que sí.

Los dos entramos corriendo en el centro de convenciones. Stu buscó un mapa de Wagtail en el ordenador y lo imprimió. Mientras yo hacía las fotocopias de la alerta AMBER, él dividió el mapa en varias zonas y también lo fotocopiamos. Cuando volvimos al vestíbulo, estaba abarrotado de vecinos, entre ellos Sue, Barry, Holmes y Carter, además de Penn Connor y su familia y mucha más gente.

—Supongo que nadie tendrá una foto de Jean Maybury, ¿verdad? —me preguntó el agente Dave.

—No fotografiamos a los huéspedes. Puede que aparezca de fondo en alguna foto de alguien.

Levanté las manos dando a entender que tampoco tenía muchas esperanzas.

Stu se subió a una silla.

—Organizaos por parejas, por favor —dijo con voz estentórea—. No quiero que nadie vaya solo. Ya ha oscurecido y la temperatura está bajando. Todo el mundo de dos en dos o de tres en tres. Tengo fotocopias de Wagtail. Lo he dividido en secciones. Cada pareja o trío se ocupará de una sección. El teléfono del agente Dave y el mío están en el mapa. Si veis a Jean Maybury o a Kitty, llamad al agente Dave. Para cualquier otra cosa, llamadme a mí.

Bajó de la silla y Dave se subió a ella de un salto.

—Sobre todo, no hay que asustar a Jean Maybury. Que quede bien claro. No intentéis pararla ni cogerla. Llamadme. Vuestro cometido es ser nuestros ojos, no detenerla. ¿Ha quedado claro? Además, no sabemos si va armada. La policía de Carolina del Norte me ha advertido que lo más probable es que esté confusa y puede que muy asustada. No os acerquéis a ella. No hay que preocuparla. Comportaos como si no pasara nada y llamadme.

—¡¿Cómo es?! —preguntó alguien.

—¿Holly?

Dave me miró.

—Lo que más llama la atención es el pelo rojo carmesí con mechas moradas. Es un poco regordeta y rondará los setenta años.

Dave repitió la información.

—Poneos en fila, por favor. Stu os asignará una zona para asegurarnos de que cubrimos todo el pueblo.

—¿Y qué hay del bosque y los senderos? —preguntó alguien.

—Empezaremos por Wagtail y luego ya veremos. —Dave bajó de la silla—. ¿Parecía Jean el tipo de persona a la que le gusta hacer senderismo?

—No, nada más lejos —contesté.

Me era imposible imaginarla disfrutando en la naturaleza. Y por lo que había visto hasta el momento, tampoco le gustaban los animales.

Minutos después, el vestíbulo se había vaciado y solo quedábamos el agente Dave y yo.

—Si no te importa, vuelvo al hostal contigo —dijo Dave.

—Claro, sin problemas.

Fui a buscar los abrigos y les puse los suyos a Trixie y a Twinkletoes antes de colocarme el mío.

Volvimos caminando, atentos por si veíamos a Jean o a Kitty. La noche de Acción de Gracias era tranquila en Wagtail. Casi todo el mundo estaría en casa viendo algún partido de fútbol americano o disfrutando de la cena.

—Si te parece bien, preferiría que tú te quedaras en el hostal —propuso Dave por el camino—. Sé que Jean ya ha pagado la cuenta, pero si no sabe que estamos buscándola, o si se tuercen sus planes, puede que vuelva a un lugar que conoce. La policía de Carolina del Norte asegura que está en tratamiento médico por motivos de salud mental y que podría estar confusa, así que es mejor seguirle la corriente, dentro de lo razonable, claro. No te acerques a ella. No intentes llevarte a Kitty. Actúa como si aún creyeras que es su abuela y que no pasa nada. Pero avísame de inmediato.

—De acuerdo.

—Lo digo en serio, Holly. Nada de heroicidades.

—Que sí, que lo he entendido. Es probable que Jean no sepa que la buscamos y tengo que seguirle la corriente.

Entramos en el vestíbulo principal del hostal. Dave levantó la mano para que nos detuviéramos y aguzamos el oído. Oímos unos villancicos muy suaves. Por lo demás, no había señales de vida.

—¿En qué habitación se alojaba? —preguntó Dave en un susurro—. Puede que haya dejado alguna pista acerca de sus planes.

—En «Atrapa la presa» —contesté en voz baja—. ¿Quieres la llave?

Asintió y recorrimos el pasillo hasta el despacho de recepción. Abrí la puerta y el armario cerrado con llave donde guardamos las del hostal.

Le tendí una.

—¿Sabes cuál es?

Negó con la cabeza.

—Llévame, pero te quedas detrás de mí.

En silencio, volví a cerrar con llave la puerta del despacho y lo acompañé hasta la primera planta por las escaleras traseras. Le señalé qué habitación era, cerca de la escalera principal.

Dave pegó la oreja a la puerta a modo de precaución. Se me hizo eterno, pero finalmente abrió la puerta y entró. Salió segundos después.

—Adelante.

Pasé a la preciosa habitación. La única señal de que hubieran estado allí era un pequeño perro de peluche que había sobre la cómoda, cerca del televisor.

Lo cogí con un suspiro.

—¿Crees que alguien la ha puesto sobre aviso?

El agente Dave negó con la cabeza.

—Lo que creo es que esperaba llevarse diez mil dólares por su casa de jengibre y que la reacción al verla dañada podría haber acentuado su psicosis.

—La madre de Kitty debe de estar volviéndose loca. ¿Crees que algo de lo que Jean nos contó sobre ella es verdad?

—¿Qué os dijo?

—Que es madre soltera y que acaba de quedarse en paro.

El agente Dave se encogió de hombros.

—Supongo que pronto lo sabremos. Viene hacia aquí.

—Tendrá que alojarse en algún sitio, pero todo está completo. —Le eché un vistazo a la habitación—. ¿Podemos limpiarla?

Dave miró a su alrededor.

—Sí, no es el escenario de un crimen. Estuvieron aquí, de acuerdo, pero no hay nada que nos sirva de ayuda. Si encuentras algo, dímelo.

—Entonces la limpiaré para la madre de Kitty. Casi con toda seguridad, diría que Jean no va a volver.

—A mí me parece que está bien como está.

Me reí por lo bajo.

—¿A ti te gustaría dormir con las mismas sábanas que ha utilizado un extraño?

—Uf. —El agente Dave hizo una mueca—. Voy a comprobar algunos sitios a los que podría haber ido. No bajes la guardia, por si acaso.

El agente Dave se fue. Dediqué unos minutos a enviar avisos de alerta de desaparición de una menor a los vecinos y los comerciantes de Wagtail. Luego, fui a por sábanas nuevas y el carrito de la limpieza. Mientras las cambiaba, Trixie y Twinkletoes inspeccionaron la habitación. Las únicas fuentes de información eran las papeleras, que contenían una cantidad sorprendente de envoltorios de chocolatinas. Miré el bloc que había en el escritorio por si Jean hubiera escrito algo y hubiera quedado grabado en la hoja de debajo. Nada.

Fuera hacía mucho frío. Intenté recordar qué llevaba Kitty. Creía haberla visto con un abrigo.

Devolví el carrito al cuarto de la limpieza y recorrí los pasillos del hostal. Todo estaba en calma. Era la hora de la cena, me dije, y mucha gente salía a cenar en Acción de Gracias o pasaba con un sándwich después de haberse puesto las botas al mediodía.

Me sentí un poco culpable, pero tenía hambre. Trixie y Twinkletoes bajaron la escalera principal dando saltitos por delante de mí y, como si supieran a dónde íbamos, desaparecieron por la puerta para perros de la cocina privada.

Consciente de que vivir en un hostal no era lo más sencillo para unos niños, cuando mi padre y su hermana eran pequeños, Oma había diseñado una sala privada en la planta principal que contenía una cocina completamente equipada, una chimenea frente a la que colocó unos sillones cómodos y una mesa de comedor. Acogedora y del tamaño ideal para comer, hacer los deberes, jugar y reunirse en familia. Era mi habitación preferida. El lugar donde podíamos relajarnos y disfrutar de un momento de intimidad. Por no mencionar que era donde se encontraba la nevera mágica. Iba pensando en un sándwich de pavo con arándanos cuando abrí la puerta y descubrí que Oma y mi madre se me habían adelantado. Estaban sentadas a la mesa de estilo rústico con todos los ingredientes para hacerse un sándwich y muchas otras sobras de la comida pantagruélica del mediodía.

—¡Ajá! ¡Os he pillado!

Tenían la boca llena, así que ninguna pudo contestar.

Abrí la nevera mágica y encontré unos táperes en los que se leía «Cena de Trixie. Pavo» y «Cena de Twinkletoes. Pavo». Los vacié en unos cuencos y los dejé en el suelo.

—También hay para ti —dijo Oma—. Y té en la encimera, si te apetece.

Me serví una taza y me senté a la mesa con ellas.

—¿Alguna noticia sobre la niña? —preguntó Oma.

—Su madre está de camino. El agente Dave y yo hemos revisado la habitación. Jean Maybury se ha llevado todo salvo un perro de peluche. Me he adelantado y la he limpiado para que la madre de Kitty pueda alojarse en ella.

—Gratis —apuntó Oma.

—Por supuesto. Es lo menos que podemos hacer.

Unté mayonesa en el pan sin el menor atisbo de culpabilidad. En ese momento necesitaba comida reconfortante. Estaba desestresmayoneseándome. ¿Aquello existía? Pues a partir de ahora sí.

—Lo que no entiendo —dijo mi madre— es por qué la niña no dijo nada. ¿Cuántos años tiene?

—Ocho o nueve, creo. —Oma se sirvió relleno de ostras.

Saqué la fotocopia de la alerta AMBER que llevaba en el bolsillo y la dejé en la mesa.

—Supongo que aún es muy pequeña y lo bastante ingenua para creer todo lo que dice la gente. ¿Kitty será su verdadero nombre?

Mi madre bebió un poco de té.

—Creo que sí. Es lo que pone en el papel. —Saqué el móvil—. Disculpadme, pero quiero ver si Jean ha ganado algún concurso de casas de jengibre de verdad.

—Puede que no se llame Jean Maybury —apuntó mi madre.

—Es el nombre con el que ganó el concurso que la trajo aquí —repuso Oma—. Me encargué de esa reserva yo misma.

Asentí y les tendí el teléfono para que pudieran ver una fotografía de Jean Maybury aceptando el premio.

—Está claro que yo jamás podría secuestrar a un niño, pero me cuesta entender por qué lo hizo ella. ¿Quién hace algo así? —dijo mi madre.

—Una mujer que necesita ayuda. —Oma sacudió la cabeza—. Puede que no le quede familia. Nadie a quien abrazar o que la escuche. Presentó a Kitty como a su nieta. Quizá fuera una señal de su deseo desesperado de importarle a alguien.

—Según yo, era un poco seca con Kitty. La niña me daba pena. Si deseas tener un niño tanto como para raptarlo, ¿no lo adorarías? —pregunté.

Mi madre se echó a reír.

—Hasta el niño más adorable es una responsabilidad de la que no puedes desentenderte nunca. Quizá Jean haya romantizado la idea de la maternidad en su cabeza. Seguramente creyó que sería fácil y le agobió comprobar que tenía que posponer sus planes para ocuparse de Kitty.

—¿Qué tal te va con lo del cadáver del árbol? —preguntó Oma.

—No os lo vais a creer, pero la mujer que ha ganado el concurso de casas de jengibre es la esposa de Penn Connor.

Oma dejó de masticar.

—¡No!

—Es una larga historia, pero básicamente la chica de la que estaba enamorado iba a casarse con otro. Ella cambió de opinión el día anterior a la boda y le pidió a Penn que la llevara a casa. Él lo hizo y se casaron seis meses después.

—*¡Ach!* Una historia de amor preciosa. Les regalaremos una semana en el hostal, una luna de miel con retraso, ¿qué os parece?

Era una pregunta retórica.

—Por supuesto. Creo que les gustaría.

—Entonces, ahora la lista se ha reducido a Boomer —observó mi madre.

—Y a Jay Alcorn.

—El hijo mayor de Althea —dijo Oma—. Siempre he dado por supuesto que vive en otro sitio.

—Si es así, Althea lo desconoce. Cree que Orly pudo haberlo matado porque Jay estaba interesado en Josie.

¿Y qué dice Josie? —preguntó mi madre.

—No he insistido mucho —reconocí—. Me dio largas y preguntó dónde vivía Jay. Básicamente, se quejó de Althea y dijo que era una mujer fría.

Estaba acabándome mi delicioso sándwich cuando el agente Dave asomó la cabeza en nuestra cocina.

—Ya imaginé que te encontraría aquí.

Una mujer esbelta y de cabello cobrizo del mismo tono que el de Kitty entró detrás de él con un niño pequeño en brazos.

GUÍA DE TRIXIE PARA RESOLVER ASESINATOS

Olerse un asesinato es la parte fácil; lo difícil de verdad es decírselo a vuestros padres. Recordad: los humanos no detectan ni los olores más evidentes. Y que tiendan a malinterpretar lo que queremos decirles no ayuda precisamente.

Es como si estuvierais jugando al aire libre, olierais que alguien está cocinando un bistec en la cocina y, aun así, las personas que te rodean siguieran hablando o lanzando frisbis. Total, que corres a la puerta con la esperanza de apañar un bistec, pero los humanos van y preguntan: «¿Ya no quieres seguir jugando? ¿Estás cansado?». Y aunque lo que de verdad querrías es darte con la pata en la frente viendo que no lo pillan, sonríes y meneas la cola. Ahí es cuando por fin abren la puerta y dicen: «Qué bien huele aquí. ¿Qué se cuece?».

Pues olerse un asesinato es más o menos lo mismo, salvo la parte de comunicárselo a los humanos, que es aún más difícil porque muy a menudo no huelen nada ni teniendo a la víctima a un palmo de ellos. Vuestro trabajo consiste en enseñarles a seguirte, aunque, lamentablemente, cuesta una barbaridad adiestrarlos.

¿Sabéis eso de que podéis averiguar qué piensan otros perros solo con mirarles la cola? Si la menean, están contentos. Si la esconden entre las patas, están asustados o preocupados. Por desgracia, los humanos no vienen con cola. Estudiad sus caras. Probad lo siguiente para ver a qué me refiero: cuando vuestros

padres os pidan que hagáis algo, como que os sentéis, hacedlo y mirad qué cara ponen. Puede que hasta lo celebren diciéndoos lo buenos que sois. Luego, fingid que vais a destripar un juguete o un cojín y fijaos cuando dicen «No». Esa expresión viene a ser lo mismo que un perrete con la cola entre las patas: vuestros padres no están contentos.

CAPÍTULO VEINTIUNO

—Marie Johnson, la madre de Kitty —anunció Dave.
Aunque no nos la hubiera presentado, el color del pelo la habría delatado.

—Y este amiguito es Stuey —prosiguió Dave—. ¿Alguien podría acompañarlos a su habitación?

Marie nos miró con atención.

—En realidad, no hace falta; yo solo quiero encontrar a mi niña.

—¿Cómo vas a pensar en otra cosa? —dijo Oma—. Holly, ¿te importaría hacerte cargo del equipaje y volver con la llave? Así Marie puede ir y venir a su antojo sin tener que preocuparse de nada más.

Cuando salía por la puerta, oí que mi madre preguntaba:

—¿Tienes hambre, Stuey?

No habían traído mucha cosa. Resultaba fácil imaginarlos haciendo las maletas a toda prisa. Fui a buscar la llave al despacho de recepción, dejé el equipaje en la habitación, me aseguré de que quedara cerrada y volví a la cocina privada.

Twinkletoes ronroneaba en el regazo de Marie, y Stuey estaba devorando un sándwich de pavo como si no hubiera comido en todo el día. Su madre lo miraba agobiada, seguramente indecisa entre meterle prisas o dejarlo comer a su ritmo.

—¿Entonces han visto a Kitty? —preguntó Marie—. ¿Está bien?

Oma sonrió con amabilidad.

—Kitty estaba perfecta. Incluso ha ganado el concurso de casas de jengibre de su categoría.

Marie la miró perpleja.

—¿Ha hecho una casa de jengibre? Eso sí que nunca lo hubiera imaginado. Supongo que debería agradecer que Jean la haya tratado bien. Pero ¿dónde están? Si se han llevado el equipaje, eso quiere decir que se han ido del pueblo, ¿no?

Dave se sirvió un poco de té.

—Me temo que sí, pero tenemos información contradictoria. Han localizado el coche de Jean, lo que podría indicar que siguen aquí o que se han ido utilizando otros medios. La buena noticia es que la alerta AMBER se ha extendido a Virginia.

—No me puedo creer que nos haya pasado una cosa así. No los dejé solos —estalló Marie a modo de desahogo—. Dejé a Kitty y a Stuey con Jean, una vecina que me había hecho de canguro otras veces. Te trataba bien, ¿verdad, Stuey?

El niño se encogió de hombros y tragó lo que tenía en la boca.

—No me hacía mucho caso, pero le gustaba peinar a Kitty.

Marie cerró el puño.

—La veía a menudo a lo largo de la semana, ¿cómo iba a imaginar que se iba a llevar a mi hija? Me han dicho que sufre de depresión y que tiene delirios desde la muerte de su marido. Ni siquiera sabía que el hombre había muerto. Habla de él como si aún estuviera vivo. ¡No está bien de la cabeza!

El agente Dave asintió.

—El doctor Engelknecht dice que la muerte de una pareja puede provocar confusión y conducir a una depresión, sobre todo si se dependía mucho de esa persona. Es como si de pronto el suelo se hundiera bajo sus pies. En ocasiones, aparentan estar bien, lo bastante para hacer una casa de jengibre o cruzar el país en coche, pero la depresión puede acentuarse y experimentan brotes psicóticos. Es probable que fuera sintiéndose cada vez más sola y quisiera que Kitty le hiciera compañía.

Marie gimió.

—¡Me siento tan idiota! Tendría que haberme dado cuenta de lo que ocurría.

—¿Qué pasó cuando Jean se fue, Stuey? —preguntó el agente Dave.

—Dijo que iba a llevar a Kitty a comprarle ropa. Que podía quedarme en casa y jugar al Super Mario Bros.

Mi madre le sonrió.

—Estoy segura de que tu madre se alegra de que no fueras con ella.

—Supongo, pero todavía no es mi madre.

—Stuey es mi sobrino —aclaró Marie—, pero vamos a solucionarlo en cuanto podamos permitírnoslo, ¿verdad, Stuey?

—¡Sí! —El niño sonrió a Marie y dejó a la vista el hueco de las dos paletas que se le habían caído—. Tía Marie será mi nueva mamá de verdad.

—Muchas gracias por la cena de Stuey. ¿Podrían cargarlo a mi cuenta? —preguntó Marie.

—Querida, la habitación está pagada —dijo Oma—; comidas incluidas. Lo único que queremos es encontrar a Kitty.

—No, no, no puedo permitirlo.

—Tonterías, no estoy para salir a buscar a tu hija; lo menos que puedo hacer es alojaros gratis. Una preocupación menos para ti.

Oma sonrió con cortesía.

—Muchísimas gracias, es un alivio no tener que preocuparse por eso. Creo que deberíamos ponernos en marcha.

Miró al agente Dave, que inspiró hondo.

—No puedo retenerla aquí y, siendo sincero, si se tratara de mi hija, me costaría quedarme aquí sentado, esperando, pero debe tener algo claro: cabe la posibilidad de que Jean huya o haga algo drástico si la ve. No olvide que está confusa. Y también es posible que haya empezado a darse cuenta de que ha hecho algo mal.

El pecho de Marie subía y bajaba de manera agitada. La mano le temblaba cuando agarró la de Stuey.

—Espero que Kitty se aparte de Jean y corra hacia nosotros.

—Como ya he dicho, no puedo retenerla aquí. Tenemos a gente buscándolas por todo el pueblo. Esta noche se instalarán los puestos del Christkindlmarket, así que las calles estarán más concurridas de lo habitual. Y vamos a estar bajo cero, por lo que es bastante probable que Jean y Kitty busquen refugio en alguna parte para pasar la noche.

Marie asintió.

—Gracias.

Cuando se fueron, Oma dijo:

—Ya recojo yo y me encargo del hostal. Vosotras dos id a echar una cabezada, que esta noche tenéis mucho trabajo.

Mi madre y yo subimos a nuestras habitaciones. Ella no pareció tener problemas para coger el sueño, pero yo estaba intranquila y preocupada por Kitty. Trixie volvió a concentrarse en la entrada, por lo que supuse que habría detectado el rastro de algo. Abrí la puerta para asegurarme de que un huésped de cuatro patas no se hubiera orinado en ella, pero no vi ningún charquito ni nada fuera de lo normal.

Cerré y volví a pensar en Kitty. ¿Qué podríamos haber hecho de otra manera? Los niños a veces tenían apellidos distintos a los de sus abuelos. De hecho, yo ni siquiera me apellidaba como mi madre. Sabía que no era obligatorio investigar a la gente que se alojaba con niños, pero aun así la culpa me reconcomía.

¿Dónde habrían podido ir? Habrían podido pedir un coche para que las bajara de la montaña, pero luego habrían necesitado otro para continuar el viaje. También era posible bajar a pie, pero ¿con un niño? No lo veía. Tendrían que haberse abierto camino entre los árboles y la maleza sin un camino que seguir. Me parecía muy poco probable. Tenían que seguir en Wagtail.

Me acomodé en el sofá para echar una cabezada. Trixie se encaramó a él y se tumbó a mis pies, con la cabeza sobre mis tobillos. Aunque no quedaba mucho sitio, Twinkletoes se nos unió y se hizo un hueco entre la espalda del sofá y yo. Oí ronronear a Twinkletoes mientras me quedaba dormida.

—¡Holly! ¡Holly! Ya casi es medianoche.

Mi madre sonaba demasiado animada y llena de vida para ser las once. Gruñí.

—Vamos, dormilona. He preparado un café bien cargado.

Me incorporé y me tendió una taza decorada con alegres ratoncillos tocados con gorros de elfo.

—Gracias, mamá. ¿Se sabe algo de Kitty?

—Todavía no he bajado. Además, ¿quién iba a informarme a mí? ¿Has mirado tu teléfono?

Con cara de sueño, le eché un vistazo al móvil.

—Nada sobre Kitty. Pobre niña.

—Estamos a dos bajo cero. Esa mujer, Jean, debe de haberse refugiado en algún sitio. Me pregunto cómo habrá sabido que sospechábamos de ella.

—Buena pregunta. En realidad, no sabemos nada de Jean. Bromeó acerca de su marido, pero por lo visto era todo inventado. Quién sabe qué estaría pensando.

—Consolémonos con que parece tenerle cariño a Kitty y que la cuidará. Estén donde estén.

Despertada por el café, me cambié y me puse unos vaqueros, un jersey y un chaleco que abrigaba. Atravesamos el vestíbulo y hablamos sobre cómo íbamos a decorar el hostal. Colocamos un árbol en el balcón de mi habitación, donde fuera visible desde el extremo sur del parque, y lo llenamos de luces. Satisfechas, pasamos a la sencilla tarea de colocar más luces, de las que funcionaban con pilas, en las ventanas del hostal. Marina, el ama de llaves, ya las había instalado en las habitaciones de los huéspedes esa mañana, cuando las había limpiado, y Shadow se había encargado de colgar guirnaldas con llamativos lazos rojos en la parte exterior de las ventanas.

A continuación, nos trasladamos al vestíbulo y procedimos con la escalera principal, seguramente el espacio más importante de todos, ya que era el acceso para la mayoría de la gente. Mi madre y yo hacíamos un gran equipo: mientras yo extendía una guirnalda a lo largo de la barandilla derecha, ella se encargó de la izquierda. Añadimos más luces y lazos y cintas festivas, a cuadros rojos, dorados y verdes, que anunciaban a gritos la llegada de la Navidad. Shadow dispuso unos árboles de metro y medio a ambos lados de la escalera, al pie de la barandilla, metidos en unos cubos pesados. Twinkletoes se encaramó a uno de ellos de inmediato para comprobar su solidez y nos espió a través de las ramas. Cuando se cansó, los decoramos con adornos a juego con las cintas y las luces del pasamanos.

Una vez que terminamos allí dentro, nos encargamos del exterior. Estaba subida a una escalera, colocando una guirnalda ancha y frondosa de plantas de hoja perenne y eucalipto, cuando Marie volvió con Stuey.

—Ya no puede seguir fuera. El pobrecito está agotado.

De hecho, lo llevaba en brazos e iba dormido, con la cabeza apoyada en su hombro.

—Ojalá pudiera seguir buscando a Kitty.

—Si quieres, ya lo vigilamos nosotras —le propuso mi madre.

A Marie se le iluminó el rostro un momento, esperanzada, pero acto seguido negó con la cabeza.

—Muchas gracias por el ofrecimiento, pero ya he perdido a mi hija después de dejarla con una vecina. No podría dejar a Stuey con extraños, pero gracias de todas formas.

Subió la escalera en dirección a su habitación.

Entrelazamos una cinta roja y dorada en la guirnalda y, a continuación, la decoramos con luces y montones de adornos irrompibles. Twinkletoes nos observaba sentada en la barandilla, pero Trixie se paseaba por todas partes olisqueando el suelo.

A ambos lados de la puerta de entrada, colocamos unos gnomos adorables, con sus gorros de Santa Claus sobre los ojos.

Mientras trabajábamos fuera, Shadow instaló los árboles de Navidad de tres metros de alto en el comedor y la sala Dogwood y los aseguró a la pared para que no volcaran si a algún perro le entraba la curiosidad o un gato se encaramaba a ellos.

Mi madre y yo desenrollamos una guirnalda de pino blanco y decoramos la barandilla del porche delantero. Estábamos añadiendo las luces cuando mi madre quiso saber qué era aquel ruido que procedía de la plaza de delante del hostal.

—Están montando el Christkindlmarket. Fue idea de Oma. En Alemania, le encantaba pasearse por ellos, y el de Wagtail es un gran éxito. La gente se lleva a sus perros y gatos de compras.

No dijo nada y continuó mirando mientras alguien comprobaba las luces de uno de los pequeños puestos del mercado.

Colgué la guirnalda de la puerta y las dos volvimos dentro para decorar los árboles con adornos de temática canina y felina.

Mi madre colocó velas altas, hojitas y bolas de Navidad destellantes en la repisa de la chimenea de la sala Dogwood, mientras yo engalanaba el árbol con lazos y relucientes adornos tradicionales de vidrio soplado, además de piñas de pino y gatos y perros de todas las razas imaginables.

Cuando nos pusimos con el del comedor, Trixie cruzó la puerta a la carrera y desapareció en la cocina privada. Yo estaba subida a la escalera cuando la oí ladrar. Volvió, me miró y gimoteó.

—Chis. No se ladra; despertarás a los huéspedes.

Desapareció de nuevo por la puerta para perros y aulló. Aquello no me gustó nada. Se parecía demasiado a los ladridos y aullidos lastimeros que lanzaba cuando encontraba un cadáver.

Mi madre ahogó una risita.

—Qué monada. ¿Crees que ha olido que hay galletas para perros?

La miré.

—¡Kitty! —susurré—. A lo mejor Kitty está escondida ahí dentro.

Bajé de la escalera a toda prisa y corrimos a la puerta de la cocina. La abrí y entramos de puntillas.

CAPÍTULO VEINTIDÓS

Las luces estaban apagadas y no sabía si encenderlas. La luz de la luna se colaba de forma tenue por las ventanas, pero no lo suficiente para ver con claridad. Distinguí a Trixie y a Twinkletoes por el pelaje blanco.

Trixie miraba fijamente la puerta que daba al exterior.

Mi madre encendió las luces.

—Ay, cielo, eso es que necesita salir.

Habíamos estado fuera el tiempo suficiente para que hiciera sus cosas. Y, además, estaba aquel aullido triste que conocía tan bien y que anunciaba malas noticias.

Encendí las luces de fuera y eché un vistazo por la ventanilla de la puerta.

No vi nada fuera de lo normal, así que me decidí a abrir.

—¿Kitty? —llamé a la niña en voz baja.

Trixie y Twinkletoes pasaron junto a mis pies como una bala.

—¿Kitty? —insistí, más alto.

Busqué una linterna y noté que mi madre me seguía cuando salí.

Trixie y Twinkletoes estaban examinando algo apoyado contra la pared, detrás de los arbustos.

Entré corriendo en la cocina y cogí una sartén de hierro. No pretendía golpear a nadie con ella, pero no sabía quién podría haber allí fuera. Además, si se trataba de Jean, la mujer podía reaccionar de cualquier manera.

Me acerqué de puntillas para ver por qué los animales estaban tan nerviosos y dirigí el haz de la linterna hacia la zona detrás de los arbustos.

Jean estaba tendida de espaldas, con la mirada clavada en el firmamento nocturno.

—¿Jean? —Esperé un momento sin quitarle el ojo de encima. Lo último que quería era que me cogiera desprevenida.

No parpadeaba, por lo que no hacía falta que comprobara el pulso, pero le pasé la sartén a mi madre y le toqué el cuello para asegurarme. No noté nada. De hecho, estaba espeluznantemente fría. Estaba muerta.

Llamé al agente Dave.

—Hemos encontrado a Jean —dije sin preámbulos—. Estaba escondida detrás de la cocina privada del hostal.

—Voy para allá. ¿Kitty está bien? —preguntó.

Me recorrió un escalofrío. Miré a mi alrededor con la esperanza de ver a Kitty hecha un ovillo en alguna parte.

—Creo que no está aquí —contesté como pude, con un nudo en la garganta.

—Llego enseguida.

Me metí el móvil en el bolsillo y me paseé por el jardín que descendía hasta el lago.

—¡Kitty! ¡Kitty! —la llamé con suavidad. No quería despertar a los huéspedes del hostal—. ¡Kitty!

Paseé la linterna por el césped.

Mi madre iba detrás de mí.

—¿Dónde estará esa niña? ¿Qué podría haber hecho Jean con ella?

—Kitty salió corriendo cuando Jean se enfadó porque Trixie y Twinkletoes habían destrozado la casa de jengibre. ¿Volviste a verla después de eso? —pregunté.

—No me fijé, no la buscaba —contestó mi madre—. ¡Esto es horroroso!

En ese momento, el agente Dave se acercó a nosotras con paso decidido. Llevaba un abrigo de invierno voluminoso y botas, y por el porte serio no parecía estar para muchas bromas.

—¿Dónde la habéis encontrado?

Lo acompañamos a los arbustos. Se quitó un guante de un tirón, comprobó si tenía pulso y la alumbró con la linterna.

—No hay sangre —musitó.

Sacó el móvil y llamó a la comisaría de Snowball.

—Esto se está complicando de mala manera —dijo cuando colgó—. ¿Tenéis focos en este lado?

Imaginé que no había manera de evitarlo. Las luces y el jaleo despertarían a nuestros huéspedes. Asentí a regañadientes.

—Enciéndelos.

Volví con un buen abrigo y le tendí otro a mi madre, junto con un gorro y unos guantes de lana. Se los puso de inmediato. Los focos iluminaron el patio. Por desgracia, no había señales de Kitty.

—¿Y si se ha caído al lago? —susurró mi madre.

Dave gruñó.

—Hay muchos lugares donde esconderse en Wagtail. Esperemos que la encuentren en otra parte.

—¿Encontrarla? —dijo mi madre un poco nerviosa—. Son más de las tres de la mañana. Si nadie la ha encontrado ya...

—No pensemos en eso, mamá.

Oí que se acercaban varias personas por la esquina del ala felina. Hablaron un momento con el agente Dave y se dispersaron. Envió a unas cuantas de ellas al lago. Me alegré de que la habitación de Marie diera al otro lado. Si a mí me resultaba impactante ver las luces recorriendo la orilla en busca de Kitty, para su madre sería insoportable.

Oí un grito ahogado a mi espalda.

—¡Por favor, díganme que no están buscando a mi niña! ¿Alguien la ha visto cerca del agua?

Me volví y vi a Marie junto a mi madre.

—Es solo por precaución, Marie. Nadie la ha visto.

—Entonces, ¿por qué están mirando allí?

—Porque hemos encontrado a Jean —le expliqué.

—¿Dónde está? Tengo que hablar con ella.

—Me temo que está muerta —contestó mi madre con delicadeza.

Marie miró a su alrededor, vio al fotógrafo y echó a correr hacia él. Un agente de policía la detuvo al momento.

—Lo siento, señora. Es el escenario de un crimen.

Mi madre y yo nos la llevamos a la cocina.

Se desplomó en una silla y se quedó allí, como atontada.

—Te prepararé una manzanilla —dijo mi madre—. Ya verás como te sentirás mejor.

Supe exactamente qué iba a contestar.

—¡Me sentiré mejor en cuanto pueda volver a abrazar a mi hija!

Intenté distraerla.

—¿Dónde está Stuey?

Se le escapó un grito y salió corriendo.

Dave abrió la puerta y entró en la cocina con paso decidido.

—Alguien ha encontrado las maletas de Jean entre la maleza, cerca del aparcamiento que hay a la salida del pueblo. Voy para allá a echar un vistazo.

Cuando se marchó, mi madre y yo nos quitamos los abrigos y los gorros.

—Ya que estamos, terminemos de decorar el árbol —propuso mi madre.

Tampoco podíamos hacer otra cosa.

Volvía a estar subida a la escalera cuando Marie descendió por la escalera principal sin hacer ruido.

—¿Se sabe algo… nuevo? —preguntó.

—No mucho —dijo mi madre—. Te despertaremos si nos enteramos de algo.

—No puedo dormir. Estoy tan cansada que casi no me tengo en pie. Llevo así varios días. ¿Dónde podría estar?

Mi madre le pidió que nos fuera pasando los adornos y yo le seguí la corriente.

—¿Usted la ha visto? —preguntó Marie.

—¿A Kitty? Esta tarde estaba bien —dijo mi madre con suma delicadeza.

—Me refiero a Jean. ¿Cómo ha muerto?

Mi madre se encogió de hombros.

—No lo sabemos.

—No lo entiendo. ¿Creen que Kitty huyó de Jean? Si no, estaría con ella, ¿no? ¿Qué ha hecho con mi niña? Dejó solo a Stuey. ¿Qué clase de persona haría algo así? ¡Suerte que a Stuey no le dio por salir a la carretera o prenderle fuego al apartamento! Será mejor que vaya a ver cómo está.

Regresó poco después, con Stuey dormido. Mi madre lo cogió y se la llevó a la sala Dogwood, donde se sentaron en el sofá y charlaron en voz baja.

Eran cerca de las cinco de la mañana. El ayudante de cocina llegó para preparar el desayuno.

Shadow y yo colgamos las guirnaldas del pasillo que conducía al vestíbulo de recepción en un abrir y cerrar de ojos, y mientras él se subía a la escalera para colocar una guirnalda gigante detrás del mostrador, yo me dediqué a adornar una consola con una ostentosa decoración de piñas, acebo y renos. En el despacho, pusimos un arbolito vivo en una mesa y lo sujetamos a un gancho de la pared por si acaso. La ocupaba por completo, cosa que la convertía de manera eficaz en una mesa a prueba de gatos, dado que no quedaba espacio donde encaramarse en el caso de que alguno quisiera inspeccionar la planta. Lo decoramos con los adornos de vidrio soplado que tanto le gustaban a Oma.

Shadow, exhausto, se fue a casa finalmente.

Volví a la sala Dogwood, donde fui repartiendo cojines navideños por los muebles.

—Me tomaría un chocolate caliente —dije—, pero ahora mismo no puedo mover un dedo.

—Menos mal que esto es solo una vez al año —murmuró mi madre—. ¡Estoy agotada!

Le sonreí.

—¿Te estás pensando lo de quedarte en California?

Mi madre me miró como sorprendida.

—Pues, curiosamente, me ocurre justo lo contrario. No es lo mismo vivir en un sitio que pasar unos días de visita, pero me he enamorado del nuevo Wagtail. Quizá te parezca raro, pero está llenando un vacío. Todo el mundo me ha recibido con los brazos abiertos, me he reencontrado con viejos amigos y, por supuesto, estáis Oma y tú. Este es el lugar donde quiero vivir.

—¿Holly es tu hija? —preguntó Marie—. Nadie diría que tienes una hija de su edad.

Mi madre sonrió de oreja a oreja, aunque no era la primera vez que se lo decían.

—Empecé joven —contestó.

—¿Y si nos vamos al catre? —propuse—. La gente empezará a levantarse de aquí a nada.

Subí en brazos a Stuey, quien, a pesar de lo ocurrido, no se había despertado en ningún momento. Marie abrió la puerta de su habitación y estaba dejando al niño en la cama cuando sonó mi teléfono.

CAPÍTULO VEINTITRÉS

—No son horas de llamar —señaló mi madre—. Espero que eso signifique que se trata de Kitty.

Salí de la habitación para no despertar a Stuey y le eché un vistazo a la pantalla. Era el agente Dave. Contesté con la esperanza de que tuviera buenas noticias.

—Hola, Dave.

—Acaba de llamarme Barry Williams. Ha encontrado a Kitty.

A duras penas, conseguí reprimir un grito de alegría.

—¿Está...? ¿Está bien?

—Eso parece. ¿Puedes llevar a Marie a la clínica veterinaria?

—¡Ya lo creo!

Llamé con suavidad a la puerta de la habitación.

Marie abrió.

—La han encontrado.

Ahogó un grito y se tapó la nariz y la boca con las manos.

—Me han dicho que parece estar bien.

—Gracias a Dios.

Cerró los ojos y respiró hondo.

—Te espero abajo, en el vestíbulo de recepción. —Me volví hacia mi madre—. ¿Prefieres irte a la cama?

—¿Y perdérmelo? ¡Ni hablar!

Mi madre y yo subimos a buscar los abrigos y los gorros.

Twinkletoes se apoltronó en una silla, harta de tanta vida nocturna, pero Trixie no mostraba ninguna señal de cansancio. Mi madre, Marie, Stuey, Trixie y yo nos apretamos en un carrito de golf y fuimos a la clínica veterinaria.

Las luces delanteras brillaban en la noche, pero casi todas las ventanas estaban a oscuras, salvo por las velas que parpadeaban en ellas.

Estaba a punto de llamar cuando la puerta se abrió. Apenas había luz en el vestíbulo, pero Barry y Dave estaban allí sonriendo de oreja a oreja.

—No te lo vas a creer.

Estaba a punto de presentarle a Marie cuando su sonrisa se desvaneció.

—¿Marie?

La mujer se quedó boquiabierta.

—¿Barry?

—¿Os conocéis? —pregunté llenando el silencio incómodo que se había producido.

Barry extendió los brazos y la atrajo hacia sí.

—¿Y este quién es?

—Stuey.

—Encantado de conocerte, Stuey —dijo Barry—. Adelante. No la he despertado.

Lo seguimos sin hacer ruido hasta una habitación del fondo en la que había un perro negro tumbado sobre el cómodo cojín de su enorme cama ovalada. Kitty estaba echada a su lado, con el bracito alrededor de los hombros del animal.

—¡La perra preñada que traje! —susurré.

—Ay, mi niña. ¿No es adorable? —Marie se arrodilló en el suelo—. ¿Kitty? Kitty, cariño, mamá está aquí.

Kitty bostezó y se estiró.

—¡Mami!

La niña salió de la cama y se echó a sus brazos. Stuey también se arrimó a ellas.

—¿Cómo es que os conocéis? —pregunté.

Barry me miró de reojo.

—Esto... Es de hace mucho tiempo. Somos viejos amigos.

—Kitty, cariño, ¿cómo has entrado aquí? —le preguntó Marie.

—Los papás del doctor Barry me trajeron a ver los perros y los gatos. Sus padres se fueron, por eso están aquí, y les gusta que los visiten y los acaricien.

Marie miró a Barry.

—¿Tus padres la trajeron aquí?

—Hace un par de días. Estaban cuidándola.

—No entiendo nada —dijo Marie.

—Jean necesitaba alguien que le hiciera de canguro para poder acabar su casa de jengibre —le expliqué—. Y Kitty ha ganado en su categoría.

La niña abrió los ojos de par en par.

—¿De verdad? ¡Mami! ¡He ganado!

Marie se agachó y acarició con suavidad a la perra negra.

—Gracias por cuidar de mi hija. —Luego, se volvió hacia la niña y le preguntó—: ¿Cómo has llegado hasta aquí, Kitty? ¿Te ha traído Jean?

—No la encontraba. Me fui del concurso de casas de jengibre y salí fuera —dijo Kitty—. La busqué por todas partes, pero estaba oscuro y no sabía cómo volver al hostal, así que continué caminando. Reconocí la casa del doctor Barry, me colé por la puerta para perros de atrás y aquí estoy.

La perra preñada golpeó la cola contra la cama. Trixie se acercó con cuidado y la olisqueó.

—¿Le has puesto nombre? —pregunté.

Antes de que Barry pudiera responder, Kitty dijo:

—Se llama Poppy.

—Pues Poppy —convino Barry echándose a reír—. ¿A quién le apetece un chocolate o un café?

—Un chocolate, por favor —dijo mi madre—. Llevamos en pie toda la noche.

Los tres lo seguimos a la cocina. Mi madre admiró el acogedor espacio.

—¿Vives aquí?

—Sí —dijo Barry mientras le echaba cacao a la leche—. Los dormitorios están arriba, que es donde suelo dormir, aunque de vez en cuando me quedo en un sofá de aquí abajo si me preocupa algún paciente. Anoche fui a ver cómo estaba Poppy antes de irme a la cama, así que Kitty debió de colarse después. Podéis imaginaros mi sorpresa cuando me la he encontrado con Poppy esta mañana al levantarme.

—¿Le queda mucho para parir? —preguntó Dave.

—Puede ser en cualquier momento.

Fui pasándole tazas a Barry tratando de ser útil.

—¿De verdad? ¿Todo el mundo quiere chocolate caliente? ¿Nadie quiere café?

—Cuando salgamos de aquí, nos vamos directas a la cama —dijo mi madre.

Marie apareció en la cocina.

—¿Puedo echar una mano?

Barry le sonrió.

—Siéntate, ya ha acabado todo. Bueno, ¿dónde vives ahora?

—En Charlotte. Me mudé a Florida para cuidar de mi abuela. Después de que falleciera, mi madre, mi hermano y su mujer murieron en un accidente de barco. Por eso Stuey se vino a vivir conmigo. Es un niño encantador. Una amiga me ofreció trabajo en Charlotte y nos mudamos allí.

—Jean nos contó que han vendido el restaurante en el que trabajabas. ¿Eso es verdad? —pregunté.

Marie asintió.

—Mi amiga y su marido se han divorciado y lo han vendido. Los nuevos dueños pondrán a trabajar allí a sus parientes, así que los antiguos empleados nos hemos ido a la calle.

Me levanté tratando de no interrumpir para ir a ver qué hacía Trixie. Se había acurrucado junto a Kitty y Stuey y estaba disfrutando mientras le rascaban la barriga.

—Kitty, Stuey, ¿os apetece un chocolate caliente?

Me siguieron a la cocina.

Quedó muy claro que Kitty no había estado despierta toda la noche. La alegre niña nos contó con pelos y señales su aventura mientras estuvo perdida en la oscuridad.

—¿Sabíais que hay gente que sale de noche a construir casas? ¡Los he visto! Muchos llevaban gorros de Santa Claus así que sospecho que podrían ser elfos.

Todos tratamos de contener la risa.

—Dormiremos un poco y luego podemos ir a ver esas casas que han hecho para Santa Claus —propuso Marie.

—Espero que puedas hacerme un hueco para cenar conmigo esta noche —dijo Barry.

La sonrisa de Marie se desvaneció.

—Creo que tendríamos que volver a casa.

—Ah. —Barry asintió—. Ya.

Dave me dio una patada por debajo de la mesa.

—¿Oma no dijo que la estancia de Marie corría por cuenta de la casa?

—Ah, sí. ¡Por supuesto! Wagtail desea pedirte disculpas por todo lo que has sufrido —balbucí—. Estáis invitados a quedaros unos días más.

—¿Podemos quedarnos, mami? Por favooor... Quiero ver los cachorritos de Poppy.

Kitty desprendía una ternura natural. Yo habría sido incapaz de decirle que no.

—No sé si podremos quedarnos tanto, pero puede que sí una noche más.

El agente Dave se fue a casa poco después. Los demás, menos Barry y Poppy, nos apretujamos en el carrito de golf; los llevé de vuelta al hostal.

Quedarse en pie toda la noche para obrar el milagro de la Navidad se vio totalmente recompensado cuando Kitty y Stuey entraron en el Sugar Maple Inn. Con los ojos como platos, cruzaron el vestíbulo como si fuera mágico.

No sabía cómo iba a apañárselas Marie para que durmieran un poco. Agradecida de no tener ese problema, subí la escalera con mi madre y Trixie.

Por una vez, mi activa granujilla estaba tan agotada como yo. Twinkletoes se encaramó a la cama y las tres caímos como un tronco al instante.

Me desperté a media mañana con la sensación de seguir adormilada y salí tambaleándome a la sala de estar.

Mi madre me tendió un café.

—Supuse que no tardarías en levantarte, es difícil resetear el reloj interno. El comedor está abarrotado. ¿Hoy tienes que quedarte en el hostal? Es que había pensado que estaría bien dar una vuelta por el Christkindlmarket.

—¡Me parece genial! El Sugar Maple también tiene una caseta. Creo que esta mañana estará el señor Huckle. Voy a ver si Oma me necesita para algo, le pongo de comer a Twinkletoes, me ducho y nos vamos.

Una hora después, evitamos la multitud que atestaba el vestíbulo bajando por la escalera de atrás hasta el mostrador de recepción. Había varias personas curioseando la tiendita del hostal. Twinkletoes se subió de un salto al mostrador para llamar la atención de Zelda.

—¡Ya me he enterado de lo de Kitty! —exclamó esta entusiasmada—. ¿Quién lo hubiera imaginado? Ah, por cierto, el hostal está genial.

Le dimos las gracias, pero continuamos nuestro camino antes de que nos detuviera alguien. Twinkletoes prefirió quedarse, pero Trixie vino con nosotras. Hicimos una primera parada en la caseta del Sugar Maple Inn, donde charlamos con el señor Huckle. Admiré los artículos que Oma y yo habíamos escogido en verano. Adornos destellantes de vidrio soplado, preciosos regalitos para perros y gatos y las enormes galletas tradicionales alemanas llamadas *Lebkuchen.* Habíamos hecho un pedido especial a través de Pawsome Cookies. Bonnie incluso se había preocupado de que fueran en la clásica bolsa de celofán atada con una cinta de color rojo.

Continuamos nuestro paseo, deteniéndonos de vez en cuando para comprar algún detallito. Hicimos una parada en un puesto de comida, donde compramos unos *pretzels* gigantes y sidra caliente para desayunar y una hamburguesa apta para perros para Trixie. Aunque el mercadillo estaba atestado de gente, el espíritu navideño reinaba en el ambiente. Sonaban villancicos por los altavoces y daba la impresión de que todo el mundo sonreía.

Salvo el agente Dave, que se nos acercó con cara seria.

—Tengo que hablar contigo. Liesel me ha dicho que te encontraría aquí.

—Eres como el Grinch, estropeando la diversión.

—Y te la voy a estropear todavía más.

—No será para tanto —dijo mi madre—. Hemos encontrado a Kitty y está bien.

Dave torció el gesto.

—Jean murió envenenada por gelsemio.

Mi madre ahogó un grito.

—¿Estás diciendo que la asesinaron?

Dave no se molestó en suavizar la noticia.

—Sí.

—¿Con gelsemio? —insistió mi madre—. ¿Qué es? Nunca lo había oído.

—Seguro que conocéis las trompetas trepadoras —dijo Dave.

—¿Esas que tienen unas flores rojas y amarillas preciosas con forma de trompetillas? Claro. Se ven por todas partes, pero no hay en invierno —repuse.

—Por lo visto, las raíces y los tallos también son muy venenosos. No hace falta que hayan florecido.

—¿Por qué querría alguien matar a Jean? No tiene ningún sentido —dije—. ¿Crees que Marie la encontró, discutieron por lo de Kitty y...? ¿Qué? ¿Le inyectó gelsemio?

—Es más probable que lo procesaran o lo molieran y que luego lo escondieran en unos bombones. Todavía no estamos seguros.

—¡Nooo! —Mi madre se estremeció—. Qué cosa tan mezquina.

—Y eso no es lo peor. Jean llevaba esto en el bolsillo. —Sacó el móvil y nos mostró una fotografía de una caja con estampado navideño de una empresa de chocolatinas nacional muy conocida. Podrían haberla comprado en cualquier parte. Encima, alguien había escrito «PARA HOLLY» en mayúsculas.

Me recorrió un escalofrío.

Mi madre lanzó un chillido que atrajo cierta atención.

—¿Eran para Holly?

—Eso parece. No sabemos cómo acabaron en manos de Jean, pero a quien pretendían matar era a ti, Holly.

CAPÍTULO VEINTICUATRO

Llegué a la misma conclusión en cuanto vi mi nombre en la caja. De nuevo, el miedo se apoderó de mí.

—Hay más Hollys en el mundo —observé.

Me miró a los ojos.

—¿De verdad crees que eran para alguna de los otros miles de Hollys?

—No —reconocí avergonzada. Volví a estudiar la foto—. Parece letra de niño.

—Yo habría dicho lo mismo —convino Dave—, pero no me imagino a un niño cogiendo trompetas para envenenar a alguien.

—¿Ha sido una muerte dolorosa? —preguntó mi madre.

—No lo sé. El médico dice que la dosis es alta y que probablemente le produjo una parada respiratoria.

—Hay que estar muy mal y muy perturbada para raptar a un niño, pero aun así me apena mucho que haya muerto. —Mi madre frunció los labios—. Supongo que debería agradecer que fuera ella quien se comiera los bombones en lugar de Holly.

—¿Cómo llegaron a sus manos? —preguntó Dave.

—No tengo ni idea. Es la primera vez que los veo.

Dave asintió.

—Le preguntaré al señor Huckle y a Zelda. Alguien tuvo que dejarlos en el mostrador o en tu puerta.

—¿En mi puerta? Trixie estuvo oliéndola. Pensé que un perro o un gato la habría marcado.

—¿Y Jean les echó el guante sin más? ¿Qué clase de persona se lleva un regalo que claramente es para otra persona? —resopló mi madre.

Me dije que quizá no debíamos criticarla, al menos en esa ocasión. Si no se lo hubiera llevado, sería yo quien estaría en la morgue. Decidí que no aceptaría comida ni bebida de extraños.

—¿Crees que está relacionado con lo del hombre del árbol? —preguntó mi madre—. ¿No podría querer decir que has dado con algo?

—Si es así, no sé de qué se trata.

—Aquí fuera hace frío y tengo hambre. ¿Qué os parece si pedimos mesa en el Hair of the Dog y lo hablamos al calorcito? —propuso Dave.

Se alejaba de lo que habíamos planeado, pero, después de descubrir que alguien quería matarme, mi madre y yo echamos a andar hacia el *pub* con Dave sin rechistar. Como él había sugerido, nos acomodamos en una mesa cerca del fuego. Mi madre y yo pedimos estofado de ternera y Dave se decantó por una hamburguesa con patatas. Trixie gimoteó mirándome.

—Y un estofado de ternera canino para Trixie, por favor.

En cuanto la camarera se fue, Dave sacó un boli y una libreta y se recostó en la silla.

—¿Con quién has estado hablando sobre lo del hombre del árbol?

—Con Stu Williams, que era amigo íntimo de Orly y lo ayudó con lo del hormigón. Según él, creía que estaban salvando el árbol, nada más.

El agente Dave hizo una mueca.

—Ya, he hablado con Stu y me ha contado lo mismo. Es un buen tipo, no lo veo matando a nadie.

A pesar de todo, vi que anotaba su nombre en la libreta.

Cuando llegaron nuestros platos, mi madre rebuscó en su bolso hasta que encontró un boli, se hizo con la servilleta sobrante de papel y apuntó el nombre de Stu.

Empecé a comer. Un estofado caliente y suculento como aquel era todo lo que podía desear en un día tan frío.

—¿Con quién más?

Dave le hincó el diente a la jugosa hamburguesa.

—Con Althea Alcorn. ¿Sabías que su hijo mayor, Jay, había desaparecido? Dice que por entonces se veía con Josie Biffle y que tanto Orly como ella no lo aprobaban.

Dave dejó de masticar. Parecía una ardilla, con uno de los carrillos lleno. Tras un momento, tragó y anotó el nombre.

—Sabía que tenía otro hijo. Vaya. Es una clara opción.

—Pero ¿por qué iba Althea a envenenarte? —preguntó mi madre.

—No lo sé. También está Penn Connor, que me ha contado una historia fascinante sobre Boomer Jenkins. Pensábamos que Penn estaba desaparecido, pero de pronto se ha presentado en Wagtail. Resumiendo mucho, Boomer Jenkins estaba prometido con Delia y con una tal Kathleen al mismo tiempo. Por si fuera poco, convenció a Bonnie Greene de que rompería el compromiso para irse con ella. Y Penny Terrell estaba enamoradísima de Boomer.

Dave escribió a toda velocidad y luego mojó una patata frita en kétchup.

Mi madre también tomaba notas.

—Cuatro mujeres. Eso son muchos celos entre ellas y sus parejas.

—Por desgracia, puede que no fueran las únicas mujeres que estaban liadas con él —señalé—. Empezando por lo menos probable, al menos según lo veo yo, tenemos a Tommy Terrell, el marido de Penny. Me dijo algo como que Penny estaba colada por Boomer y que espera que el hombre del árbol sea él. A pesar de los años que han pasado, sigue celoso.

—Ya. —Dave bebió agua—. Tommy adora a Penny, pero a veces es un poco obsesivo con ella. Y me lo imagino envenenando unos bombones. Es de esas personas alegres que siempre me hacen preguntarme qué hay detrás de esa fachada tan feliz.

—Eso nos lleva a Bonnie. Dice que vio a Boomer por última vez por la tarde. Habían quedado en que él rompería el compromiso con Delia y volvería a casa de Bonnie para cenar. Pero no se presentó.

—Bonnie lo sabe todo sobre repostería. Supongo que eso incluye envenenar bombones. ¿Crees que podría haber matado a Boomer?

Dave cogió otra patata frita.

—Bonnie me cae muy bien y quiero pensar que no, pero es posible que Boomer volviera a casa de Bonnie y que ella lo envenenara por no romper su relación con Delia.

—¡Qué pesadilla! ¡Ay, eso habría sido espantoso! Lo veo posible, pero ¿cómo habría metido a Boomer en el árbol? ¿Cómo encaja Orly en todo esto? —se preguntó mi madre mientras no dejaba de escribir.

—Bien visto, Nell —dijo Dave.

—Delia asegura que Boomer fue a cenar a su casa, pero no rompió el compromiso. Aún conserva el anillo. Boomer se fue después de cenar. Delia debe de ser una de las últimas personas que lo vieron en Wagtail.

—Es posible que él sí rompiera el compromiso, o que lo intentara, y que Delia lo dejara fuera de combate —aventuró Dave—. Y a Delia se le da muy bien la cocina. Habría sabido envenenar los bombones.

Mi madre abrió los ojos de par en par.

—Un momento, estoy segurísima de que no ha intentado envenenar a mi hija. ¡Delia nunca haría algo así!

Dave me miró a los ojos.

—Sigue.

—Yo tampoco quiero creer que Delia matara a Boomer, pero eso explicaría que Orly interviniera, dado que está casado con la hermana de Delia. Una llamada y Orly habría acudido corriendo.

Mi madre gruñó.

—No. No puede ser y punto.

—Quizá Orly también se hubiera prestado a ayudar a Tommy Terrell. Aunque no sé en el caso de Bonnie —dijo Dave—. Tenemos un buen puñado de sospechosos.

—Aún no he acabado. Kathleen iba a casarse con Boomer al día siguiente. Presuntamente, cambió de opinión el viernes porque encontró pruebas de que Boomer la engañaba. El mismo día que Boomer cenó en casa de Delia. Y también la noche que Bonnie estuvo esperándolo. Kathleen le pidió a su amigo Penn Connor que la llevara a casa. Penn estaba enamorado de ella, la acompañó a casa y se casaron seis meses después.

Mi madre ahogó un grito.

—Eso tiene más sentido. Kathleen debió de descubrir que Boomer se había prometido con Delia, se enfrentó a él y, o bien ella, o bien Penn, lo mataron. Por eso tuvieron que salir pitando de Wagtail.

—Desde luego es una posibilidad, mamá. Después de casarse, se fueron a vivir a Suiza. Se tomaron muy en serio lo de irse lejos.

—Pero ¿por qué han vuelto a Wagtail? —preguntó Dave—. ¿Y cómo encaja Orly en todo esto?

—Yo voto por ellos —decidió mi madre—. Puede que le pagaran a Orly para que escondiera el cadáver de Boomer en el árbol. Yo solo sé que es imposible que Delia tuviera nada que ver.

Dave le sonrió con amabilidad.

—Eres una amiga leal, Nell, pero Delia está metida en esto hasta las orejas.

Mientras yo pagaba la comida, Dave dijo:

—Ahora mismo va a ser difícil con todos los dulces navideños, y sé por experiencia lo mucho que a las mujeres de Wagtail les gusta hacer galletas por fiestas, me llegan a carretadas, pero, por el momento, no quiero que ninguna de las dos coma nada que se haya podido manipular. Y menos aún bombones, galletas y dulces.

—Eso no es justo. ¿Ni de las cocinas del hostal?

Dave se levantó.

—Tú decides, Holly. Si quisiera envenenarte, es donde iría.

Con aquella perspectiva tan halagüeña, dejamos el *pub* y el agente Dave volvió al trabajo. Mi madre y yo regresamos al hostal dando un paseo, un poco abatidas.

—Tiene razón, ¿sabes? —dijo mi madre con delicadeza.

—Pues aún hay mayor motivo para atrapar al culpable. No quiero renunciar a todas esas delicias de Navidad.

Mi madre se detuvo en seco y se volvió hacia mí.

—Holly, alguien ha intentado matarte. Creo que puedes prescindir de los dulces hasta que lo cojan.

Ese día nos fuimos a dormir más pronto de lo habitual. Aún arrastrábamos el cansancio de una noche de decoración y asesinatos.

El sábado me desperté temprano, pero, vaya por dónde, los elfos no me habían dejado ni té caliente ni cruasanes, por lo que supuse que el señor Huckle debía de tener el día libre. Desde luego se lo merecía. Todos hacíamos horas extras durante las fiestas.

No importaba. Me duché y me puse un jersey verde de cuello en pico y unos pantalones azul marino. A Zelda le tocaba estar en la caseta del Christkindlmarket, así que yo debía encargarme del mostrador de recepción en su lugar. Añadí un pañuelo azul marino y verde y unos pendientes de aro de oro que me había regalado Oma.

Mi madre seguía durmiendo; lo normal, por otro lado. Le dejé a Twinkletoes un plato de gambas que debía de estar bueno, porque se lo ventiló en un abrir y cerrar de ojos. Trixie estaba lista para salir, así que me puse un chaleco grueso y bajamos por la escalera principal.

El maravilloso aroma del café, la canela y el beicon se suspendía en el aire, pero recordar a Jean y el veneno me arruinó un poco el apetito. Abrí la puerta de la calle y Trixie salió corriendo, disparada a la zona reservada para pipicán, mientras yo la seguía con paso tranquilo.

Seguía haciendo un frío espantoso, pero el aire era fresco y limpio. Aun así, me alegré de que Trixie no se entretuviera, porque tenía ganas de volver enseguida al calorcito del hostal.

Dentro, me serví un tazón de café humeante de una cafetera de la que estaba sirviéndose mucha más gente y dejé a Trixie en el comedor un par de minutos, mientras yo iba a las cocinas. Birlé un cuenco para mi perra y un plato para mí.

Iba a ponerme unos huevos revueltos cuando Cook me miró con el ceño fruncido y me hizo una seña con el dedo para que me acercara. Cogió tres huevos frescos y los cascó en la parrilla.

—Ya sé lo de los bombones envenenados. Tú solo come lo que yo te prepare, ¿entendido?

—Gracias. No tienes que hacer nada especial para mí.

—No vamos a dejar que te pase nada.

Añadió un poco de avena al cuenco de Trixie, espolvoreó un poco de beicon crujiente y desmenuzado, le colocó encima uno de los huevos y lo cortó con habilidad en trocitos del tamaño ideal para ella. Sacó una bandeja y colocó el cuenco en ella. Cogió otro, más pequeño, lo llenó con manzanas fritas al estilo sureño, uno de mis platos favoritos, cosa que él sabía, y lo añadió a la bandeja. Sirvió los otros dos huevos en mi plato y los acompañó con unas croquetas de patata, a la que añadió una montañita de ensalada tibia de espinacas aderezada con dos pellizquitos de beicon crujiente y desmenuzado. Me deslizó la bandeja por la encimera, levantó un dedo como si estuviera sermoneando a un niño y dijo:

—No le quites los ojos de encima a la comida. No te separes de ella en ningún momento. ¿Entendido?

Le sonreí.

—Gracias. No sabía qué iba a comer hoy.

Cogí unos cubiertos y unas servilletas y ya estaba en la puerta a punto de irme cuando me gritó:

—¡Vuelve a la hora de la comida! Te prepararé algo. No pruebes nada que te ofrezcan. ¿Me has oído, Holly?

—¡Sí, señor!

Era un buen consejo y me resultaba muy reconfortante saber que podía comer sin miedo a que me envenenaran.

Trixie fue dando saltitos junto a mis pies hasta el vestíbulo de recepción, con el hocico apuntando a la bandeja que llevaba. Ni siquiera miró adónde íbamos.

Me senté tras el mostrador, dejé la bandeja encima y puse el desayuno de Trixie en el suelo. Después de desbloquear las puertas correderas de cristal, me senté en la silla alta que recordaba a un taburete de bar y bebí un buen trago de café antes de ponerme a desayunar.

Las horas transcurrieron deprisa. Oma y Holmes me asediaban como si fuera a caer redonda en cualquier momento. Al final, me alegraba cuando algún huésped necesitaba mi ayuda; al menos ellos estaban cuerdos y no me acosaban con lo del veneno. Sin embargo, ni siquiera después de que Oma se retirara a su despacho y Holmes se fuera a trabajar conseguí olvidarme del problema. ¿Qué había descubierto que supusiera una amenaza para alguien?

Descarté a Bonnie porque no había averiguado nada que no me hubiera contado ella misma. Naturalmente, cabía la posibilidad de que todo aquel asunto de que Bonnie estuvo esperando a Boomer en su casa fuera una patraña. Podría haberlo seguido con suma facilidad hasta la de Delia, haber esperado a que saliera y, si los vio besarse, haberlo atacado. Pero me parecía muy poco probable. Además, ¿cómo encajaba Orly en aquel puzle? Aunque Bonnie podría haberlo llamado para que la ayudara. No, no creía que Bonnie hubiera intentado envenenarme.

Mi madre pensaba que Delia sería incapaz de hacerme algo porque ellas eran viejas amigas. Yo no lo tenía tan claro. Quizá Delia valoraba más protegerse a sí misma que una profunda amistad. En cualquier caso, no pasaba nada, pensé; sería fácil evitar la comida que Delia me ofreciera.

También podría tratarse de Penny y Tommy Terrell, juntos o por separado. Harían lo que fuera para protegerse el uno al otro.

Finalmente, estaban Althea y Josie. Althea había acudido a mí por su hijo Jay. ¿Qué ganaba matándome? Sin embargo, si la persona del árbol era Jay, entonces Josie podría temer que yo descubriera que ella tenía algo que ver. ¿Y su hermano, Wyatt? ¿Me envenenaría para protegerla? ¿Pudo estar presente aquella noche? ¿Sabía lo que había ocurrido? Puede que debiera hablar con él.

Aproveché un rato tranquilo para buscar a Jay Alcorn en internet. Había más Jays Alcorn de lo que esperaba. Para complicar las cosas, por lo visto a la gente le gustaba usar Jay como apodo. O se hacían llamar Jay porque era la inicial de su segundo nombre y es así como la jota se pronuncia en inglés. ¡De verdad...!

Les di un repaso, pero no encontré ninguno que encajara. La mayoría de ellos no coincidían por edad. Después de ver un sinfín de páginas de Alcorn, decidí que tenía que haber una manera más efectiva.

Todavía no eran las diez cuando llamó Zelda: se habían agotado algunos artículos. Fui a buscar las cajas de repuesto al almacén de abajo y al cuarto de limpieza, donde las había guardado cuando llegaron.

Oma se encargó de recepción.

—Tengo que hacer papeleo y desde el despacho veo si alguien necesita algo. No hace falta que te pases todo el día ahí sentada.

Mi madre me ayudó a llevar las cajas a la caseta, en cuyo mostrador Twinkletoes se sentó como una reina. Estuvimos unos minutos ayudando a Zelda a desembalar los artículos y pasándoselos para que los colgara de manera decorativa en las paredes.

—Cuánto me alegro de que haya más —dijo—. Empezaba a agobiarme verlo todo tan vacío.

Doblé las cajas y Trixie me acompañó al tirarlas al contenedor de reciclaje. Cuando volví, Zelda ya estaba atendiendo a unos clientes y Twinkletoes se había retirado al fondo de la caseta, donde se había hecho un ovillo sobre una cama para gatos que estaba a la venta. Supuse que ya sabía quién iba a comprarla.

—¡Ah, mira! Allí está Delia —dijo mi madre—. No sabía que también tenía un puesto.

Nos acercamos a saludar. En el cartel se leía «WAG», así que pertenecía a la Wagtail Animal Guardians, la protectora de animales de Wagtail. Tenía que contribuir comprando algo. Eché un vistazo a lo que vendían: chalecos relajantes para perros y gatos, alfombrillas reconfortantes especiales para que los perros pudieran lamerlas, un arcoíris de collares y correas y una hilera de tarros enormes llenos de galletas, también para perros y gatos. En la mesa que había detrás del mostrador se veía una caja abierta con los colores alegres de Pawsome Cookies y su logo, la huella de una pata.

Saludamos a Delia, que se esforzó por reunir algo de entusiasmo al vernos.

—Buenos días. ¿Estáis de compras?

—Teníamos que reabastecer el puesto. ¿Estás bien, Delia? —preguntó mi madre.

Aupé a Trixie para que pudiera ver los detallitos para perros que tenían.

—Sí, sí, un poco cansada, nada más. Muchas gracias por las galletas —contestó Delia.

La vi pálida. De acuerdo, allí fuera hacía un frío de mil demonios, pero no tenía un color saludable.

—Están deliciosas —insistió—. Esta mañana había quedado con Carter en casa para que me ayudara a traer más cosas y las galletas nos han venido de perlas para acompañar el café calentito del desayuno.

Buscó a tientas un taburete detrás de ella para sentarse.

—¿Galletas? —preguntó mi madre—. ¿Qué galletas?

—Las que me enviaste a casa.

Mi madre puso cara de desconcierto.

—Ahora que lo dices, debería haberte enviado unas galletas. La cena del otro día en tu casa fue una delicia, pero, Delia, yo no te he enviado nada.

Esa vez la desconcertada fue Delia. Se bajó del taburete y cogió la caja de Pawsome Cookies.

—La tengo aquí.

Arrancó una nota que había pegada y, todavía con ella en la mano, se desplomó.

—¡Delia!

Mi madre y yo dimos la vuelta al puesto al instante. Mi madre abrió la puerta y se agachó junto a Delia.

—¡Delia! ¿Me oyes?

La mujer miró a mi madre con los párpados medio cerrados.

—Estoy muy cansada. Muy cansada...

Llamé a emergencias de inmediato. Stu Williams y Tommy Terrell acudieron corriendo.

—¿Qué ha pasado? —preguntó Stu—. ¿Se ha desmayado?

Los siguientes minutos fueron un torbellino de confusión durante el que no me atreví a soltar a Trixie por miedo a que la pisara la gente que empezaba a rodear el puesto. El doctor Engelknecht consiguió abrirse paso entre la multitud y hubo gritos cuando el carrito de golf transformado en ambulancia se acercó poco a poco.

El agente Dave hizo lo que pudo para dispersar a los curiosos, que no parecían querer irse. Stu y Tommy colocaron a Delia en la camilla y la trasladaron al carrito adaptado. El agente Dave despejó el camino para que pudiera salir de allí.

De pronto, mi madre, Trixie y yo nos encontramos solas frente a la caseta.

—¿Qué ha ocurrido? —Dejé a una inquieta Trixie en el suelo—. ¿Delia ha dicho algo?

—Solo que estaba muy muy dormida y cansada. El doctor Engelknecht ha mencionado algo sobre problemas respiratorios. No estoy segura de qué significa eso, pero no suena bien.

—No sé si alguien habrá avisado a Carter —musité, pensativa.

—¡Hola! ¿Qué demonios le ha pasado a Delia? —Una mujer que pertenecía a la WAG llegó corriendo a la caseta y entró—. Me han llamado para que la sustituya. ¿Está bien?

Mi madre le explicó lo que había ocurrido.

Llamé a Carter por si no se había enterado de lo de su madre, pero saltó el buzón de voz.

Mi madre y yo continuamos paseando por el mercadillo. Los puestos eran preciosos y festivos, pero una nube pendía sobre nosotras.

Acababa de comprarle a Trixie una galleta con forma de gorro de Santa Claus cuando mi madre dijo en voz alta:

—¡Las galletas!

—¿Las que no le enviaste a Delia?

—Tenemos que volver y recuperarlas. ¿Y si las han envenenado?

GUÍA DE TRIXIE PARA RESOLVER ASESINATOS

Uno de los problemas es que el asesino irá a por vuestros padres casi con toda seguridad, sobre todo si estos están a punto de resolver el asesinato o empiezan a considerar a esa persona como uno de los sospechosos.

Es otra de esas ocasiones en que vuestro rastreador es realmente importante. ¿Sabéis cuando una ráfaga de aire os trae el olor de un zorro o un oso? Pues también tenéis que prestar atención al olor de las personas que os rodean y poner a vuestros padres a salvo si hay alguien de quien desconfiáis.

Rastread vuestra casa con cuidado para aseguraros de que no ha entrado nadie. El porche es un buen lugar por el que empezar. A veces, las personas se cuelan por las ventanas, así que también daos una vuelta por el exterior de la casa.

No siempre olemos la maldad. Sin embargo, la mayoría de los asesinos crueles son muy desagradables con los perros. No me refiero a los humanos que simplemente no os hacen caso, sino a esos que os observan, como si supieran que vais tras ellos. A veces, solo hace falta que te agarren por el pescuezo para saber que no se trata de una mano amiga. También puede que finjan que les gustáis, pero sabréis distinguir si se trata de una persona malvada por cómo os acarician.

CAPÍTULO VEINTICINCO

Había olvidado lo de las galletas por completo. Las tres volvimos corriendo al puesto de la WAG, donde vi con gran alivio que la sustituta de Delia estaba entregándole su compra a un hombre.

Mi madre fue directa al grano.

—Delia dejó una caja de galletas...

La mujer miró a su alrededor.

—¿Las de Pawsome Cookies? Están buenísimas. Tienen un sabor que no acabo de identificar. Ya le preguntaré a Bonnie cuál es el ingrediente secreto.

—¿Las has probado? —pregunté.

—Pensé que a Delia no le importaría. Siempre es la primera en ofrecer las cosas ricas que hace.

—¿Cómo te encuentras? —preguntó mi madre.

—¿Yo? Bien. Empiezo a tener un poco de dolor de cabeza y estoy un poco cansada, pero nada de lo que preocuparse.

—Ve a ver al doctor Engelknecht enseguida —dije—. De hecho, te llevamos nosotras.

—Tonterías. Estoy bien.

—Mira, ocurre lo siguiente —terció mi madre—: Delia creía que yo le había enviado esas galletas, pero yo no he sido, y comió algunas en el desayuno. No sé quién se las ha enviado ni lo que llevan, pero tienes que ir al médico de inmediato.

La mujer ahogó un grito.

—Pero ¿y la caseta?

—La cerraremos hasta que salgamos de dudas, ¿vale?

Entré y la ayudé a cerrar la parada al público. Luego, cogí una bolsa de papel y la utilicé para meter la caja de galletas en una segunda bolsa.

Cuando salí, mi madre, Trixie y la mujer de la WAG ya se habían puesto en camino. Cerré la puerta y puse el candado antes de echar a correr para alcanzarlas.

El agente Dave salía de la consulta del doctor Engelknecht justo cuando llegamos. Mi madre acompañó dentro a la mujer de la WAG, pero yo me quedé en el porche delantero para hablar con él.

—¿Cómo está Delia?

—Muestra todos los síntomas de envenenamiento por gelsemio. Engelknecht va a enviarla al hospital de Snowball.

Abrí la bolsa que llevaba para que pudiera echarle un vistazo y le expliqué lo de las galletas.

Dave la cogió con un profundo suspiro.

—¿Estás completamente segura de que no se las envió tu madre? ¿U Oma? ¿No podría haberlo olvidado? Estos días son una locura y uno ya no sabe dónde tiene la cabeza.

Lo miré incrédula.

—¿De verdad quieres arriesgarte?

—Haré que las envíen a analizar a Snowball.

Mi madre salió y cerró la puerta detrás de ella.

—El médico dice que no ha podido localizar a Carter. Y, por si no fuera suficiente que no sepa que su madre está en el hospital, Delia dijo que él también comió galletas.

Dave gruñó.

—Y, conociéndolo, fueron más de una y de dos. Le entregaré esto al médico y luego iré a casa de Carter para asegurarme de que está bien. También me pasaré por Pawsome Cookies y hablaré con Bonnie.

Dave se despidió con la mano y entró de nuevo en la consulta.

—Yo también quiero hablar con Bonnie —dijo mi madre—. En la nota de la caja pone claramente: «¡Felices fiestas de parte de Nell!».

No sabía que mi madre tuviera tan buen olfato. Fuimos derechas a Pawsome Cookies. Una vez más, la cola llegaba hasta la calle. En el escaparate había unas cajas preciosas y navideñas con paisajes nevados salpicados de renos, otras con motivos de la película de Santa Paws para perros y gatos, y gnomos divertidos.

Saludé a Bonnie, que nos hizo una seña para que entráramos por la puerta trasera.

Mi madre y yo dimos la vuelta al establecimiento.

Bonnie mantuvo la puerta abierta para que entrara un poco de fresco.

—¡Nell DuPuy! Me habían dicho que andabas por aquí.

Mi madre la miró con los ojos entrecerrados.

—¡Bonnie Greene!

Le tendió los brazos.

Bonnie sonrió complacida y tuve la sensación de que se caían bien de verdad.

—Nell solía ayudarme con los deberes de Matemáticas.

Mi madre asintió.

—Parece que haga siglos de eso.

—Fue hace siglos —dijo Bonnie.

—Oye, ¿te he hecho un pedido de galletas en los últimos días? —preguntó mi madre.

La dueña de Pawsome Cookies me lanzó una mirada fugaz, como si temiera que mi madre no estuviera bien de la cabeza.

—No, Nell, no me has pedido nada. ¿Quieres galletas?

—¿Y Oma o yo? —pregunté.

Bonnie arrugó la frente.

—¿Me he equivocado con una entrega o algo así?

Mi madre le contó lo que ocurría.

Bonnie palideció.

—¿Y la gente está poniéndose mala? Ay, Dios mío. He vendido toneladas de galletas esta semana. De verdad, decenas de miles. No me acuerdo del nombre de todos los clientes.

—Iban en una caja que llevaba tu logo —dije.

El desconcierto se dibujó en el rostro de Bonnie.

—Eso no tiene sentido. Estas últimas semanas hemos estado utilizando cajas con temática campestre y de Acción de Gracias. Y antes de eso teníamos unas preciosas de Halloween. Las galletas de las que habláis tendrían que haberlas comprado antes de Halloween, y en el caso de que les pasara algo, creo que ya me habría enterado.

Nos miró a una y a otra.

—Nell, puede que alguien se guardara una de mis cajas con logo y metiera esas galletas en ella, pero puedo asegurarte que no las compraron aquí. Y no recuerdo que ni Oma ni ninguna de vosotras dos me hayáis hecho un pedido.

La noticia era alentadora y desconcertante al mismo tiempo.

—¿Estás diciendo que quizá alguien compró tus galletas, se las acabó y guardó la caja? ¿Y que luego esa persona hizo galletas, las metió en la caja y añadió la nota con el nombre de mi madre para que Delia creyera que se las había regalado ella?

Bonnie abrió mucho los ojos.

—Es lo único que se me ocurre que tenga sentido. Alguien quería hacerle daño a Delia y culparte a ti, Nell.

—¿Por qué a mí? —preguntó mi madre—. Solo llevo aquí unos pocos días. —Se quedó mirándome—. ¿He molestado a alguien sin darme cuenta?

—Lo dudo mucho.

No había estado con ella todo el tiempo, pero, por lo que sabía, mi madre no había ofendido a nadie.

Mientras hablábamos, sonó mi teléfono. El agente Dave fue al grano, sin perder el tiempo con saludos:

—Definitivamente, se trata de gelsemio, que es mortal. La mujer de la caseta de la WAG ingirió muy poco y el médico le ha hecho un lavado de estómago, así que en principio está fuera de peligro. Dicen que, si Delia supera esta noche, es probable que se recupere, pero no hemos encontrado a Carter. No está en casa. Hay que localizarlo y llevarlo al hospital.

—Estamos cerca de su oficina. Me pasaré por allí a ver si alguien sabe dónde podría estar. —Colgué—. Todavía no han encontrado a Carter.

—¡Pobre Carter! —Bonnie se tapó la boca horrorizada.

—¿Dónde tiene la oficina? —preguntó mi madre.

—Al otro lado del parque.

Le dimos las gracias a Bonnie y nos pusimos en marcha sin perder tiempo.

Mi madre apretó el paso. No tardamos en ver el cartel de la Inmobiliaria Riddle.

Abrí la puerta y la sujeté para que entrara mi madre. La mujer del mostrador nos saludó.

—Hola, Irma. Estamos buscando a Carter. ¿Sabes dónde podría estar?

—Ni idea. No lo he visto en todo el día.

—¿Te importa que le eche un vistazo a su mesa? Quizá haya anotado algo en el calendario.

—No, mejor que no. Le diré que habéis venido. ¿Quieres que le deje una nota? ¿Te has decidido por una casa, Nell?

—Podría estar muy enfermo y tiene que ir al hospital de inmediato —insistió mi madre.

—¿Cuál es su mesa? —Entré sin más y fui mirando las fotos y las cositas que tenían por encima con la esperanza de distinguir la de Carter.

—Bueno... —dijo Irma haciéndose la remolona, claramente reacia a darnos ninguna información.

—Mamá, llama al agente Dave y dile que Irma se niega a colaborar.

Irma levantó una mano.

—A ver, tranquilas, si es tan importante para vosotras, su mesa es la del bombón gigante con forma de lágrima.

Como había esperado, Carter utilizaba un calendario de mesa que seguramente reforzaba los recordatorios de las citas que anotaba en el móvil. Mientras oía que mi madre le explicaba a Irma lo que le había ocurrido a Delia, pasé las hojas del calendario hasta el sábado y leí: «Casa de los Mann, Pine Street».

—¿Sabes el número de la casa de los Mann, en Pine Street?

—Ay, Señor. —Irma abrió un armarito que contenía llaves—. El ciento once. —Se volvió hacia nosotras con cara sombría—. La llave no está.

Le dimos las gracias y nos fuimos.

—Queda cerca de aquí —tranquilicé a mi madre.

Trixie corría por delante de nosotras. Incluso desde lejos, vimos el cartel de «Se vende» de la Inmobiliaria Riddle.

—Esperemos que podamos entrar y que esté allí —dije.

Por el porche reluciente que recorría la parte delantera, estaba claro que habían renovado la casa hacía poco. Llamé a la puerta y probé a abrirla. Cedió.

—¿Hola? —llamé.

Trixie me esquivó y se coló como una flecha. Oí que mi madre ahogaba un grito nada más entrar.

La miré.

—¿Estás bien?

—Me encanta esta casa.

—Céntrate, mamá. Estamos buscando a Carter.

Oímos un gemido procedente de la sala de estar. Carter estaba tendido en el suelo, de espaldas, y Trixie le lamía la cara.

—¡Carter!

Me acerqué corriendo mientras marcaba el número de emergencias. Les comuniqué la dirección de un tirón, colgué y llamé al agente Dave para informarle de que habíamos localizado a Carter.

Mi madre se agachó a su lado.

—¿Cómo te encuentras, Carter?

—He estado mejor.

Mi madre le acarició la mano.

—Cariño, a tu madre le pasa lo mismo. Te pondrás bien. Holly ha llamado a una ambulancia.

—¿Lo mismo? ¿Qué...? ¿El qué?

—Las galletas que habéis comido estaban envenenadas.

—¿Envenenadas? —Carter abrió mucho los ojos.

—¿Quieres un poco de agua? ¿Y si te traigo una compresa fría?

No esperó a que contestara.

—¿Te ayudo a levantarte? —le pregunté.

Carter me tendió una mano.

Creía que quería que lo ayudara a incorporarse o a ponerse en pie, pero cuando se la agarré, me atrajo hacia él y me susurró:

—Es Boomer.

CAPÍTULO VEINTISÉIS

—¿Boomer? ¿Qué quieres decir?

—Ha vuelto.

Lo miré sin saber qué pensar. ¿Estaba delirando?

Mi madre regresó de la cocina y le puso un trapo mojado en la ancha frente.

—Sabía que esto ocurriría tarde o temprano —murmuró Carter.

—Deberías descansar —dije.

—No. Tengo que contártelo. ¿Y si no salgo de esta? Alguien tiene que saberlo.

Sonó mi teléfono. El agente Dave quería conocer el estado de Carter.

—La ambulancia va a retrasarse. El médico dice que lo obligues a hablar, que no se duerma.

—Vale, sin problemas. Mantennos informadas. —Colgué—. ¿Estás seguro de que no quieres sentarte? —pregunté.

—Escúchame —insistió Carter—. Alguien tiene que saberlo. Si muero, el secreto morirá conmigo. Eso es lo que quiere Boomer.

—¿Estás diciendo que Boomer ha tratado de mataros a tu madre y a ti?

Cogí a Trixie y la dejé en mi regazo.

—Ha tenido que ser él. He vivido con el temor constante de que volviera, pero sabía que algún día ocurriría.

—Cuéntanos lo que quieras —dijo mi madre con voz tranquilizadora—. Con nosotras estás a salvo, corazón. Tú relájate.

—Después de que muriera mi padre, me sentí responsable de mi madre y mi hermana. No sé cómo explicarlo. Sabía que solo era un niño, pero estábamos muy unidos y no podíamos soportar la idea de perder a alguien más. Era impensable. Para mí, mi padre era un superhéroe. Es evidente que no lo era, pero, para mí, el mundo giraba a su alrededor. Al menos el mío. Murió en una época en que, por mi edad, debería haber estado por ahí disfrutando con los demás niños, pero yo no era así; para mí no fue nada fácil y me daba miedo todo. Mi padre había tenido la precaución de contratar un buen seguro de vida. El dinero era lo único de lo que no teníamos que preocuparnos. A pesar de que era un niño, comprendía su importancia y hacía que admirara aún más a mi padre por procurar que no nos faltara nada.

»Y, entonces, apareció Boomer en el pueblo. Tenía fascinado a todo el mundo. A todos menos a mí. Era como si yo me diera cuenta de cosas que a los demás se les pasaban por alto. Y él lo sabía. Tenía miedo de que un niño regordete supiera qué había debajo de aquella fachada.

»Cuando empezó a aparecer por mi casa, detrás de mi madre, me olí algo. O puede que fueran celos porque mi madre le prestaba atención. No quería que estuviera allí. Quería que volviera mi padre. Cuando pienso en esos días, me doy cuenta de lo joven que era mi madre y lo sola que debió de sentirse después de que mi padre muriera. Que alguien como Boomer se interesara por ella debió de hacerla sentir muy bien. Llenaba un vacío en su vida. No veía que era todo mentira.

No parecía que estuviera delirando, así que no quise interrumpirlo, dado que Dave me había dicho que lo hiciera hablar.

—Fue algo como instintivo. Es decir, con once años era imposible que supiera si se trataba de una mala persona. Nunca había salido de Wagtail y, en gran medida, solo había estado rodeado de personas que me habían tratado bien. Lo curioso de ser el niño regordete del lugar era que nadie se fijaba en mí. En la inmobiliaria, oigo que las mujeres se quejan de que, a partir de los cuarenta, se vuelven invisibles. Era lo que me pasaba a mí de niño. Podía quedarme por ahí escuchando sin que nadie reparara en mí. Mientras no abriera la boca, hablaban con total libertad, y a veces me daban un refresco o algo de comer. Formaba parte del decorado de Wagtail. Así me enteré de que Boomer casi nunca pagaba nada. A un par de dueños de restaurantes les llamaba la atención que eran ellas quienes lo invitaban a comer. Por lo que contaban, curiosamente, él siempre se olvidaba la cartera. Por eso, cuando empezó a salir con mi madre después de que ella acabara de recibir todo el dinero del seguro de vida de mi padre, se me encendieron todas las alarmas.

—Ay, pobrecito —lo consoló mi madre—. Seguro que no eras invisible. Estoy convencida de que eras un niño adorable.

—Yo... empecé a seguir a Boomer y a espiar qué hacía. No tardé mucho en darme cuenta de que iba detrás de todas las chicas guapas del pueblo. Mi padre tenía una cámara buena cuando murió. Yo la llevaba a todas partes y la utilizaba para sacar fotos de Boomer con otras mujeres.

Oh, no. Aquello no sonaba bien.

—Él venía a cenar a casa a menudo. Tonteaba con mi madre y hacía reír a mi hermana, pero cuando ellas no estaban presentes, se metía conmigo. Me insultaba, me llamaba tonel y culo gordo y tenía la manía de apuntarme con la mano como si fuera una pistola y hacer un ruido raro con la boca, como si me disparara. Eso me aterraba. Tenía miedo de que un día sacara una pistola de verdad y la utilizara. Aún hoy, no puedo ni pensar en hacerle eso a un niño. No sabía si Boomer tenía planeado dispararme o eliminarme.

—¡Qué persona más desagradable! —exclamó mi madre— ¿Cómo se puede tratar así a un niño? Me alegro de no haberlo conocido. No sé en qué estaba pensando Delia.

—Ahora que lo recuerdo, me sorprende que mi madre no se diera cuenta de lo callado que yo estaba en presencia de Boomer. Ella solo me decía que dejara de poner mala cara y, de vez en cuando, me daba la tabarra con eso de que Boomer podía caerme bien, que eso no significaba que quisiera menos a mi padre. Lo odiaba. Lo odiaba con toda mi alma. Sabía que acabaría llevando a alguien por el mal camino y no podía permitir que ese alguien fuera uno de nosotros. No abría la boca cuando él estaba presente. Mi madre me justificaba, pero yo veía en los ojos de Boomer que él sabía que lo tenía calado.

»Una noche, nos sentaron a mi hermana y a mí delante de la chimenea para decirnos que iban a casarse. El diamante en la mano de mi madre destellaba a la luz del fuego como un neón en la noche. Mi abuela me contaba historias de fantasmas y pensé que debía de ser mi padre enviándome un aviso. La fecha de la boda se me vino encima como una locomotora y no sabía cómo detenerla. Tenía aquellas fotos, pero el caso era que no sabía cómo enseñárselas a mi madre.

Mi madre me miró. Yo no sabía qué pensar.

—Una noche, Boomer reparó en la cámara de mi padre. La cogió y estuvo echándole un vistazo. Juro que contuve la respiración hasta que pensé que iba a explotar. Llevaba dentro una pequeña tarjeta de memoria y, como Boomer le diera al botón acertado, vería todas las fotografías que le había hecho besándose con otras mujeres. Y entonces se le cortó la respiración. Se quedó mirándola y se pasó la lengua por los labios. Luego, sus ojos fríos, siniestros y sombríos buscaron los míos y supe que las había visto.

—¿Se lo llegaste a decir a tu madre? —preguntó la mía.

—Estaba muerto de miedo. Lo único que tenía eran aquellas fotos. Mi madre nunca me creería si le contaba lo de las otras mujeres sin enseñárselas como prueba. Así que, esa noche, salí a hurtadillas por la puerta trasera y esperé a que Boomer se fuera. Como temía, el ladrón llevaba mi cámara en la mano. Me abalancé sobre él, se la quité y eché a correr. A ver, lo de correr no era lo mío, pero el miedo es un gran estímulo y corrí hasta que me dolieron los pulmones. Lo oía detrás de mí abriéndose paso a través del bosque. La noche estaba de mi lado porque, aunque había luna, no se veía absolutamente nada bajo las copas de los árboles. Estaba agotado cuando llegué al acantilado que hay cerca del lago. ¿Sabéis cuál digo? Hay un camino empinado que desciende hasta la orilla por el que puedes bajar andando, pero no corriendo. Un resbalón y te estampas contra el fondo. No tenía escapatoria. Lo oía abriéndose paso como podía entre los árboles, cada vez más cerca. Me caí. Junto al borde. Lo único que Boomer tendría que hacer era darme un empujón o una patada y me precipitaría al vacío. Notaba el borde del acantilado. Sabía que estaba perdido. En el último momento, un instante antes de tenerlo encima, me agarré a la raíz de un árbol. Y entonces me disparó.

Mi madre ahogó un grito.

—¡No!

Carter dejó de hablar, cosa que me asustó más que la historia. Vi que su pecho subía y bajaba. Aún respiraba.

—¿Carter? ¿Estás bien?

Hizo una mueca.

—Sí. Supongo que me vio a la luz de la luna. Se acercó con paso pesado y se rio de manera cruel. Todavía lo oigo en mi cabeza. Luego, se agachó a mi lado y me dijo: «Buen intento, pero no me vas a fastidiar lo de tu madre». Intenté convencerlo, le prometí que no diría nada. Yo llevaba la correa de la cámara cruzada sobre el pecho y él trataba de agarrarla. Lo único en lo que pensaba era que iba a caerme por el acantilado en cualquier momento. ¡Era una tortura! Y no de manera metafórica; Boomer estaba torturándome de verdad. En ese momento, un fragmento del borde del acantilado cedió, supongo que por mi peso, y cayó. Estaba convencido de que me precipitaría a mi muerte, pero seguía agarrado a las raíces del árbol. Boomer supuso lo mismo y empezó a pegarme en las manos con un palo y a gritarme que le diera la cámara. Yo sabía que, si se hacía con ella, ya podía despedirme. En cuanto la tuviera, me empujaría. Supongo que tropezó o se asomó demasiado. Lanzó un grito que resonó por todo el lago cuando se precipitó de cabeza hacia el fondo.

Mi madre y yo nos miramos.

—Dicen que sientes un chute de adrenalina en situaciones estresantes. Bueno, lo de que hay mujeres que levantan coches para sacar a sus hijos de debajo, ese tipo de cosas. Y sé que es así porque yo conseguí darme impulso para subir y ponerme a salvo. Estuve abrazado a aquel árbol un buen rato. Luego empecé a agobiarme pensando que quizá Boomer seguía vivo. Me arrastré hasta el borde y eché un vistazo, pero, a la luz de la luna, lo vi tendido en el fondo. No se movía, por lo que creí que estaba muerto. Recuerdo el miedo que pasé al pensar que iba a despertarse y, no sé cómo, iba a agarrarme por las piernas y tirar de mí junto a él. Como en las películas, ¿sabéis? Corrí a casa y me fui a la cama con la correa de la cámara alrededor del cuello para que nadie pudiera quitármela sin que me enterara. Una tontería, lo sé. Aunque no habría sido necesario, porque igualmente estuve despierto toda la noche, con la sábana sobre la cabeza. Eran cerca de las tres de la mañana cuando oí su moto y supe que estaba vivo. Me levanté y empujé la cómoda contra la puerta para que no pudiera entrar en mi habitación a matarme. Me quedé allí sentado, temblando, hasta que oí que el motor se alejaba en la noche. No volví a verlo. Para ser sincero, cuando no volvió a presentarse, hasta me sentí un poco orgulloso de mí mismo. Él sabía que lo habían pillado cuando vio las fotos y que no había manera de salvarse de esa.

—¿Se lo llegaste a contar a tu madre alguna vez? —preguntó la mía.

Carter tosió y le costó tomar aire.

—No. Sigue sin saber nada hoy en día, pero guardé las fotos por si Boomer volvía a presentarse y mi madre se dejaba engañar otra vez por él. —Se le entrecortó la voz cuando dijo—: Y ahora está aquí de nuevo, en Wagtail.

Mi madre le tomó las manos entre las suyas.

—No dejaremos que os pase nada, ni a Delia ni a ti. Además, ya no eres aquel niñito asustado. Eres un joven fuerte y guapo capaz de hacerle frente a quien sea.

Carter la miró como si pensara que era un ángel. A pesar del veneno que había ingerido, parecía lúcido y me había resultado convincente. Por desgracia, sospechaba que nadie podría confirmar su historia. Por lo que había dicho, Delia ignoraba lo que había ocurrido aquella noche.

Todos dimos un respingo cuando llamaron a la puerta con decisión. Trixie salió disparada, ladrando como si fuera su casa.

Abrí con cuidado y respiré aliviada al ver que se trataba de Stu y Tommy. Detrás de ellos, en la calle, esperaba el carrito de golf convertido en ambulancia.

Cogí a Trixie y la retuve mientras se ocupaban de Carter.

—Mamá —murmuré—, necesitamos la llave de la puerta para cerrar la casa.

—¡Claro! Menos mal que te has acordado.

Se acercó a la ambulancia, habló con Carter y regresó con la llave que este le había dado.

Cerré la puerta cuando se lo llevaron en el carrito.

—Pobre Carter. Debió de tener una infancia muy triste.

Mi madre le echó un ojo a la sala de estar y ahuecó varios cojines para ordenarla un poco. Llevé a la cocina el agua y el trapo mojado. Pensaba que la cocina de la casa *hobbit* no tenía comparación, pero estaba claro que aquella la había diseñado alguien que cocinaba. Las paredes estaban cubiertas de armarios con puertas de cristal divididas con parteluz. La del fondo era de vidrio, con vistas al bosque. La cocina, blanca en su mayoría, pero con toques de pino que llevaban la naturaleza al interior, era lo bastante grande para acoger reuniones familiares alrededor del hogar y lo bastante íntima para tomarse un café a solas. En ese momento, supe que mi madre se la quedaría.

—¿Holly? ¿Holly? —me llamó.

Salí de la cocina.

—Es perfecta. Prácticamente todo está a mano en la planta baja y hay un dormitorio con cuarto de baño y salita de estar privada, que sería perfecto para tus abuelos. —De pronto le cambió la cara—. Pero Delia y Carter están en el hospital. Ni siquiera sé por cuánto se vende.

—Hay que devolver la llave. Quizá puedan ayudarte en la inmobiliaria.

Mi madre le echó otro vistazo a la casa mientras yo llamaba a Dave.

—Carter va de camino. ¿Se sabe algo de Delia?

—Que está descansando. Odio cuando me dicen eso. Supongo que es bueno, pero no ofrece mucha información.

—Sé que ya tienes suficiente trabajo, pero Carter nos ha contado una historia bastante convincente sobre lo que ocurrió la última vez que vio a Boomer. Lo primero que ha dicho es que Boomer ha envenenado las galletas.

Dave guardó silencio un momento.

—¿Ha dicho que ha visto a Boomer hace poco?

—No. —Aun así, no pude evitar pensar que pasaba algo raro—. Supongo que no creerás que es una coincidencia que el carrito de golf de Carter de pronto sufriera una avería.

—No lo he olvidado, pero, según el del taller, ese tipo de averías son habituales sin que haga falta que nadie manipule el carrito.

—Bueno, yo lo único que sé es que alguien se tomó la molestia de envenenar esas galletas y los bombones, y que ya ha conseguido matar a una persona.

GUÍA DE TRIXIE PARA RESOLVER ASESINATOS

Si nos comparamos con los humanos, una de las cosas que no debemos olvidar es que tenemos una perspectiva distinta del mundo, porque ellos caminan sobre las patas traseras. Además, siempre se les andan cayendo cosas. ¿Quiénes de vosotros no os habéis sentado como buenos chicos a la espera de que cayera al suelo un trozo de pizza o medio sándwich? (Voy a pasar por alto lo de robarle comida a los bebés. Eso está mal y lo sabéis. ¿De acuerdo?). Es habitual que a los asesinos se les caigan cosas, o que las derriben, porque suelen estar bastante nerviosos. No solo nuestros hocicos son capaces de llevarnos hasta lo que tiran o acaba rodando por el suelo, sino que, además, al estar más cerca de este, vemos cosas que a los humanos se les pasan por alto.

¿Recordáis el hueso que enterrasteis fuera para que nadie lo tocara? A veces, las personas entierran cosas que son importantes para ellas. ¿Cómo ayuda eso a resolver un asesinato? Nunca se sabe lo que a tus padres puede resultarles útil. Por no hablar de que, cuando les da tiempo, a los asesinos les gusta enterrar a sus víctimas. Mientras que los humanos pasan sin más junto al lugar donde hay una persona enterrada, nosotros sabemos que ahí debajo hay alguien.

Y no olvidéis pasearos por debajo de mesas y escritorios cuando andéis husmeando por ahí. Puede que os sorprenda lo que encontréis.

CAPÍTULO VEINTISIETE

Cuando mi madre hubo revisado la casa de arriba abajo, fuimos a la Inmobiliaria Riddle. Las aceras estaban atestadas de gente y tuve que volver a coger a Trixie. Mi madre entró enseguida, pero yo me entretuve en la puerta contemplando aquel ir y venir. Una de aquellas personas había intentado matar a Delia, a su hijo, Carter, y a mí. No comprendía qué ganaba Boomer eliminándonos a Delia o a mí, pero mientras observaba el trajín entre los puestos del Christkindlmarket, no pude evitar pensar que Boomer lo tendría muy fácil para pasar desapercibido entre tanta gente. Nadie repararía en él.

Finalmente, entré en las oficinas de la inmobiliaria y dejé en el suelo a Trixie, que se sacudió una vez, como si le hubiera pasado una mano a contrapelo.

—La casa entra dentro de mi presupuesto —me susurró mi madre—. Voy a ver si puedo dejar una señal para que me la reserven hasta que Delia o Carter vuelvan y podamos firmar el contrato.

La ayudante musitaba para sí misma cuando reapareció.

—Menudo lío. Si quiere adelantar trabajo, puede dejarme ya rellenados algunos impresos.

Se dirigió a un archivador, aunque por su expresión no parecía demasiado segura de qué formularios se necesitaban.

—Les he enviado fotos de la casa a tus abuelos y les encanta. Cariño, parece que voy a tardar un poco —dijo mi madre—. ¿Por qué no aprovechas el paseo y ya nos vemos luego en el hostal?

No me entusiasmaba la idea de estar allí sentada mientras ellas dos iban pasándose papeles, así que Trixie y yo nos fuimos.

El sol resplandecía en un precioso cielo azul y hacía una pizca de frío: el tiempo ideal para ir de compras navideñas, comer castañas asadas, que olí mientras deambulábamos por allí, y disfrutar del espíritu de las fiestas. Me resultaba curioso pensar que quizá ninguna de las personas con las que me cruzaba tenía la menor idea de lo que había ocurrido allí poco antes. Trixie entró como una flecha en su tienda preferida, aunque no por lo que vendían, sino porque sabía que recibiría un regalito. Al final salimos ganando las dos. La dueña se lanzó sobre mí.

—Holmes se ha pasado por aquí y ha estado mirando esa chaqueta. Le pega mucho, ¿no?

Era cierto. El verde intenso le quedaría genial y tenía pinta de que le daría bastante uso.

—Me la llevo.

—Te la envuelvo aquí, que no la vea sin querer —dijo.

Pagué, contenta de saber que le gustaría.

Mientras Trixie recibía su detallito, encontré unos cuantos regalos más y volví a la caja.

En nuestra siguiente parada, la librería Tall Tails, escogí varias novelas de misterio para Oma. Me topé con Holmes cuando me iba.

—¡Te he estado buscando por todas partes! —Me miró sonriente—. ¿Te apetece un *bratwurst*?

¡Madre mía! Olían que alimentaban, pero ¿estaba dispuesta a arriesgarme? Quizá lo mejor era esperar.

—Creo que esta vez no, pero no me importa hacerte compañía.

Busqué una mesa y me senté, agradecida de hacer una pausa. Holmes volvió con sidra de manzana caliente para los dos, un *bratwurst* con mostaza para él y una salchichita especial para perros para Trixie.

—Me he enterado de lo de Delia y Carter. ¿Qué está pasando? —preguntó Holmes.

—Ojalá lo supiera. —Le conté lo de la caja de galletas envenenadas que llevaban el nombre de mi madre, como si se las hubiera regalado ella—. Venían en una caja de Pawsome Cookies, pero Bonnie dice que hace meses que no usa ese tipo de envoltorios.

Holmes dejó de comer y me miró fijamente.

—Carter ha comido las galletas, Carter perdió el control de un carrito de golf y Carter debía estar en la casa de los Alcorn cuando a mí me golpearon en la cabeza.

—Ya no me acordaba de eso.

—Gracias por olvidar mi conmoción cerebral —bromeó.

Le hice una mueca.

—Dave dice que lo del carrito de golf podría deberse a una avería, pero si a eso le añadimos la posibilidad de que el golpe que recibiste en la cabeza estuviera destinado a Carter y no a ti, entonces es que Carter está en el meollo del asunto.

—Pero ¿por qué? ¿Qué ha hecho?

Le conté lo que sabía.

—Creía que el hombre del árbol tenía que ser Penn, Boomer o Jay Alcorn, pero he visto a Penn y sé que está vivo. Así que quedan

Boomer y Jay, pero Carter cree que Boomer es el responsable de los envenenamientos. Si tiene razón, entonces lo más probable es que el hombre del árbol sea Jay Alcorn.

—No tenemos ninguna pista sobre la persona que me agredió —dijo Holmes—, ni sobre el carrito de golf, así que centrémonos en las galletas. Aquí todos conocen Pawsome Cookies, cualquiera podría tener una caja vacía.

—Estoy de acuerdo, pero tendría que ser alguien al que se le dé bien la repostería y sepa cómo envenenar unas galletas y unos bombones —señalé.

—Y que también sepa dónde vive Delia.

—Bien visto. Eso seguramente reduce los sospechosos a la gente del pueblo.

—Y a Boomer, si está vivo —dijo Holmes.

—Estaba tan segura de que la persona del árbol era Boomer... Había muchas personas que le tenían ojeriza. O, como mínimo, motivos para estar enfadadas con él.

—Bueno, y ahora, ¿qué? —preguntó Holmes.

—Había pensado en acercarme un momento a Snowball. ¿Conoces al marido de Althea Alcorn?

Sonrió de oreja a oreja.

—Yo conduzco.

Estuvo listo en cuanto volvió de tirar la basura; sin embargo, primero lo llevé a la caseta de Pawsome Cookies, que estaba desierta.

—¿Me pones una de esas cajas de galletas de jengibre con motivos de paisajes nevados, por favor? —Mientras pagaba, pregunté—: ¿Qué ocurre? Siempre hay cola delante de la tienda.

El joven suspiró.

—Por ahí se dice la tontería esa de que nuestras galletas sientan mal. Es mentira, claro, pero ¿cómo se para un rumor?

—Lo siento mucho. Puede que los turistas no se enteren.

Los tres nos encaminamos al coche de Holmes.

—Esto está convirtiéndose en una pesadilla para Wagtail. ¿Qué te juegas a que Oma me llama de aquí a nada para decir que hay que hacer algo antes de que esto empeore?

—Cuatro personas envenenadas, una de ellas muerta. No sé cómo podría empeorar —dijo Holmes.

Una hora después, cogí en brazos a Trixie y nos dirigimos al edificio principal del complejo residencial para jubilados de Snowball.

—¡Hola! —saludé en tono alegre—. Hemos venido a ver al señor Alcorn.

La recepcionista asintió con cortesía.

—Le alegrará tener compañía. Vuelvan por el mismo camino, tuerzan a la derecha y después tomen el primer desvío a la derecha. Está en la número 2004.

Le dimos las gracias, regresamos al coche y seguimos sus indicaciones.

—Una comunidad muy interesante —observó Holmes—. No está nada mal.

—¿Las casas se agrupan de cuatro en cuatro? —pregunté.

—Eso parece. Solo se tocan las esquinas posteriores, como un trébol.

—Creo que se han confundido de señor Alcorn. Se supone que tiene alzhéimer, por lo que no sé yo si podría vivir solo. Aunque Carter dijo que a él le pareció que no le pasaba nada.

—Ahí está el 2004. Enseguida saldremos de dudas.

Holmes acercó el coche a la acera y aparcó.

Caminamos unos tres metros hasta la casa y llegamos frente al buzón, encajado junto a la puerta, en el que se leía el nombre de Tony Alcorn. Holmes llamó.

Acudió a abrir un anciano de aspecto frágil que caminaba muy encorvado.

—Hola, Joe.

¿Joe? Se me cayó el alma a los pies. Era evidente que estaba desorientado.

—Señor Alcorn, soy Holmes Richardson. ¿Se acuerda de mí?

El anciano no dijo nada, solo lo miró. Su expresión se animó al reconocerlo.

—¡Adelante, joven!

Entramos en una sala de estar pulcra y ordenada, con un televisor muy grande. Un puzle complejo ocupaba casi toda la mesita de café. Aunque la estancia era un poco pequeña, estaba limpia y recogida y, a primera vista, no daba la impresión de que hubiera un cuidador.

Cuando me volví, el hombre se había alejado unos pasos de la puerta, sin prisa, y estaba echando un vistazo a la calle, como si buscara algo.

Finalmente, se reunió con nosotros y cerró la puerta.

—¿No han traído a Althea?

—No.

Holmes me miró con extrañeza.

Tony Alcorn enderezó la espalda y una amplia sonrisa iluminó su cara. Le estrechó la mano a Holmes y lo abrazó dándole unas palmadas en la espalda.

—Estás hecho todo un hombretón. ¿Es tu mujer, Holmes?

—Aún no —contestó Holmes—. Es Holly Miller, la nieta de Liesel. Ahora es copropietaria del hostal. Y la pequeñina que quiere que le haga caso es Trixie.

Me estrechó la mano y le dio unas palmaditas a Trixie.

—Me alegro mucho de veros. Tengo en muy alta estima a Liesel, ¿qué tal está?

—Muy bien, gracias. Le hemos traído unas galletas de jengibre.

Le tendí la caja.

—De Pawsome Cookies. Están buenísimas. ¡Gracias! —Las dejó en la mesita de café—. Por favor, sentaos.

Trixie nos hizo reír a todos al sentarse de inmediato.

—¿A qué debo esta encantadora visita? Estoy seguro de que no habéis venido hasta aquí a ver a un viejo como yo.

—En realidad, sí —dije—. Supongo que sabrá lo del hombre del árbol.

—¿Quién no? No se habla de otra cosa —contestó—. Ese Orly tenía tan malas pulgas como Althea. Lástima que no se casaran y se destruyeran el uno al otro.

Miré a Holmes pensando que quizá el hombre se sentiría más cómodo si le hacía él las preguntas.

—Alguien ha intentado envenenar a Holly además de a Delia Riddle y a su hijo, Carter. Ha muerto una mujer.

Tony abrió los ojos como platos. Aquel hombre no tenía alzhéimer, entendía todo lo que le decíamos.

—Creemos que lo del veneno está relacionado con el hombre del árbol —prosiguió Holmes—. Nos han dicho que su hijo, Jay, desapareció.

Tony miró primero a Holmes y luego a mí.

—No desapareció, ¡huyó!, que no es lo mismo. En realidad, yo también hui.

—¿De qué? —pregunté.

—De Althea. La bruja mala de Wagtail. —Esbozó una sonrisa y se rio con socarronería de la ocurrencia—. Kent es el único que la soporta y solo porque quiere heredar su dinero.

—¿Está diciendo que Jay está vivo? —preguntó Holmes.

—Eso espero. Yo sigo aquí, ¿no?

—¿Sabe dónde se encuentra? —pregunté.

Tony inspiró hondo.

—Althea era muy dura con él. Jay era un chico listo. —Tony señaló a Holmes—. Como tú. Lo bastante listo para valerse por sí solo.

—¿Estaba presente la noche que se marchó? —insistí.

—Sí. Tanta tontería por una chica. ¿Y qué que se tratara de la hija de Orly? Althea tenía un corazón de piedra. Se creía mejor que los demás. Y no soportaba perder. —Se recostó en su asiento—. ¿Sabéis lo más triste? Que perdió a su hijo, pero para ella fue una victoria. Después de que lo echara, Jay volvió. Dijo que ya no se veía con la hija de Orly, pero Althea no se echó atrás. Le dijo cosas que jamás creí que una madre pudiera decirle a un hijo. «Para mí es como si no existieras». Esa noche fue la gota que colmó el vaso. Hice las maletas para no volver jamás. Me mudé a Oklahoma y disfruté de la vida, pero cuando me hice mayor y me jubilé, eché de menos las montañas y volví aquí.

Oklahoma. Quizá eso podría conducirnos hasta Jay.

—¿Se divorció de Althea? —quiso saber Holmes.

—No, nunca me tomé la molestia. Mientras no aparezca por aquí, todo bien.

—Entonces no está enfermo —dije.

Tenía la impresión de que Tony había sido transparente respecto a todo salvo su hijo Jay. Me habría apostado lo que fuera a que conocía su paradero a la perfección. ¿Qué clase de padre sería si llevara años sin saber de él y simplemente supusiera que estaba bien?

—¿De alzhéimer? ¿Es lo que habéis oído? Ahora no vayáis por ahí diciéndole a la gente que tengo la cabeza en su sitio. Creer que ya no rijo es lo único que evita que Althea me haga la vida imposible.

El comentario hizo reír a Holmes.

—No desvelaremos su secreto.

—¿Le importa que use el baño? —pregunté.

Trixie me siguió cuando pasé por delante del aseo y me adentré en el dormitorio principal. Oía a Holmes hablando del curioso diseño arquitectónico de las casas e interesándose sobre el ruido y los vecinos.

Un buró de persiana abierto llamó mi atención. No me atreví a mirar en los cajones por miedo a que chirriaran, pero eché un vistazo por encima.

De pronto, oí una especie de raspado y me pregunté si Tony tendría gato. Procedía de debajo del escritorio. Me agaché y, para mi absoluta consternación, vi que Trixie estaba levantada sobre las patas traseras rascando la parte inferior del escritorio.

—¡Para! —siseé—. Estropearás el mueble.

Agachó las orejas cuando la regañé, pero volvió a la carga. ¡La muy canalla!

Me puse de rodillas esperando que a Tony no le diera por buscarme justo en ese momento. Alargué la mano para agarrarla, pero algo me rozó el pelo.

—¡Qué asco, qué asco, qué asco!

¿Una araña? ¿Una telaraña? Me pasé la mano por la cabeza varias veces.

CAPÍTULO VEINTIOCHO

Al girarme para ver de qué se trataba, vi que había una dirección pegada debajo del escritorio. Trixie había desprendido una esquina, que estaba colgando. Ladeé la cabeza para leerla.

4702 Black Dog Lane
Austin, Texas 78753

Le hice una foto a toda prisa, volví a pegarla bien en su sitio y regresé de inmediato a la sala de estar con Trixie pisándome los talones.

—Una casa muy bonita —dije.

—No es nada del otro mundo, pero más que de sobra para mí. Cuanto más pequeña, menos hay que limpiar.

—Debió de ser duro para usted tener que dejar Wagtail. Vi la casa el otro día y es impresionante —dije.

—Era de los padres de Althea, no tengo ningún derecho sobre ella. Le toca a ella por ley. Ojalá pudiera decir que guardo buenos recuerdos de mi vida allí, pero Althea nos amargó la existencia a todos. Espero que la familia que la compre le devuelva la alegría al lugar.

—Tengo una última pregunta, si no le importa. —Le sonreí.

—¿Sí, señora?

—¿Hay alguien más que pudiera haber reñido con Jay?

—¿Con Jay? No. Todo el mundo quería a Jay. ¿Verdad, Holmes? Los que se odiaban eran Orly y Althea, aunque él murió y ella sigue viva, así que supongo que al final ganó ella.

Holmes y yo le dimos las gracias por la información y el tiempo que nos había dedicado. Volvimos a subir al coche.

—Estamos cerca del hospital —apuntó Holmes.

—¡Delia y Carter! Ay, pero no les he traído nada.

—Acaban de envenenarlos, no creo que estén deseando que alguien les lleve una caja de bombones.

—Igual vamos en otro momento. No creo que permitan entrar a Trixie en el hospital y es mejor no dejar a un perro solo dentro de un vehículo.

—No hace tanto calor, ¿por qué no? —Le echó un vistazo a Trixie—. Bueno, aunque seguro que aprende a conducir y se larga con el coche.

Me reí imaginándola.

—Por lo visto, hay gente que se lleva a los perros; rompe las ventanillas y ya está.

—¡Hay que estar mal de la cabeza! —exclamó Holmes—. Yo espero en el coche con Trixie mientras tú subes un momento a ver cómo están Delia y Carter. ¿Qué te parece? De todas maneras, es probable que no les apetezca tener muchas visitas.

—Me parece bien. Gracias por acompañarme, Holmes. Creo que ha ayudado mucho que estuvieras aquí. Le caes bien al señor Alcorn.

—Y él a mí. Es una pena que se casara con Althea, merecía algo mejor —dijo Holmes—. Aunque siento que no tuviera información útil.

—No creas, Trixie encontró una dirección de Austin, en Texas.

—¿De Jay?

—No estoy segura. Estaba pegada debajo del escritorio, lo que me hace pensar que podría ser de su hijo.

Holmes me miró un momento.

—Eso espero, aunque también podría ser de su «amiguita».

—¡Eso sí que tendría gracia! Aunque tampoco me sorprendería. Parece un hombre muy agradable.

Holmes detuvo el coche delante de la entrada del hospital. Bajé sin perder tiempo y me dirigí derecha al mostrador de recepción, donde me enviaron a la primera planta. Delia y Carter estaban en habitaciones contiguas, en cuidados intensivos. Me quedé impactada al verlos conectados a respiradores. Parecían dormidos. No quería despertarlos, pero detuve a una enfermera.

—¿Para qué son los respiradores?

—El mayor peligro del gelsemio es que tiene un efecto depresivo sobre la respiración. La máquina les echa una mano. ¿Quiere que les diga que tuvieron visita?

—Se lo agradecería mucho, gracias. Holly Miller.

Me pregunté si los habrían sedado o si estaban así por culpa del veneno, mientras una vocecita no dejaba de repetir en mi cabeza «Podría haber sido yo».

Regresé al coche bastante abatida, pero la emoción de Trixie al verme llegar me animó de inmediato.

—Ha estado preocupada todo el rato —dijo Holmes—. Le he prometido que volverías, pero me parece que no me ha creído.

Ya había oscurecido y, mientras salíamos de Snowball, fuimos admirando las luces navideñas de camino a Wagtail.

—Debes de estar famélica —observó Holmes de pronto.

—Tengo un poco de hambre.

—Podríamos comprar algo para llevar. Salvo que el envenenador trabaje en ese restaurante en concreto, no debería haber peligro.

Mi teléfono vibró. Miré los mensajes.

—Debe de ser la hora de la cena. Oma dice que Cook me ha dejado unos platos sellados que solo hay que calentar.

—¿Sellados? ¿Cómo? —preguntó Holmes.

—Supongo que ahora lo veremos.

Nos topamos con mi madre, Oma y Gingersnap en el mostrador de recepción. En realidad, estaban esperándonos y nos recibieron con el mismo entusiasmo que Trixie poco antes.

—Vaya, hola —dije—. ¿Qué ocurre?

—Estábamos preocupadas por ti. Holmes, acompáñame a las cocinas. Cook ha dejado allí comida segura para Holly. Así se la llevas a la privada.

—Esto es ridículo —protesté.

Mi madre me paso un brazo por los hombros y me acercó a ella, de lado.

—Hay que averiguar quién te la tiene jurada.

Ya en la cocina de la familia, mi madre lavó la tetera cuatro veces.

—Creo que es suficiente.

—Igual sí. ¿Cómo crees que acabaron los bombones en manos de Jean? —preguntó.

—Alguien debió de traerlos al hostal y quizá Jean los vio y les echó el guante. La caja es monísima y tentadora.

—Hay un montón de tiendas en el pueblo que venden cosas por el estilo. Son ideales para rellenar calcetines. Había pensado comprar para los nuestros, pero ahora ni hablar —Se estremeció.

La puerta se abrió de par en par y Holmes entró empujando un carrito, seguido por Oma.

—La cena está servida —bromeó.

—Seguro que habrá que calentar algún plato —dijo mi madre.

Empecé a levantar tapas.

—Esta maravilla de ensalada no.

Unas hojas verdes oscuras formaban la base de una compota de arándanos rojos acompañada de gajos de naranja, nueces pecanas y anillos de chalota cruda.

Oma agitó una vinagrera de cristal para mezclar el aderezo.

—Madre mía —dije—, hay pollo y *dumplings* para todos y aún sobrará.

Holmes levantó otra tapa. Manzanas partidas por la mitad sobre una pasta brisa del tamaño de una tarta y cubiertas por un caramelo reluciente.

—Oh, tarta Tatin de manzana con nata montada —dijo Oma.

—Y, por último, pero no por ello menos importante... —Holmes alzó las tapas de tres platitos—. Parece pollo para Trixie, Gingersnap y Twinkletoes.

Pusimos la mesa en un periquete y nos sentamos a comer la ensalada, pero nos detuvimos con los tenedores en la mano, con los ojos clavados en el colorido plato. La habitación quedó en silencio. Nos miramos.

—Por amor de Dios. —Oma pinchó una hoja de lechuga y se la metió en la boca—. Está buenísima.

—Trixie y Twinkletoes no tienen tantos remilgos como nosotros —observó mi madre—. No van a dejar ni las migas.

Me decidí y probé un bocado. Oma tenía razón, Cook había preparado una ensalada deliciosa.

Poco después, mi madre llevaba el pollo y los *dumplings* a la mesa, pero esa vez nadie vaciló antes de hincarles el diente.

Estábamos ya con la tarta Tatin cuando Oma preguntó si teníamos alguna pista sobre la persona que había envenenado a Jean, Delia, Carter y la mujer del puesto de la WAG.

—He estado dándole vueltas —dijo mi madre—, y creo que tiene que ser alguien que entiende de repostería. Vi las dos galletas que quedaban y no las había hecho un aficionado. Se me ocurre que podría tratarse de alguien que haya participado en el concurso de las casas de jengibre, como por ejemplo la ganadora, Kathleen Connor.

—¿Kathleen? —pregunté, sorprendida.

—Está claro que se le da bien. Se aloja en una casa alquilada, donde puede cocinar sin que la vean los extraños. Pensadlo bien. ¿Cómo te sentirías si la noche anterior a tu boda descubrieras que tu prometido está liado con otra persona?

—Tienes razón —dijo Oma—. Podría empujar a alguien a hacer una locura.

—Pero ¿qué sentido tendría que volvieran? —preguntó Holmes—. Si yo hubiera cometido un asesinato y nadie lo supiera, no volvería nunca a ese lugar. Jamás.

—Además, ¿de dónde habría sacado la caja de Pawsome Cookies? —pregunté—. ¿Y Orly? ¿Cómo hubiera convencido a Orly para que escondiera el cadáver?

—Pagándole, quizá —aventuró Oma.

—Pero ¿eso no implicaría cierta planificación? —preguntó Holmes—. A ver, que yo nunca he matado a nadie, pero ¿deshacerse del cadáver no suele ser un problema? Para que unos extraños obtuvieran la ayuda de Orly, o de quien fuera, ¿no habrían tenido que planear el asesinato de antemano? No puedes cargarte a alguien y luego tomarte unos días para pensar cómo deshacerte del cuerpo. Y no es que alguien de fuera pueda ir por ahí preguntando quién podría enterrar un cadáver a cambio de dinero.

Holmes tenía toda la razón.

Trixie me puso una pata en el muslo.

—¿Te ha gustado la cena? Ojalá pudieras repetir, ¿verdad?

Le rasqué por detrás de las orejas y pensé en lo afortunada que era de estar en casa con las personas que quería. Con qué facilidad podría haber sido yo quien en esos momentos estuviera en la morgue o en el hospital.

—¡Pepper! —exclamé poniéndome en pie de un respingo.

Oma, mi madre y Holmes me miraron como si me hubiera vuelto loca.

—¡La perra de Delia, Pepper! ¿Alguien le ha dado de comer? ¡No puede quedarse fuera toda la noche con este frío!

—Id vosotros a buscarla —dijo Oma—. Ya recojo yo esto.

Le di un beso y las gracias. Mi madre, Holmes, Trixie y yo nos abrigamos bien y nos dirigimos a toda prisa a los carritos de golf, armados con linternas. Unos minutos después, nos detuvimos frente a la casa de Delia.

Cuando Holmes paró el motor, todo quedó a oscuras. Solo la luz de la luna revelaba las siluetas de la casa y los árboles.

Sin poder evitarlo, recordé la historia de Carter y lo imaginé corriendo por el bosque, alumbrado solo por la luz de la luna. Me estremecí. Tuvo que ser aterrador para un niño. Bajé del carrito de golf pensando que la moto de Boomer debió de estar aparcada más o menos donde yo me encontraba en esos momentos.

Trixie corrió por todas partes olisqueando el suelo, subió la escalera como una exhalación y tocó la puerta con una pata. ¿Dónde estaba Pepper? Si la hubieran dejado fuera, ya habría venido a saludarnos.

Trixie gimoteó frente a la puerta cuando llegamos junto a ella. Probé a ver si estaba abierta. La habían cerrado con llave, pero creí oír un par de ladridos tímidos en el interior de la casa.

—¡Pobrecita! —dijo mi madre—. Lleva todo el día encerrada ahí dentro. Debe de estar a punto de explotar.

Holmes pasó los dedos por el marco de la puerta.

—No, no hay nada.

—Carter debe de tener llave, pero también está en el hospital —deduje consternada.

—Puede que Mira, la hermana de Delia, también tenga una —aventuró mi madre.

Habíamos dado media vuelta para irnos cuando Holmes dijo:

—Un momento.

Examinó el número de la casa, junto al marco de la puerta. Los dígitos estaban encajados en cuatro rectángulos de pizarra flanqueados arriba y abajo por unos listones de madera. Apretó el último número con suavidad y lo deslizó hacia fuera. Una llave quedó a la vista.

—No se me habría ocurrido nunca —dije—; la primera vez que lo veo.

Holmes la introdujo en la cerradura y pudimos entrar. Pero no vimos rastro de Pepper.

Trixie olisqueó el suelo y nos llevó hasta una habitación cerrada. Cuando Holmes la abrió, Pepper salió disparada y se dirigió a la puerta de entrada como una flecha. La seguí y se la abrí. Dejó la casa y se fue derecha al jardín. Antes de volver al interior, estuvo correteando un rato con Trixie olisqueando el camino de entrada.

Mientras tanto, Holmes había encendido las luces de fuera y una lámpara en la sala de estar.

—Qué raro. ¿Creéis que Delia encierra a Pepper en el baño todos los días?

—La Delia que yo conozco no —aseguró mi madre—, pero ya no sé si la Delia que yo conozco es la verdadera Delia.

—¿La dejamos aquí o nos la llevamos? —preguntó Holmes.

—Hay que llevársela —dije—. Habrá que sacarla por la mañana. No pasa nada, puede quedarse con Trixie y conmigo.

—Deberíamos mirar qué come, ¿no? —dijo mi madre—. No vaya a ser que le siente mal lo que le demos.

La seguí a la cocina, donde estuvo abriendo y cerrando armarios.

—Mmm... ¿Dónde guardará la comida de la perra?

—Puede que se la prepare ella.

Abrió el cubo de la basura.

—Creo que no.

GUÍA DE TRIXIE PARA RESOLVER ASESINATOS

Adiestrar humanos exige mucha paciencia. En realidad, es lo más difícil de todo. Por muchas víctimas de asesinato que los perretes encontremos, si vuestros padres no entienden lo que les decís, la cosa es muy frustrante.

Recomiendo correr hacia la víctima. Si lanzáis un gañido, es probable que vuestros humanos os sigan. Por duro que sea, tendréis que ignorar sus súplicas para que volváis a su lado. Se enfadarán con vosotros e incluso puede que pronuncien ese temido «perro malo». Ahí es donde tenéis que aguantar. Cuando hayáis llegado junto a la víctima, corred en círculos a su alrededor. Por experiencia, los aullidos tristones son los que mejor funcionan para explicarle a mi madre que se ha cometido un asesinato. ¡Entonad el canto de vuestros antepasados perrunos! Insistid hasta que vuestros padres vean a la víctima. Puede que tengáis que escarbar como posesos para dejarla al descubierto. No paréis hasta que comprendan lo que ocurre.

No obstante, es posible que pasen por alto varias víctimas antes de que relacionen tu canto con un asesinato. Cuando por fin caigan en la cuenta, procurad recompensarlos con meneos de cola y besos. Es la única manera de que aprendan.

CAPÍTULO VEINTINUEVE

—¿Has encontrado una lata vacía? —pregunté.

—Y algo más —contestó mi madre.

Me asomé al cubo de basura y vi un envase de comida para perros junto a varias galletas rotas exactamente iguales que las envenenadas que habían ingerido Delia y Carter. Un poco más hacia el fondo, unos bombones redondos y en perfecto estado se mezclaban con la basura.

Trixie olisqueó alrededor del cubo.

—¡No, Trixie! —la ahuyenté.

Mi madre se tapó los ojos con las manos.

—No puedo creerlo. ¡Delia no!

—¡Oye, Holly! —me llamó Holmes—. Parece que Trixie ha encontrado un rastro.

—¡Vale —contesté—, pero no le dejes comer nada, y tampoco a Pepper! —Estudié el contenido del cubo de la basura y lo cerré—. ¿Qué insinúas, mamá? Algunas galletas se rompieron y las tiró.

Mi madre cogió dos papeles de cocina y los utilizó para abrir la nevera. La cerró y, una vez más, hizo lo mismo con los armarios.

—No entiendo nada, ¿qué buscas?

—Un molde para bombones. Ajá. —Lo señaló.

Era tan discreto que a mí se me habría pasado por alto; un chisme de plástico con una docena de concavidades colocado de pie, como si estuviera archivado.

—¿Y? —pregunté.

—¿No lo entiendes, Holly? Delia hizo las galletas y los bombones.

El grito de exclamación de Holmes atrajo nuestra atención y atravesamos el pasillo a toda velocidad hasta llegar al dormitorio. Trixie estaba levantada sobre las patas traseras, con las delanteras apoyadas en el borde de la cama, y meneaba la cola. Sobre el colchón, alguien había dejado media docena de coloridas cajas de bombones, idénticas a la que contenía los bombones envenenados que habían matado a Jean.

—Pero esto no tiene ningún sentido —dije en un susurro—. ¿Por qué iba Delia a envenenarse a sí misma y a Carter?

—No era su intención —contestó mi madre con cierta sequedad.

—¿Crees que hizo dos tandas y que comió las equivocadas? —preguntó Holmes.

—No lo entiendo, esto no le pega nada a la Delia que yo conozco —insistió mi madre torciendo el gesto.

No perdí ni un segundo en marcar el número del agente Dave. Cuando contestó, dije:

—Creo que podríamos haber encontrado algo en casa de Delia.

A pesar del frío glacial que hacía, los tres convinimos que era mejor esperar fuera a que llegara Dave. Ya habíamos contaminado la casa con nuestras huellas dactilares.

—No podré volver aquí nunca más sin imaginar al pobre Carter quitándole la cámara a ese indeseable de Boomer y echando a correr para huir de él —dijo mi madre cuando salimos al porche.

—¿A dónde fue? —preguntó Holmes.

—Al acantilado.

Me ceñí la bufanda para resguardarme del frío.

—Entonces fue por ahí —dijo Holmes señalando en aquella dirección.

—Carter dijo que él no paraba de gritar y que Boomer le disparó. ¿Y Delia no oyó nada de nada? —pregunté.

—Hay que adentrarse bastante en el bosque para llegar hasta el acantilado —observó Holmes—, pero un disparo se oye seguro.

—¿Valdría la pena acercarse un momento? —preguntó mi madre.

—Creo que no hay ningún camino. Sería más fácil a la luz del día. Lo que no entiendo es por qué Carter nunca dijo nada. Nos seguía a Barry y a mí a todas partes. Lo normal habría sido que nos hubiera contado lo de Boomer y su madre.

—Los niños se guardan muchas cosas, sobre todo recuerdos dolorosos —dijo mi madre—. Si la historia de Carter es cierta, entonces, ¿por qué iba Delia a envenenar las galletas? ¿Y por qué intentó matar a Holly?

Mi madre me rodeó con un brazo.

Observé a Pepper mientras jugaba con Trixie. La perrita estaba muy bien educada. ¿Qué sentido tenía que Delia la encerrara en el cuarto de baño? Solo me imaginaba haciendo algo así si el perro no hiciera caso y molestara, pero Pepper no había dado señales de comportarse de esa manera cuando cenamos en casa de Delia.

—Quizá no lo hizo.

Holmes y mi madre me miraron intrigados.

—¿No lo veis? Todo es demasiado obvio. Esas cosas estaban ahí para que las encontráramos. Alguien pretende cargarle el muerto.

—Por eso Pepper estaba en el baño. —Holmes chascó los dedos—. O se había puesto muy pesada porque había alguien más en la casa o esa persona no quería que Pepper ingiriera el veneno.

—¡Un asesino amante de los perros! —saltó mi madre.

Nos alegramos de ver los faros del carrito de golf de Dave. Le explicamos la situación, contentos de entrar de nuevo y dejar el frío fuera. Dave examinó con detenimiento el contenido del cubo de basura.

—Qué detalle por su parte que utilizara una bolsa de basura, así será mucho más fácil llevarse las pruebas. —Le echó un vistazo a la nevera—. Y, *voilà,* ahí está nuestro veneno.

Los tres asomamos la cabeza por detrás de él.

—No lo toquéis —dijo Dave.

—Lo he visto antes, pero se parece tanto al aliño de la ensalada de hace un rato que di por sentado que se trataba de lo mismo —reconoció mi madre.

Dave cerró la puerta de la nevera y nos observó con atención.

—¿Alguno está mareado o le cuesta respirar?

—La cena la preparó el cocinero del hostal —le aclaré—. Estoy segura de que no estaba envenenada.

Le enseñamos el dormitorio lleno de cajas de bombones, pero Dave no pareció darle mucha importancia.

—Seguramente ahora mismo hay un montón de dormitorios de invitados iguales que este. La gente acostumbra a dejar los regalos sobre las camas.

—¿Ves más regalos aparte de esas cajas? —pregunté—. Esta no es la habitación donde Delia los envuelve. Esto es una trampa.

Mi madre parecía más animada.

—¡Claro! En serio, ¿tirarías a la basura unos bombones a los que no les pasa nada para vaciar las cajas? ¡No! Te quedarías los buenos para ti o se los ofrecerías a tu familia.

Dave inspiró hondo.

—Ojalá Pepper pudiera contarme lo que ha ocurrido. Vosotros tres volved a casa. Yo reuniré todas las pruebas que pueda y las llevaré a Snowball para que las analicen. Dejaré a alguien vigilando toda la noche.

Nos costó un poco convencer a Pepper para que se viniera con nosotros, pero finalmente subió al asiento delantero con su amiga Trixie.

Cuando llegamos al hostal, encontramos a Oma junto al fuego de la cocina privada, con los pies en alto. Twinkletoes se había ovillado en su regazo y Gingersnap estaba estirada a su lado.

Twinkletoes miró a Pepper con curiosidad, pero no pareció molestarle demasiado su presencia. Dimos de comer a Pepper y pusimos a Oma al corriente sobre las galletas, los bombones y el veneno en casa de Delia.

También serví algo para picar a Trixie y Gingersnap a modo de recena. No quería que sintieran celos de Pepper.

Luego, con la sensación de haber defendido el honor de Delia, lo celebramos con un chocolate caliente aderezado con un chorrito de Bailey's de una botella que aún no habíamos abierto y nata montada por encima, y dimos cuenta de los últimos trozos de tarta Tatin. Para que no se sintieran excluidos, los perros tomaron un postre a base de besos de hamburguesa, bolitas de carne que recordaban lejanamente a sus primos los bombones.

En lo primero que pensé nada más despertarme temprano a la mañana siguiente fue en el veneno, aunque el trabajo no tardó en imponerse. Ese día muchos huéspedes dejarían el hostal y volverían a casa. Después de ducharme, me puse unos pantalones grises y un jersey de color burdeos. Sabía por experiencia que las puertas automáticas del vestíbulo estarían abriéndose todo el rato y que dejarían entrar el frío. Escogí un collar de perlas cultivadas en agua dulce que se distribuían con cierta separación a lo largo de un hilo de plata. Los pendientes, también de perlas, le daban un toque profesional al conjunto, pero las zapatillas de deporte eran imprescindibles ya que me pasaría todo el día de pie o yendo de aquí para allá.

Trixie, Twinkletoes y Pepper se pasearon por mi vestidor husmeando todos los rincones. El collar a cuadros navideño de Pepper me recordó que Trixie y Twinkletoes no iban vestidas para las fiestas. El hombre atrapado en el árbol, la desaparición de Kitty y los envenenamientos habían acaparado mi atención por completo. Busqué de inmediato el collar de terciopelo rojo de Twinkletoes, se lo puse y le cambié a Trixie el que llevaba por uno rojo en el que se leía «Pequeño ayudante de Santa Claus».

La puerta del cuarto de mi madre estaba abierta, así que asomé la cabeza para darle los buenos días, pero la cama estaba hecha y no vi señales de ella por ninguna parte.

Trixie, Twinkletoes y Pepper descendieron la escalera principal a la carrera por delante de mí. Cuando abrí la puerta de la calle, Trixie y Pepper salieron disparadas. Twinkletoes olisqueó el aire, dio media vuelta y se dirigió con paso majestuoso al comedor, cuyo olor sin duda resultaba más atractivo.

Sin abrigo y tiritando, acompañé a Trixie y a Pepper afuera, donde se pusieron a juguetear alegremente a pesar de la temperatura que hacía, ajenas por completo al frío. Estaba congelándome. Sintiéndome como el señor Scrooge, interrumpí la diversión y las hice entrar para ir a desayunar. Trixie le enseñó el camino a su invitada. Para cuando les di alcance, estaban recibiendo caricias y besos de mi madre, Oma, el señor Huckle y el agente Dave. El fuego ya ardía en la gran chimenea.

—Sí que ha madrugado hoy todo el mundo —dije.

Mi madre gruñó.

—No he pegado ojo. He estado dando vueltas toda la noche pensando en Delia y Carter. —Sacudió la cabeza—. Ella allí, en el hospital, ingresada por envenenamiento, mientras alguien pretende incriminarla.

—Ninguna madre permitiría que su hijo ingiriera veneno —dijo Oma—. Estoy segura de que no ha sido Delia.

El señor Huckle me acercó una silla.

—Gracias, señor Huckle.

—Disculpa que hoy no te haya llevado el té. Cook no me ha dejado. Ha dicho que «de mis manos a su estómago» y me ha echado de la cocina.

—Está siendo muy atento conmigo.

Shelley llegó con una taza de té humeante para mí. Debía de haber oído al señor Huckle porque susurró:

—No le digas que te he traído un té. Veo que tenemos una invitada esta mañana. ¿Es la perrita de Delia?

Asentí con la cabeza.

—Pepper se quedará con nosotros mientras Delia está hospitalizada.

—¿Qué te traigo de desayuno?

—Cualquier cosa caliente —dije—. ¿Gachas de avena?

—Perfecto. ¿Gachas para los perros también? No son dulces, claro. Vienen con una salsa de pollo y daditos de pechuga con huevos. ¿Salmón para Twinkletoes?

—Sí, por favor. Creo que les gustará.

El teléfono de Dave vibró. Se disculpó un momento para ir a atender la llamada, pero vimos su expresión y esperamos a que volviera.

—Algo me dice que hay novedades —adivinó Oma.

Mi madre cerró los ojos.

—Espero que Delia y Carter estén bien.

Dave regresó a la mesa.

—¿Qué hay de nuevo? —preguntó Oma.

Dave apuró su café y Shelley le sonrió cuando le rellenó la taza.

—Gracias, Shelley. Mientras dormíamos, los del laboratorio de la policía han analizado lo que les llevé de casa de Delia. El preparado que había en la nevera es raíz de gelsemio triturada y macerada en vodka.

—¿Vodka? —Shelley arrugó la nariz.

—Qué listo —dijo Oma—. El veneno pasa al líquido, que es más fácil de usar en la preparación de alimentos.

Dave prosiguió.

—Las galletas que había en la basura contenían veneno. A los bombones no les pasaba nada, no estaban envenenados.

—Lo sabía —dijo mi madre—, eso demuestra que no fue Delia. Se habría quedado los bombones que estaban bien.

—No sé qué decirte —repuso Dave—. Hay gente que tira dulces que están bien, pero creo que tenéis razón en lo de que alguien pretende incriminar a Delia.

Nos quedamos mirándolo en silencio hasta que Trixie le lanzó un gañido lastimero a Shelley.

—No digas nada más —le pidió Shelley—, ni una palabra. Voy a buscarles el desayuno.

Se fue a toda prisa y volvió al instante con una bandeja. Dejó los cuencos para las perras y Twinkletoes en el suelo y, a continuación, me puso delante unas gachas, además de una botellita de jarabe de arce, mantequilla y frambuesas frescas en su salsa.

—Vale, ya puedes seguir.

Me serví jarabe y frambuesas en mi cuenco de gachas y desayuné mientras escuchaba.

—Me costaba aceptar que Delia pudiera ser una asesina. La conozco de toda la vida. Igual que tú, Nell, sabía que protegería a Carter contra viento y marea. ¡Adora a su hijo! Era incapaz de imaginarla haciéndole daño, del tipo que fuera. No nos equivocábamos al sospechar. Resulta que no hay huellas ni en el frasco de veneno ni en las cajas.

Oma lo miró entrecerrando los ojos.

—¿Cómo es posible?

—O las limpiaron, o utilizaron guantes —dijo Dave.

—¿Y por qué no podría haberlo hecho Delia? —preguntó el señor Huckle.

Dave asintió.

—Podría, pero si sabía que iba a comer galletas y que era posible que la policía registrara la casa en busca del veneno que había ingerido, ¿no se habría deshecho de él?, ¿no habría tirado las cajas de bombones?, ¿o escondido el frasco del veneno? ¿Por qué iba a dejarlo todo a la vista, pero tomarse la molestia de borrar las huellas?

CAPÍTULO TREINTA

—Entonces, el verdadero asesino, la persona que envenenó a Jean, Delia, Carter y la mujer de la WAG, allanó la casa de Delia, encerró a Pepper en el cuarto de baño y lo dispuso todo para que sospecháramos de Delia —dije.

—Correcto. Tratamos con alguien que pone mucho cuidado en lo que hace.

Las inquietantes y desazonadoras palabras de Dave quedaron suspendidas en el aire.

—Quien sea está desesperado —opinó Oma.

—Pero nadie allanó la casa —señalé.

—Cualquiera podría haber entrado con la llave de repuesto, igual que nosotros —repuso mi madre—. ¡Me siento fatal por haber sospechado de Delia siquiera un instante! —exclamó—. Pero ¿por qué los han envenenado?

—Porque estuvieron presentes aquella noche —dije—. Ellos saben lo que sucedió. Saben quién es el hombre del árbol y qué le ocurrió.

Mi madre me miró perpleja.

—Hemos oído la versión de Carter. Nos descubrió una faceta perversa de Boomer, pero no mencionó a nadie más. Y Boomer se fue con su moto. Si el del árbol es él, entonces lo que le sucediera debió de ocurrirle después de que se marchara.

—Salvo —intervino Dave— que alguien que no fuera él se llevara la moto.

El murmullo de voces en la escalera nos avisó de que los huéspedes empezaban a levantarse.

—Vamos a hacer lo siguiente —dijo Dave bajando la voz—: somos los únicos que estamos al corriente de todo esto y hay que procurar que no se produzcan más envenenamientos, así que vamos a fingir que aún creemos que Delia es quien envenenó a Jean, ¿de acuerdo?

—¡Qué retorcidamente astuto! —exclamó el señor Huckle—. El verdadero culpable se relajará y puede que cometa un desliz.

—Esa es la idea —dijo Dave.

Oma se fue a toda prisa a su despacho. Yo me apresuré a acabarme las gachas y corrí arriba a lavarme los dientes. Las perras y Twinkletoes me siguieron.

Mi madre fue a buscarme al apartamento.

—Voy a bajar a echar una mano, ¿vale?

—Genial —mascullé con pasta de dientes en la boca.

Volvimos en cuanto pudimos al vestíbulo de recepción. Por fortuna, todavía no había cola. Twinkletoes se encaramó al mostrador y se atusó los bigotes como si no tuviera preocupaciones mientras Trixie y Pepper olisqueaban hasta el último rincón.

—¿Tú qué opinas? —preguntó mi madre.

—Que hubo alguien más allí, en aquella noche de hace veinte años. Puede que Delia se sincere contigo.

—¿Crees que nos mintió? Su historia concuerda con la de Carter.

—Salvo en un punto —repuse—: él no se marchó en su moto hasta horas después.

Mi madre pareció incómoda.

—Puede que ella lo viviera de otra manera. Lavaría los platos, seguramente bañaría a su hija y la pondría a dormir, y por eso tiene una noción del tiempo distinta.

—Puede...

Mi madre suspiró.

—Probaré a ver qué le saco. —Cogió una hoja de papel y fue leyendo a medida que escribía—: Los Connor, Penn y Kathleen. Stu Williams.

—Penny y Tommy Terrell. Bonnie Greene. Josie Biffle —añadí.

—Son muchos. ¿No podemos eliminar a alguien?

—Quizá a Stu. No he oído nada que, en su caso, pueda considerarse un móvil. Aunque reconoce que ayudó a Orly con lo del hormigón.

Mi madre tachó el nombre de Stu.

—Si Bonnie estaba enamorada de Boomer, ¿no habría matado a Delia?

—Tal vez. O puede que se revolviera contra él por despecho, aunque no creo que me hubiera hablado de Boomer si lo hubiese matado ella. A no ser que creyera que Delia mencionaría a Boomer y Bonnie quisiera adelantársele.

Saqué el teléfono.

—Ayer, Holmes y yo fuimos a ver al señor Alcorn, que está bien. Trixie encontró esto pegado debajo de un escritorio.

Se lo enseñé a mi madre y busqué la dirección en Google.

Mi madre se colocó detrás de mí para mirar hasta que encontramos una coincidencia en la página de una urbanización y fui bajando por la lista de propietarios.

—¡Ahí está! —dijo mi madre—. «Regan Robertson» —leyó—. Pues vaya.

—No tan deprisa. —Busqué a Regan Robertson en Google—. Creo que podría ser ella. Profesora de lengua en la universidad. Ja. Y esto parece un número de teléfono.

Mi madre miró la hora.

—Es un poco pronto para llamar un domingo por la mañana. Además, allí es una hora menos.

Anoté el número al tiempo que entraba un caballero acompañado del señor Huckle, que llevaba su equipaje.

Las siguientes tres horas transcurrieron atendiendo a los huéspedes que dejaban las habitaciones. La mayoría tenían coche propio, pero algunos se dirigían al aeropuerto más cercano.

Durante un momento tranquilo, llamé a Regan Robertson con mi madre al lado, que ladeó la cabeza para oír lo que dijera.

—¿Sí? —contestó una voz femenina.

—Hola. Me llamo Holly Miller. ¿Podría hablar con Jay Alcorn?

Contuvo la respiración.

—Se equivoca.

Y colgó.

—¡Ha dudado un segundo! —dijo mi madre con regocijo—. ¿Te has fijado? Se le ha cortado la respiración y ha vacilado.

Me había fijado.

—No tenemos nada. Ni confirmación ni nada.

—Vuelve a llamarla.

—¡Mamá! —protesté—. Colgará otra vez.

—Dile que buscas a Jay. Cuéntale lo del hombre del árbol.

Volví a llamar.

—¿Sí?

Por el tono de voz, supe que estaba irritada.

—Hola. Siento mucho molestarla. ¿Es usted Regan Robertson?

Oí ruido y que le siseaba a alguien «Sabe mi nombre».

No esperé a que contestara.

—Estoy buscando a Jay Alcorn.

Esta vez hubo una pausa larga.

—¿Cómo ha conseguido este número?

No podía decirle que mi perra había encontrado su dirección.

—Hemos... —me salté la parte del árbol. ¿Quién la creería?—. Hemos encontrado un cadáver sin identificar y alguien ha insinuado que podría tratarse de Jay Alcorn. Estamos intentando averiguar si sigue vivo.

De nuevo, contuvo la respiración y la oí susurrar a continuación «Quieren saber si sigues vivo». Un hombre se puso al teléfono.

—¿Quién llama, por favor?

—Holly Miller. Le llamo porque... —Se cortó—. Pues vaya —mascullé.

—Yo le cuelgo a mucha gente —dijo mi madre—. Es por culpa de la lata esa de las llamadas robotizadas. Son muy molestas.

En ese momento, sonó el teléfono del hostal. Contesté tratando de endulzar la voz para ocultar mi irritación.

—Sugar Maple Inn, habla con Holly. ¿En qué puedo ayudarle?

Reconocí la voz masculina al instante.

—Disculpe lo de antes. ¿Liesel Miller sigue viva?

—Y coleando. Ahora es la alcaldesa de Wagtail. Yo soy su nieta, ¿la hija de Sam?

Mi madre me quitó el teléfono de la mano.

—¡Hola, Jay! Soy Nell. Holly es mi niña.

Me acerqué para escuchar.

—¿Nell DuPuy? ¡Es como si hubiera retrocedido en el tiempo! ¿Cómo estás?

—La verdad es que genial. Ay, Jay, tendrías que ver Wagtail ahora, es otro lugar.

—¿Has visto a mi padre?

—No, pero Holly fue ayer a visitarlo. Dice que lo ve bien. Jay, han descubierto un cadáver dentro de un viejo árbol en los terrenos de Orly Biffle y por ahí corre el rumor de que estuviste saliendo con Josie Biffle hace años y que Orly se puso tan furioso que te mató.

—¿Has dicho dentro de un árbol?

—¿Te lo puedes creer?

—Como ves, estoy muy vivo. No sé a quién habrán encontrado, pero no soy yo. —Se le escapó una risita—. Ignoraba que alguien más aparte de mi familia supiera que salía con Josie. Teníamos muy claro que a Orly y a mi madre no les sentaría nada bien, pero lo cierto es que rompimos enseguida. Creo que ella le había echado el ojo a otro. Podría decirse que lo único que teníamos en común eran unos padres entrometidos. Según mi padre, mi madre sigue viva y tan simpática como siempre.

—Ha puesto la casa en venta, Jay. Creo que está tomándose las cosas con más calma. Ya no se maneja en ella como antes.

—Espero que la siguiente familia la llene de amor y risas en lugar de odio y veneno.

Desde luego, no podía negar que era hijo de su padre. ¿Tony no había dicho prácticamente lo mismo?

Mi madre continuó charlando con él mientras yo me encargaba de la salida del siguiente huésped.

—Podemos tachar a Jay de la lista —dijo cuando colgó—. Supongo que entonces la cosa está entre Boomer y alguien que no conocemos. —Me miró con atención—. Holly, Jay me ha pedido que no mencione nuestra conversación. Le he explicado que tendríamos que contárselo al agente Dave, pero no quiere que su madre sepa nada de él. Y menos aún dónde vive.

—Qué triste. Por los dos.

Mi madre meneó la cabeza.

—Seguro que no hay día en que Althea no se arrepienta de lo que hizo.

Marie Johnson se acercó al mostrador de recepción cargada con varias bolsas. Kitty y Stuey la seguían y, justo detrás de ellos, aparecieron Barry y sus padres, Sue y Stu.

—Quería daros las gracias por todo lo que habéis hecho por mí, por nosotros. Habéis sido muy amables al invitarnos a quedarnos. Os estaré eternamente agradecida —dijo Marie.

—No quiero irme —protestó Kitty—. Poppy va a tener cachorritos y quiero verlos.

—Cariño, volveremos el viernes. Puede que Poppy aún tarde unos días en parir.

Barry sonrió a Kitty y se encogió de hombros.

—A lo mejor los cachorros ya están aquí cuando vuelvas.

—Y Santa Claus también vendrá el fin de semana que viene. Tengo que verlo para decirle que estamos aquí —dijo Kitty muy convencida.

—¿Os reservo una habitación? —pregunté temiendo que lo más probable fuera que ya estuviéramos completos.

Marie pareció un poco azorada.

—Gracias, pero Sue y Stu tienen un piso en alquiler que nos dejan de momento.

Stu sonrió a los niños.

—¿Cómo ibais a perderos a Santa Claus? Eh, Stu Dos, ¿quieres montar a caballito?

Stuey se subió a su espalda.

—¡Arre, Abu Stu!

Cuando se fueron, Sue iba meneando la cabeza.

Oma salió del despacho.

—¡*Ach*, Marie! Qué bien que te tengo aquí.

CAPÍTULO TREINTA Y UNO

Oma le entregó un sobre.

—Es el premio que Kitty ganó en el concurso de casas de jengibre.

Marie lo rasgó para abrirlo.

—Es mucho dinero.

—Mil dólares.

Marie miró a su hija.

—Menudo sorpresón. Me habían dicho que había ganado, pero pensé que le darían un trofeo o una placa.

Kitty cruzó los dedos.

—¿Llega para comprar uno de los cachorros de Poppy?

Barry se echó a reír.

—Creo que Poppy querrá que te quedes uno gratis.

Marie contuvo la respiración.

—¿Y si lo guardamos para cuando haya que pagar la universidad?

Se despidió con la mano mientras se dirigía a la puerta.

—¿Y solo la mitad? —propuso Kitty.

Las puertas automáticas se cerraron y solo oímos la aspiradora en el piso de arriba.

—Espero que todo les vaya bien. —Oma le echó un vistazo al reloj—. Deberíamos tener un par de horas tranquilas antes de que empiece a llegar la gente. Ya me quedo yo en el mostrador mientras vosotras vais a comer.

Supuse que las perras tendrían que salir, así que me puse el chaleco. Mientras atravesaba el vestíbulo, recogí tres bolas de pelo de Pepper del suelo. No me extrañaba que a Delia le preocuparan las pelusas cuando estuvimos en su casa.

Mi madre se reunió fuera con nosotras. El sabroso aroma a perritos calientes y *bratwursts* llegó hasta nosotras, pero sacudió la cabeza como si me leyera la mente.

—Tentador, pero demasiado arriesgado, Holly.

—Seguro que Cook ha preparado algo por lo menos igual de delicioso.

—¿Por qué todo el mundo lo llama así? —preguntó mi madre pensando que se trataba de un mote—. Me parece muy frío, seguro que el hombre tiene un nombre.

Se me escapó la risa.

—Ya, supongo que suena mal. Y tiene nombre, se llama John Cook, pero utiliza el apellido.

—Pues veamos qué se cuece en sus cocinas.

El chiste era tan malo que se mereció un gruñido.

Su teléfono sonó cuando entramos en el hostal.

—Uf, es tu padrastro. Es la primera vez que me llama desde que salí de California. —Pulsó en la pantalla—. Hola.

Continuamos caminando hacia la zona de cocinas, pero entonces mi madre se detuvo en seco en el vestíbulo principal y me hizo una seña para que continuara. Cuando entré, Cook se secó las manos y se apresuró a acercarse.

—Os hemos preparado un carro. Oma también tendrá que comer. Corazones de pollo y pasta con carne picada de pavo para las tres perras y paté de pollo para Twinkletoes. Sabrás cuál es cuál por el tamaño de los cuencos. Tres cremas de calabaza y manzana, y sándwiches de varios tipos. Y manzana asada de postre.

Le di las gracias y salí al vestíbulo empujando el carrito. Mi madre estaba pálida, pero tenía las mejillas encendidas. Me detuve y le susurré:

—¿Va todo bien?

Asintió.

—Déjame ver cómo me lo monto y te llamo luego —le dijo al teléfono y colgó—. La casa de California ya se ha vendido.

—¡Qué buena noticia!

—Pero quieren mudarse a principio de año. Con eso no contaba. Hay mucho que hacer.

—Comamos primero. Esta tarde yo me ocupo del mostrador de recepción y tú puedes empezar a organizar la mudanza y ver cuándo puedes cerrar lo de la casa de Wagtail.

Llamó a sus padres de camino al despacho. Oí que mi abuelo decía: «Ningún problema. Yo ya estoy listo».

Después de comer, mi madre fue a las oficinas de Delia para ultimar la compra de la casa.

Poco después, Penn y Kathleen Connor se pasaron por el hostal. La señora Connor se presentó.

—El próximo verano vamos a celebrar el setenta y cinco cumpleaños de mi padre con una reunión familiar de las grandes y Penn quería que viera el hostal. Es tan encantador como dijo.

Oma los invitó a pasar al despacho para enseñarles fotos de otras celebraciones similares. Mientras tanto, subí corriendo dos tramos de escalera con tres perras y una gata saltando por delante de mí. Me faltaba el aliento cuando llegué a la segunda planta. Saqué la caja con las pertenencias de Penn y la metí en el ascensor. Trixie, que le tenía miedo a los espacios cerrados, se negó a acompañarme, pero sabía que se reuniría con nosotras abajo, y, aunque sospechaba que sería la primera experiencia de Pepper en un ascensor, la perrita se lo tomó con calma, como una buena border collie.

Penn echó un vistazo al contenido de la caja mientras le decía a Oma:

—Irnos corriendo de aquí ha sido lo mejor y lo peor que he hecho en mi vida.

—No nos portamos bien —reconoció Kathleen—. Tendría que haberme enfrentado a Boomer y haber roto el compromiso, pero casi era una aventura. Como cuando haces un viaje por carretera sin rumbo fijo y dejas que la vida te lleve donde quiera.

Penn le pasó el ejemplar de *Harry Potter.*

—Ha sido toda una aventura, Kathleen. —Luego, se dirigió a Oma—: Jamás hubiera imaginado que alguien guardara estas cosas. Gracias por las molestias. Es como una cápsula del tiempo, me devuelve al día en que mi vida cambió para siempre.

Estuve observándolo. Si estuviera refiriéndose al día en que asesinó a su rival por el amor de Kathleen, ¿se mostraría tan tranquilo y seguro de sí mismo?

Oma le prometió que le enviaría información sobre las fiestas que se celebraban en el hostal; mientras, yo me apresuraba a ocupar el mostrador para dar la bienvenida a un nuevo huésped.

A media tarde volvíamos a estar completos y me volqué en mi siguiente tarea, que consistía en ayudar al señor Huckle a preparar la sala Dogwood para la fiesta de Acción de Gracias del consistorio municipal, que se celebraría a las siete.

El señor Huckle y yo subimos varios postes del sótano y los unimos con cordones de terciopelo rojo de los que colgamos un cartel que decía «Fiesta privada».

Coloqué unas flores de Pascua en los extremos del mostrador del guardarropa y listos. Cook había preparado entremeses y un delicioso ponche de huevo con nata, que le proporcionaba una granja de los alrededores. Ya cerca de las seis y media, ayudé al señor Huckle a disponer el bufé en la sala Dogwood. Llevamos *bourbon* para el ponche de huevo, vino blanco, ron, brandi y un licor de mora que se hacía en Wagtail.

Le di un rápido repaso a la sala. Las luces del árbol y los adornos de la repisa de la chimenea eran toda la decoración que necesitaba. En la chimenea ardía un fuego que añadía un toque acogedor.

Subí corriendo a mi apartamento y cambié el jersey y los pantalones por un vestido verde oscuro de terciopelo. Las perlas conjuntaban a la perfección, pero las zapatillas de deporte desde luego no. Casi ni recordaba la última vez que me había puesto tacones, pero era lo que exigía la ocasión.

Mi madre estaba delante del ordenador tratando de encontrar la manera más rápida de que le trajeran los muebles y prometió bajar a la fiesta de Oma en cuanto acabara de atar un par de cosillas.

Yo no estaba en el consistorio municipal, por lo que me instalé en el mostrador del vestíbulo principal para solucionar dudas y dar indicaciones a nuestros nuevos huéspedes de manera que Oma pudiera dedicarse a sus invitados. A un lado, el señor Huckle se encargaba de los abrigos a medida que los convocados iban llegando.

Se oían suaves villancicos de fondo. Tarareé *Rockin' around the Christmas Tree* mientras le daba vueltas a lo que sabíamos sobre el árbol y los envenenamientos. O lo que creía que sabíamos. Todo apuntaba a que el cadáver pertenecía a Boomer. Y que Orly lo había escondido. Saqué una hoja de papel y escribí: «¿Por qué Orly escondió el cadáver? Para no ir a la cárcel por el asesinato de Boomer. O para proteger a la persona que mató a Boomer. ¿O porque le pagaron para que lo escondiera?».

El único motivo que se me ocurría por el que Orly habría podido matar a Boomer eran los celos. Sin embargo, ni una sola persona lo había mencionado. Solo eran rumores, así que no parecía muy probable. Aunque podría haber escondido a Boomer en el árbol para proteger a Delia. Y ella tenía motivos para estar muy enfadada con Boomer. Igual que Kathleen, Bonnie y Tommy, cuya mujer había estado tonteando con él.

Dave creía que Delia no era la envenenadora y la explicación que había dado tenía sentido. ¿Por qué iba a borrar sus huellas del frasco del veneno en su propia casa?

Miré a Pepper, que estaba estirada a mis pies con Trixie. ¿Y quién había encerrado a Pepper en el cuarto de baño?

Suponía que Holmes tenía razón acerca de Kathleen. No habría tenido tiempo para contratar a Orly y que escondiera el cadáver de Boomer. Además, Penn y ella no habrían regresado nunca a Wagtail por muchos años que hubieran pasado. Bueno, una persona en su sano juicio no habría regresado, pero, para empezar, una persona en su sano juicio tampoco hubiera matado a Boomer.

También podía ser que Penn hubiera asesinado a Boomer y Kathleen no supiera nada. Sin embargo, el problema de contratar a Orly para deshacerse del cadáver seguía ahí. Decidí que podía tacharlos de mi lista de sospechosos.

Quedaban Bonnie y Tommy. Bonnie aseguraba que había estado en casa preparando la cena a la espera de que Boomer volviera tras romper el compromiso con Delia, pero no había pruebas. Podría haber estado espiándolo en casa de Delia. Se me erizó el vello de los brazos al imaginar a Bonnie escondida en el bosque mientras Boomer disfrutaba de la cena en casa de Delia. Si lo que había contado Delia era cierto, se despidieron con un beso, y era evidente que eso no habría ocurrido si él hubiera roto el compromiso. ¿Puede que aquello hiciera estallar a Bonnie?

Pero, entonces, ¿la historia de Carter? Si Carter le había arrancado la cámara a Boomer y había echado a correr hacia el bosque, ¿Bonnie no tendría que haberlo visto todo de haberse encontrado allí? ¿Había alcanzado a Boomer y se había enfrentado a él después de que Carter huyera para ponerse a salvo?

Bueno, al menos era posible. Volví a estudiar el escenario: Bonnie esperaba fuera mientras Boomer cenaba. Se suponía que él iba a romper el compromiso y que luego iría a cenar a casa de Bonnie. Si ella estaba fuera observando, su indignación habría llegado al límite cuando Delia y Boomer se besaron en la puerta.

Sin embargo, cuando Delia entró en casa, Carter le quitó la cámara a Boomer, que supuestamente fue tras él. ¿Qué había hecho Bonnie? ¿Ella también echó a correr a través del bosque para tener unas palabras con Boomer? ¿Lo había alcanzado y lo había matado? ¿Lo había empujado por el acantilado? Pero ¿qué había ocurrido con la moto?

Tanto Bonnie como Tommy podrían haber ido a casa de Orly a pedirle ayuda después de matar a Boomer. No sabía si tenían una relación lo bastante estrecha para haber ocultado el cadáver por ellos, pero era una posibilidad.

—Tierra llamando a Holly.

Alguien agitó una mano delante de mí y me sacó de mi ensimismamiento.

—¡Dave! Disculpa. —Bajé la voz hasta convertirla en un susurro—. Estaba pensando en Boomer y en quién podría haberlo matado.

Dave y yo saludamos con la cabeza a unos invitados que acababan de entrar.

Rodeó el mostrador y dijo en el mismo tono:

—He pasado a buscar la cámara de Carter esta tarde.

—¿Y? —pregunté esperanzada.

—Tiene cientos de discos de memoria. Alguien debería juntarlos y organizar una exposición retrospectiva de Wagtail. Lo fotografiaba todo. Se necesitan varios días para revisarlos.

—Igual podríamos juntar a unas cuantas personas, como mi madre, Oma, Holmes y Shelley, y ponernos todos a ello.

—Déjame ver cómo me lo monto. Será mejor que vaya a la fiesta.

Asentí y vi que entraba Bonnie. El señor Huckle recogió su abrigo y lo colgó. Me quedé sin respiración cuando la miré y me sonrió, era una de mis principales sospechosas.

—Veo que esta noche te ha tocado estar detrás del mostrador —observó.

—Igual luego me escapo un momento a ver qué tal está ese ponche de huevo.

Se inclinó hacia mí.

—He oído que Delia es quien ha estado envenenando a todo el mundo. Debió de matar a Boomer cuando él rompió el compromiso y, luego, Orly la ayudó a ocultar el cadáver.

Asentí. O se trataba de una individua muy fría o, después de todo, no era la asesina.

—Oh, mira a quién tenemos aquí. ¡Pepper y Trixie!

Acarició a las perras, que sin duda la consideraban la señora de las galletas, por lo que menearon las colas alegremente.

¿Dónde se había metido Twinkletoes? Sabía que Gingersnap estaba en la sala Dogwood con Oma disfrutando de la atención que recibía, pero ¿y mi preciosa gatita?

—¿Cómo están tu tía y tu primo? —oí que preguntaba el señor Huckle en ese momento.

Levanté la vista y vi que Josie le entregaba su abrigo.

Ella torció el gesto.

—Toda la familia está conmocionada con lo que ha pasado. Están bastante mal. Esperemos que se repongan.

El señor Huckle fue a colgar el abrigo cuando me percaté de una bola de pelo negro pegada a la tela, de un rojo intenso. Pelo con el que me había familiarizado el día anterior después de haber estado recogiéndolo mientras Pepper lo perdía. Me recordé que en Wagtail había cientos de perros.

Pero entonces oí un suave gruñido a mis pies. Bajé la vista y vi que Pepper tenía la mirada clavada en Josie y que no dejaba de gruñir.

Josie miró a Pepper y a Trixie con ojos fríos y calculadores y se encaminó a la fiesta con tanta prisa que ni se molestó en intercambiar unas palabras conmigo. No es que fuera obligatorio, pero hizo que me preguntara si no tendría miedo de Pepper.

Cuanto más tiempo pasaba con perros, más inteligentes me parecían, y una de las cosas que había aprendido era que tenían una memoria envidiable. Algo había ocurrido entre Pepper y ella.

Me levanté y fui a buscar el abrigo de Josie al guardarropa. Solo un científico podría confirmar que la bola de pelo en la espalda del abrigo pertenecía a Pepper, pero desde luego lo parecía. Y la actitud de la perrita hacia ella indicaba algo.

Había descartado a Josie como sospechosa potencial porque Jay estaba vivo, pero en ese momento recordé algo que él había dicho: Josie le había echado el ojo a otro. ¿Y si había salido con Jay para poner celoso a Boomer? Debía de saber que estaba prometido con su tía. ¿Podría ser ella la que estuvo agazapada en el bosque a la espera de que Boomer saliera de casa de Delia todos esos años atrás?

O lo que era peor: ¿Josie había estado en casa de Delia para tenderle la trampa del veneno? Las piezas empezaban a encajar en mi mente. Delia no había dejado a Pepper en el cuarto de baño. Era Josie quien la había encerrado. ¡Había envenenado a su propia tía y a su primo!

Tenía que impedir que la gente comiera o bebiera nada. Podría estar envenenando la comida o la bebida en ese mismo instante.

Salí del guardarropa. Las perras no estaban.

CAPÍTULO TREINTA Y DOS

¡No! ¡Ay, no! Los villancicos seguían sonando suavemente de fondo, pero el murmullo de voces se había acallado. Corrí a la sala Dogwood, donde descubrí que Pepper había reunido a todo el mundo en un grupo. A todos salvo a Josie.

La había separado de los demás.

—Fuera, fuera. ¡Aléjate de mí! —decía Josie, de espaldas al árbol de Navidad.

Trixie también tenía la mirada fija en ella.

Había eliminado a Josie Biffle de la lista de posibles sospechosos, pero de pronto pensé en algo que parecía muy obvio: su padre habría escondido el cadáver por ella sin ninguna duda.

—En serio, ¿alguien podría alejar esos perros de mí, por favor?

Josie metió la mano en el bolsillo y tiró algo al suelo.

—¡No! —chillé—. Están envenenadas. Que los perros no las toquen.

Me lancé a por ellas, literalmente. Reuní todas las golosinas para perros justo a tiempo viendo que Trixie ya estaba olisqueando una y miré a Josie, furiosa.

En ese momento, un adorno se estampó contra su cabeza y Twinkletoes saltó del árbol y le cayó encima. Lo único que pensé fue que Shadow había hecho un buen trabajo sujetando el árbol a la pared para que no se volcara.

Josie chillaba. Twinkletoes bufaba. Pepper ladraba. Y *Jingle Bell Rock* sonaba de fondo.

CAPÍTULO TREINTA Y TRES

—¡Fuiste tú! —grité—. ¡Tú envenenaste a tu tía y a tu primo!

El agente Dave llevó a Josie hasta una silla y, a continuación, oí que llamaba para pedir el traslado de una sospechosa a Snowball.

Bonnie me tendió una mano y me ayudó a levantarme. El señor Huckle apareció como por arte de magia con un botiquín. Y Pepper se sentó frente a Josie, fuera de su alcance, sin dejar de gruñir.

—Vaya, hacía años que no estaba en una fiesta tan animada —dijo alguien.

Mi madre entró volando en la sala Dogwood junto con varios huéspedes del hostal.

—Me ha parecido oír gritos —dijo—. Ay, madre, Josie, corazón, ¿qué te ha pasado en la cara?

El señor Huckle estaba limpiándole con esmero los arañazos de gato.

—¿Ha envenenado la comida? —preguntó alguien.

Por suerte, todo el mundo echó una mano para recoger y colocar la comida y la bebida en bandejas que el señor Huckle, mi madre y yo llevamos a las cocinas. Nos lavamos las manos a conciencia y nos pusimos a buscar algo que pudiéramos servir en su lugar.

—Me parece que hay más bandejas de entremeses —dijo el señor Huckle—. ¡Ah, sí! Ya las tengo.

Asalté la reserva de licores de Oma. Seguro que los invitados agradecerían algo fuerte después de lo sucedido. En un abrir y cerrar de ojos, lo habíamos repuesto todo.

—¿Vas a contarnos lo que pasó? —le preguntó mi madre a Josie.

—Solo hablaré en presencia de mi abogado.

Dave asintió.

—Muy bien, estás en tu derecho.

Pero Josie no dejaba de mirar a Bonnie como si quisiera asesinarla.

—Acabo de comprender que Boomer solo estuvo dándome falsas esperanzas —dijo Bonnie con voz calmada. Inspiró hondo—. Delia había recibido el dinero del seguro de vida de su marido y había abierto un negocio, yo acababa de abrir el mío de galletas, Kathleen venía de una familia acomodada y tú, Josie, heredarías el negocio de tu padre. No nos parecemos. Había de todo, altas, bajas, rubias, morenas, no teníamos nada en común salvo una cosa: Boomer quería dinero y habría hecho lo que fuera para conseguirlo.

—¡Eso no es cierto! —gritó Josie—. Él me quería de verdad.

—Entonces, ¿por qué intentaste ponerlo celoso saliendo con Jay Alcorn? —pregunté guiándome por la intuición.

Oí que mi madre ahogaba un grito.

—¿Era todo mentira?

—Jay me importaba un pimiento —confesó Josie—, pero era una forma de despistar a todo el mundo. Delia iba por ahí presumiendo con su anillo de compromiso, así que tenía que verme con Boomer en secreto. ¿Qué habría pensado la gente si saliera con el prometido de mi tía?

—¿En serio? —me burlé con un resoplido—. ¿Eso era lo que te preocupaba? ¿Y qué ibas a hacer si acababa casándose con ella?

Clavó sus ojos fríos y oscuros en mí con expresión glacial.

—¡Ay, Señor! —exclamó mi madre—. ¡Ibas a borrarla del mapa! ¡A tu propia tía!

—Pero mataste a Boomer en su lugar —dijo Bonnie, de nuevo con voz calmada entre tanta excitación.

—Esa noche estabas fuera espiándolos, ¿verdad? —pregunté—. Seguramente Delia había mencionado que Boomer iba a ir a cenar.

Josie me miró con cara indignada.

—Yo le quería. Y él me quería a mí.

—Entonces, ¿por qué lo seguías? ¿Y por qué llevabas un arma? —insistí.

—Estaba pasando demasiado tiempo con ella. Tenía miedo de que me dejara, no lo soportaba. Hasta que vi que se besaban. —Su tono se hizo más áspero—. Y entonces me di cuenta. No iba a seguir adelante con nuestros planes. No besas a alguien de esa manera salvo que te guste. Mucho.

Se quedó callada. Esperé un momento antes de decir:

—Y entonces apareció Carter.

Me miró a los ojos.

—Boomer llevaba una cámara y Carter salió de casa a toda velocidad, se la quitó y echó a correr como un loco. Boomer le dijo de todo y fue tras él. Carter solo era un niño.

—¿Y entonces disparaste? —preguntó Dave.

—Quería detener a Boomer. Parecía un demente chocándose con los árboles y lanzando amenazas espantosas. Pensé que disparar al aire atraería su atención, que Boomer creería que se trataba de Orly y que saldría pitando. Pero no fue así. Los alcancé en el acantilado. Carter se había precipitado por el borde y se había agarrado a las raíces de un árbol, y Boomer estaba mostrando un lado suyo que nunca había visto. Se había vuelto un hombre cruel y despreciable. Estaba pateando a Carter para que cayera. Lo empujé.

—¿A Carter? —preguntó Oma.

—No, a Boomer. Era la única manera de salvar a Carter. Boomer se estrelló contra el fondo. Carter consiguió darse impulso y subir hasta el borde, y yo eché a correr bosque a través, histérica. No me vio. Bajé hasta donde estaba Boomer, tirado junto a la orilla del lago, y comprobé que estaba muerto. La pierna le formaba un ángulo extraño y tenía los ojos abiertos. No parpadeaba, tenía la mirada vacía.

—¿Y entonces fuiste a buscar a Orly? —pregunté.

—Le conté a mi padre lo que había pasado. En esos momentos estaba fuera de mí. Me eché a llorar. Por todo. Por lo tonta que había sido dejándome engañar por Boomer. Por el pobrecito Carter.

—Un momento —dije—; tú manipulaste el carrito de golf de Carter.

Josie levantó un dedo.

—No, no fui yo. Eso fue una avería. Yo no tuve nada que ver.

—Pero envenenaste a Carter —intervino mi madre.

—Fue un accidente. ¿Cómo iba a saber que tía Delia le ofrecería las galletas a su hijo?

—Volvamos atrás un momento, por favor —pidió Dave—. ¿Qué hizo Orly?

—Mi padre me dijo que me fuera a la cama. Cuando amaneció, regresé al acantilado. Boomer ya no estaba. Ni la moto. Vi a mi padre y a Stu rellenando el árbol con hormigón e imaginé dónde estaría Boomer. Una vez le pregunté a mi padre por la moto. Dijo que era un hábitat para peces, así que supongo que está en el lago.

—¿Quién golpeó a Holmes en la cabeza? —preguntó Dave.

—Pensaba que se trataba de Kent Alcorn. Esperaba que pensarais que el del árbol era Jay y que no descubrierais que era Boomer.

—¿Por qué envenenaste a Jean y a Delia? —insistió Dave.

—Delia estaba allí aquella noche. Estaba segura de que ella sabía lo que había pasado. Y Jean robó los bombones de Holly. No quería verme así, como estoy ahora, esposada. Holly estaba acercándose demasiado a la verdad. Dejé los bombones delante de su puerta en Acción de Gracias, pero supongo que Jean los encontró y se los quedó.

Se encogió de hombros.

Minutos después, unos agentes de policía uniformados de Snowball acompañaron a Josie fuera del hostal, esposada. Durante la hora siguiente, la gente iba de aquí para allá comentando el culebrón de Boomer y lo que Josie había hecho.

Algunos lamentaban que hubiera acabado envenenando a inocentes, porque consideraban que había hecho lo correcto para salvar a Carter.

CAPÍTULO TREINTA Y CUATRO

El lunes por la mañana me desperté con un ánimo decididamente optimista.

Me duché y me puse el jersey más alegre y rojo que tenía, que combiné con unas medias negras y una falda plisada de lana del mismo color.

Trixie, Pepper y Twinkletoes corrieron escalera abajo. Les abrí la puerta de la calle y Twinkletoes se sentó en la barandilla del porche mientras yo acompañaba a las perras al pipicán.

De vuelta, cogí a Twinkletoes y dije algo que nunca creí que diría:

—Gracias por subirte al árbol de Navidad y atacar a Josie.

Aceptó el cumplido como un gato y entró corriendo en el hostal para desayunar. La seguí.

Ese día caí en la cuenta de algo curioso: aunque solo se hablaba de Josie y Boomer, la vida continuaba como si tal cosa, como si no hubiera pasado nada.

Tras un desayuno contundente a base de tortitas de calabaza, recorrí los pasillos del hostal tomando nota de lo habitual.

Por la tarde, Trixie, Pepper, Twinkletoes y yo nos pasamos por la consulta de Barry Williams para recoger un medicamento que protegía de la enfermedad del gusano del corazón.

Barry me vio en el vestíbulo y me hizo una seña para que pasara al fondo. Sin decir nada, abrió una puerta y vimos a Poppy, la recién estrenada mamá, y a sus seis cachorritos. Eran diminutos, negros y no paraban de moverse. Acaricié a Poppy y le dije que tenía unos hijos preciosos.

—Holmes ya se ha pedido ese.

Barry se sentó en el suelo, a mi lado, y cogió uno. Tenía un atisbo de cejas de color castaño claro y la colita más mona del mundo.

—No te olvides de reservarle uno a Kitty. Puede ser un drama para ella si al final se queda sin ninguno.

Barry inspiró hondo.

—¿Crees en el destino?

—¿Te refieres a que hay cosas que escapan a nuestro control y que ocurren hagamos lo que hagamos?

—Exacto. Salía con la madre de Kitty cuando estudiaba Veterinaria. Ella tuvo que mudarse a otro estado para cuidar a su abuela y perdimos el contacto. La busqué en las redes sociales y, bueno, hay un montón de Johnson. No tuve suerte, no la encontré, pero nunca la olvidé. Y, entonces, de pronto, aparece aquí. No hago más que pensar que estaba escrito. Como si una fuerza poderosa la hubiera guiado hasta aquí.

Le sonreí.

—Espero que os vaya bien.

—Yo también.

Ese mismo día, más tarde, el agente Dave llamó para decir que a Delia y a Carter les habían dado el alta. Mi madre y yo fuimos a recogerlos al hospital y los llevamos a casa de Delia, donde Dave se reunió con nosotros y trajo a Trixie y Pepper, que se comportó como si no los hubiera visto en años.

Les contamos que Pepper sabía quién los había envenenado y que se había portado como una heroína.

Delia sonrió.

—Siempre he tenido claro que era especial.

No hablamos mucho ni de Josie ni de Boomer. Supuse que ya llegaría la ocasión, cuando se hubieran recuperado del todo y hubieran tenido tiempo de asimilar todo lo ocurrido.

Mi madre se marchó a California el martes. Por una vez, no hubo ni lloros ni lamentos, ya que no tardaría en volver a cruzar el país junto con mis abuelos. El asunto del alojamiento seguía complicado, pero mi madre al final había logrado alquilar la que sería su nueva casa en Wagtail hasta que la compra pudiera formalizarse. Si tendrían muebles cuando llegaran al pueblo era algo que estaba por ver.

Prometían ser unas Navidades y un Año Nuevo de locos.

CAPÍTULO TREINTA Y CINCO

Tras el caos, me alegré de tener algo de tiempo para ir de compras navideñas. Antes de su partida, mi madre había estado varias veces en la que sería su casa y me había contado cómo pensaba decorarla, lo que facilitaba mucho elegir los regalos de Navidad.

Estaba esperando en el mostrador de la Purrfect Presents, una tienda donde vendían una amplia gama de artículos personalizados, cuando reparé en una pila de camisetas. La de arriba llevaba estampado «Abu Stu» en el frente. Aunque no era asunto mío, supuse que no pasaba nada por echarle un vistazo a las demás. A lo mejor me daban ideas.

La segunda era de niño y ponía «Stu Dos». Enseguida supe para quiénes eran. ¿Cuántos Stu Dos podía haber?

Las demás llevaban frases más habituales. «Mejor abuela del mundo», «Mejor abuelo del mundo», «Mejor padre del mundo», «Nieta mimada». Sonreí y devolví mi atención a los artículos expuestos en la pared.

—¡Holly!

Al volverme me encontré con Marie Johnson.

—¡Hola! Me alegro de verte de nuevo por Wagtail.

Miré a mi alrededor buscando a los niños, pero no los vi por ninguna parte.

—Gracias. Parece que Kitty, Stu y yo pronto seremos tus vecinos. Nos mudamos a Wagtail. —Inspiró hondo—. No sé cómo saldrá y eso me tiene nerviosa, pero ya no hay nada que nos retenga en Charlotte.

No quería ser indiscreta, pero las palabras salieron de mi boca antes de poder impedirlo.

—Habéis hecho muchos amigos en Wagtail. Los Williams en especial.

Marie abrió los ojos como platos.

—Eso es lo que me asusta. Se han encariñado con nosotros muy deprisa. Nunca lo habría imaginado.

—Pero ya conocías a Barry, ¿no?

—Hacía diez años que no lo veía. Por entonces, él estudiaba Veterinaria. Es increíble lo rápido que hemos retomado la relación donde la dejamos. —Echó un vistazo a su alrededor—. ¿Puedo confiar en tu discreción?

—Claro.

Esperaba que no confesara un asesinato.

—Barry es el padre de Kitty.

La miré atónita.

—¿Qué? ¿Y él lo sabe?

—Creo que quizá sospecha algo. Es listo y solo tiene que echar cuentas. Voy a decírselo a todos en Navidad. Sue y Stu ya nos tratan como si fuéramos de la familia, así que espero que para ellos sea una buena noticia.

—¿Y Kitty?

No sabía cómo se lo tomaría.

—¿Bromeas? Es imposible sacarla de la clínica de Barry, no hay manera de apartarla de los cachorros de Poppy. Ahora mismo ya no deja a Barry ni a sol ni a sombra.

Un par de horas después me encontraba en el porche delantero del hostal con el señor Huckle y Trixie, esperando la llegada de Santa Claus sentado en su vehículo especial, que, casualmente, sabía que había sido diseñado y construido por Holmes, Carter y Barry.

El ayuntamiento había encargado un trineo de Santa Claus de mentira y ellos lo habían armado sobre el chasis de un carrito de golf. Desde luego, parecía real. Los niños que aguardaban en la plaza, a nuestros pies, empezaron a chillar de emoción cuando asomó a lo lejos.

Santa Claus, también conocido como Stu Williams, vestía el traje rojo tradicional. Junto a él se sentaba la señora Claus, también conocida como Oma. Con aquellas gafas de abuela y el gorro, me costó reconocerla. Su ayudante de confianza, Gingersnap, descansaba a su lado con un gorro verde de elfo que lucía un cascabel en la punta.

Y al frente del trineo iba sentada cierta gatita calicó, en una cajita hecha especialmente para ella. Me sorprendió que Twinkletoes aún conservara el gorro puesto, aunque sospechaba que no por mucho tiempo.

Para mí, lo mejor de todo eran los perros, gatos y niños de Wagtail que seguían al trineo tras los juguetes y las golosinas que repartían los elfos que iban a pie, entre ellos uno muy alto que se parecía sospechosamente a Holmes.

Trixie salió disparada para unirse a la fiesta.

Pensé en Josie, sola, en una fría celda. Y en Orly, que había tomado una decisión arriesgada para salvar a su hija. Boomer había sembrado el caos en muchas familias.

En el aire empezaban a danzar copos de nieve cuando varias personas se encaminaron a la escalera y entraron en el hostal para disfrutar de un té a media tarde. El señor Huckle se excusó y se apresuró a recibirlos.

Continué allí unos minutos contemplando a una anciana que subía los escalones poco a poco acompañada de dos hombres, una mujer y un adolescente. Reconocí a uno de los hombres, Kent Alcorn, y de pronto comprendí que la anciana era la cascarrabias de la señora Alcorn.

El otro hombre y el chico tenían un asombroso parecido con Kent. Jay. Tenían que ser Jay Alcorn, Regan Robinson y quizá el hijo de ambos.

Sin lugar a dudas, la Navidad era la época de los milagros.

GUÍA DE TRIXIE PARA RESOLVER ASESINATOS

Sé que algunos gatos son criaturas solitarias que no nos tienen demasiada simpatía, pero podéis trabajar con ellos sin temor. Poseen unos rastreadores excelentes y son capaces de saltar y trepar a sitios mucho más altos que la mayoría de los perretes, cosa que puede resultar útil. Además, son magníficos distrayendo a los humanos. ¿Cuántas veces estabais tumbados a la bartola cuando un gato ha aparecido delante de vuestros hocicos como por arte de magia? Es probable que lo oláis antes de verlo u oírlo. ¡Y se pasean por donde les apetece sin que los humanos se percaten siquiera de su presencia!

Por cierto, los gatos no mueven la cola como nosotros. Si veis que la menean, ni os acerquéis, eso es que están de mal humor. De acuerdo, no abultan nada, pero dedican mucho tiempo al día a afilarse las uñas. Eso sí, si se frotan contra vosotros, ¡están dándoos un abrazo gatuno! Pueden ser grandes aliados. No los subestiméis.

Pues eso es todo, cachorritos míos. Todo se reduce a usar vuestros rastreadores y adiestrar a vuestros padres. Una vez que se han llevado al asesino, es el momento de disfrutar de unas galletas bien merecidas y de acurrucarse con vuestros padres sabiendo que están a salvo y que todo vuelve a ir bien.

Os deseo montañas de galletas y refregones de barriga.

TRIXIE

RECETAS

Uno de mis perros sufría graves alergias alimentarias que le impedían consumir alimentos procesados, por lo que aprendí a cocinar para mis mascotas, algo que llevo haciendo desde hace muchos años. Consulta con tu veterinario si quieres que tu perro empiece a consumir productos cocinados en casa. No es tan difícil como podría pensarse. No olvides que, igual que los niños, los perros necesitan una dieta equilibrada, no solo hamburguesas. Cualquier cambio en el menú debe hacerse de manera gradual para que su estómago pueda adaptarse.

El chocolate, el alcohol, la cafeína, los alimentos grasos, las uvas, las pasas, las nueces de macadamia, la cebolla y el ajo, el xilitol (también conocido como azúcar de abedul) y la masa cruda pueden ser tóxicos (e incluso mortales) para los perros. Para más información sobre alimentos aptos para tu perro o gato, consulta la página del American Kennel Club en https://www.akc.org/expert-advice/nutrition/human-foods-dogs-can-and-cant-eat/

Si tienes motivos para sospechar que tu mascota ha ingerido algo tóxico, por favor, ponte en contacto con tu veterinario.

Café con leche de arce (con canela por encima)

Para personas. NO apto para perros.

250 ml de leche semidesnatada
125 ml de café caliente
3 cucharadas de jarabe de arce
Nata montada endulzada (opcional; véase receta a continuación)
Canela

Calienta la leche sin que llegue a hervir. Sirve el café en una taza, añade el jarabe de arce y remueve. Bate la nata vigorosamente hasta que esté montada. Vierte la leche en el café poco a poco. Finalízalo con la nata montada endulzada (en el caso de utilizarla) y espolvoréalo con canela.

Nata montada endulzada

225 g de nata para montar
65 g de azúcar glas
1 cucharadita de vainilla

Bate la nata con una batidora eléctrica. Cuando empiece a tomar cuerpo, añade el azúcar glas y la vainilla. Sigue batiendo hasta que se formen picos.

Tostada francesa de calabaza

Para personas, aunque los perros pueden probarla.

Por favor, ten en cuenta que la nuez moscada y el clavo se han omitido en esta receta porque no son especias adecuadas para los perros. NO las sustituyas por la mezcla preparada de especias que suele usarse para la tarta de calabaza, porque contiene nuez moscada y clavo.

4 huevos grandes
113 g de puré de calabaza envasado
(no relleno de tarta de calabaza)
125 ml de leche semidesnatada
2 cucharadas de azúcar moreno
2 cucharaditas de vainilla
1/2 cucharadita de canela
8 rebanadas de pan jalá de 1 cm de grosor
Aceite de colza
Jarabe de arce (para servir)

Mezcla los huevos, el puré de calabaza, la leche, el azúcar, la vainilla y la canela en un bol grande y bátelo todo hasta conseguir una textura suave.

Dispón las rebanadas de pan en una bandeja de horno grande y alta, y reparte la mezcla de calabaza sobre ellas. Dales la vuelta para cubrirlas también por el otro lado. Calienta una sartén a fuego medio o medio alto y añade media cucharadita escasa de aceite de colza. Coloca un par de rebanadas de pan en la sartén dejando espacio entre ellas y fríelas hasta que estén doradas por ambos lados. Repite el mismo proceso con las rebanadas restantes añadiendo aceite y bajando el fuego si es necesario.

Sírvelas con jarabe de arce.

Crema de calabaza y zanahoria

Para personas. NO apta para perros.

2 cucharadas de mantequilla
2 cebollas medianas
3/4 cucharadita de salvia rallada
Una pizca de tomillo
2 apios
5 zanahorias grandes
1 pera
1 l de caldo de pollo (o caldo vegetal)
Sal (al gusto)
250 ml de puré de calabaza
250 ml de mitad leche mitad crema
Tostadas o picatostes

Derrite la mantequilla en una cazuela grande a fuego medio bajo o medio. Trocea las cebollas y añádelas a la cazuela. Remuévelas de vez en cuando mientras se cocinan. Añade la salvia y el tomillo. Corta el apio e incorpóralo a la cazuela.

Pela y corta las zanahorias mientras la cebolla se va haciendo hasta que empiece a adquirir un color ligeramente tostado. Añade las zanahorias a la cazuela. Pela la pera, retira el corazón e incorpórala a la cazuela.

Agrega el caldo y tapa la cazuela. Cuando empiece a hervir, baja el fuego y deja que se cocine a fuego lento 45 minutos. Las zanahorias deben estar blandas. Bate los ingredientes en la cazuela hasta obtener un puré o una crema de la consistencia que desees. Sazona al gusto.

Añade el puré de calabaza y los 250 ml de mitad leche mitad crema. Mezcla bien y deja que hierva brevemente antes de servir.

Acompáñalo con tostadas o picatostes o sírvelo con pan rústico y mantequilla o queso.

Cóctel de sidra de manzana

Para 4 personas. NO apto para perros.

2 cucharadas de azúcar
1 cucharadita de canela
500 ml de sidra de manzana
60 ml de ron
1/2 l de vino espumoso

Mezcla el azúcar y la canela en un plato hondo. Moja el borde de cuatro copas altas de champán en la sidra de manzana y luego en el azúcar con la canela.

En una jarra, mezcla la sidra de manzana, el ron y el vino espumoso. Sirve en las copas.

Galletas de jengibre

Para personas.

La receta es para unas galletas de jengibre de textura blanda, no para las finas y crujientes. La cantidad de jengibre puede parecer desmesurada, pero a mis catadores les encanta. Si el jengibre no te apasiona, reduce la cantidad a 1 o 2 cucharadas.

Para 3-4 docenas, dependiendo del tamaño de las galletas.

375 g de harina, y un poco más para espolvorear
1 cucharadita de bicarbonato de soda
1/2 cucharadita de sal
3 cucharadas de jengibre en polvo
1 cucharada de canela
1/2 cucharadita de pimienta de Jamaica
10 cucharadas de mantequilla, ablandada
150 g de azúcar moreno
1 huevo grande, a temperatura ambiente
125 g de melaza
1 cucharadita de vainilla
Glaseado (véase receta a continuación)

Mezcla la harina, el bicarbonato de soda, la sal, el jengibre, la canela y la pimienta de Jamaica en un bol grande. Reserva. Mezcla la mantequilla con el azúcar hasta obtener una crema. Bate el huevo con la crema y luego añade la melaza y la vainilla. Incorpora la harina con los demás ingredientes poco a poco.

Precalienta el horno a 175 °C y forra dos bandejas con papel de hornear (para acelerar el proceso).

Espolvorea con una fina capa de harina la superficie donde vas a estirar la masa. Si está demasiado pegajosa para trabajar con ella, métela en la nevera unos minutos. Divídela en cuatro trozos y estíralos por turnos hasta obtener una masa de un grosor de aproximadamente medio centímetro. Corta las galletas con unos moldes, colócalas en una de las bandejas preparadas y hornéalas durante 8 minutos. Mientras tanto, estira otro trozo de masa y dispón las galletas en la segunda bandeja.

Retira las galletas horneadas del horno y colócalas sobre una rejilla para que se enfríen antes de glasearlas.

Cuando el glaseado se haya secado, guárdalas en un recipiente hermético, separando una capa de otra con papel de hornear.

Glaseado

Para gustos, los colores a la hora de decorar las galletas de jengibre. Da rienda suelta a tu imaginación y diviértete. Muchas veces basta con tres botones y un par de ojos (usa una boquilla redonda muy pequeña) para las que tienen forma de monigote.

260 g de azúcar glas
1/2 cucharadita de vainilla
1 pizca de sal
2 cucharaditas de sirope de maíz suave (opcional)
3-5 cucharadas de agua

Mezcla el azúcar glas, la vainilla y la sal. Incorpora el sirope de maíz (opcional) y el agua poco a poco hasta obtener un glaseado de consistencia firme. Si queda muy blando, añade un poco de azúcar glas. Si por el contrario queda muy duro, añade un poco de agua.

Besos de hamburguesa

Aptos para perros.

También son aptos para personas, pero dado que no están condimentados, a los perros les resultan más apetitosos que a nosotros. Perfectos como recompensa «especial» de adiestramiento. ¡Aunque procura que sean pequeños! También son unas golosinas ideales para las fiestas de cumpleaños caninas. No sustituyen una comida, solo son un bocadito. Es conveniente limitar su ingesta. Recuerda usar carne muy magra. Un exceso de grasa puede sentarles mal en el estómago.

500 g (aproximadamente) de carne picada de ternera baja en grasa

Precalienta el horno a 190 °C. Forra una bandeja con papel de hornear. Coloca la carne picada en la bandeja y dale forma hasta obtener un rectángulo de unos 2 cm de grosor. Divídelo en 7 porciones cortándolo a lo largo. A continuación, haz varios cortes en la dirección contraria para obtener unos cuadrados de aproximadamente 1 cm de lado (o más pequeños, dependiendo del tamaño de tu perro).

Si los cuadrados finales son muy pequeños, vuélvelos a juntar con cuidado. Dispón las hamburguesitas en hileras en la bandeja y hornea durante 8 minutos. Deja que se enfríen un poco antes de servírselas a tu perro.

Guárdalas en la nevera en un recipiente hermético.

Besos de Kitty

Los perros también pueden comerlos. (¡Que no lo sepan los gatos!).

Para unas 4 docenas.

Procura usar sardinas conservadas al natural, sin otros ingredientes ni sal añadidos. No sustituyen una comida, solo son una golosina ocasional.

1 huevo mediano
5 ml de agua de la lata de sardinas
2 sardinas conservadas en agua, sin sal añadida

Precalienta el horno a 175 °C. Forra una bandeja pequeña con papel de hornear.

En un bol, bate el huevo hasta que se forme espuma. Añade el agua de la lata de sardinas, mezcla, incorpora luego las sardinas y aplástalas. Ayudándote de una cucharilla, distribuye bolitas de puré de sardinas en la bandeja forrada con el papel de hornear y mételas en el horno durante 15 minutos. Déjalas enfriar antes de servir. Estarán un poco jugosas.

Guarda los besos enrollándolos en el papel de hornear. Mete el papel en una bolsa de congelar y ponla en el congelador. Para servir, saca uno o dos besos y deja que se descongelen a temperatura ambiente.

AGRADECIMIENTOS

Mi agradecimiento infinito a Dave Barry por permitirme usar su cita. La leí hace años y no la he olvidado. Cada vez que saco a mis perros a pasear, pienso que están leyendo el diario canino y me pregunto qué les intriga lo suficiente para detenerse y dedicarse a seguir un rastro concreto. No les llegamos ni a la altura de las patas. ¡Nosotros somos incapaces de ver u oler nada donde ellos sí!

Los perros y los gatos son el alma de esta serie de novelas de misterio. Quizá algunos lo consideren absurdo, pero debo agradecer a mis mascotas todo lo que me han enseñado. Han sido una parte importante de mi vida y he aprendido mucho de todas ellas. ¿Quién iba a pensar que todas esas triquiñuelas y momentos entrañables, desquiciantes algunas veces, serían útiles a la hora de escribir una novela?

Muchas gracias a mi editora, Michelle Vega, que me ayudó a mejorar el libro. Le agradezco profundamente su aportación. Y gracias también a mi agente, Jessica Faust, que siempre va un paso por delante de mí y es una estupenda mamá de perros.

KRISTA DAVIS

Krista Davis, escritora superventas del *New York Times,* es autora, entre otras, de las series *Misterios de una diva «doméstica»* y *Misterios que dejan huella.* Varios de sus libros han sido nominados al premio Agatha. Actualmente vive en la cordillera Azul, en Virginia, con dos gatos y una manada de perros. Sus amigos y familiares se quejan de que Krista les utiliza como conejillos de Indias para probar sus recetas, pero siempre acaban volviendo a por más.

Más información en www.kristadavis.com.

Descubre más títulos de la serie en:
www.almacozymystery.com

COZY MYSTERY

Serie *Misterios de Hannah Swensen*

1

2

3

Serie *Coffee Lovers Club*

1

2

Serie *Misterios bibliófilos*

1

2

Serie *Misterios en la librería Sherlock Holmes*

1

Serie *Secretos, libros y bollos*

1

Serie *Misterios felinos*

1

2

3

Serie *Misterios de una diva* doméstica

1

Serie *Misterios de una espía real*

1

Serie *Crimen y costura*

1